Mortimer M. Müller

Raphael

Der Zeitenwandel

ZU DIESEM BUCH

Sie denken, die Menschen sind die Krone der Schöpfung und die Herrscher des Planeten? Falsch gedacht! Das Geschick der Sterblichen liegt in den Händen von übersinnlichen Wesen. Der Rat der Unsterblichen, angeführt von den acht Erzvampiren, überwacht die Menschheit und sorgt für die Wahrung des Gleichgewichts. Einer von ihnen ist Raphael. Auf pointierte Weise schildert er seine Erlebnisse seit dem Zweiten Weltkrieg, erzählt von epischen Feindschaften, skurrilen Begebenheiten und sinnlichen Momenten.

Während die Menschen das Potenzial zur Massenvernichtung erlangen und sich dem Informationszeitalter nähern, tauchen beunruhigende Zeichen auf. Unsterbliche verschwinden, düstere Prophezeiungen beginnen sich zu erfüllen und der Rat droht auseinanderzubrechen. Als sich auch noch übermächtige Wesen den Erzvampiren entgegenstellen wird klar: Der Zeitenwandel hat begonnen!

Mortimer M. Müller schreibt seit seiner Jugend Lyrik, Kurzgeschichten und Romane in den Genres Thriller, Fantastik und Satire. Daneben ist er in den kreativen Bereichen Gesang und Fotografie aktiv. Er arbeitet und studiert an der Universität für Bodenkultur in Wien.

Sein Kitzbühel-Thriller KABINE 14 wurde für den Friedrich-Glauser-Preis 2014, Sparte Debütroman, nominiert.

Mehr Informationen finden Sie unter:
http://blog.mortimer-mueller.at

Weitere Romane des Autors sind in Vorbereitung.

MORTIMER M. MÜLLER

Raphael

Der Zeitenwandel

Die beschriebenen Personen, Begebenheiten, Gedanken und Dialoge sind frei erfunden. Ähnlichkeiten mit lebenden oder verstorbenen Personen sind zufällig und nicht beabsichtigt.

Bibliografische Information der Deutschen Nationalbibliothek:

Die Deutsche Nationalbibliothek verzeichnet diese Publikation in der Deutschen Nationalbibliografie; detaillierte bibliografische Daten sind im Internet über http://dnb.dnb.de abrufbar.

1. Auflage
© 2015 by Mortimer M. Müller
Covergestaltung, Fotos, Satz, Layout: Mortimer M. Müller
Weitere Mitwirkende: Sandra Almstädter
Autorenfoto: Carsten Neff

Herstellung und Verlag:
BoD - Books on Demand, Norderstedt
ISBN: 978-3-7392-1857-1

www.mortimer-mueller.at

meinem „kleinen" Bruder Wendelin

der eifrigste Leser und mein schärfster Kritiker

Personen & Geschöpfe

... die Erzvampire

Michaela ~ *Trägerin des Chakra*
Luzifer ~ *Herrscher der Unteren Welt*
Gabriel ~ *mein streitbarer Bruder*
Raphael ~ *das bin wohl ich*
Eva ~ *meine fröhliche Schwester*
Israfil ~ *meine ängstliche Schwester*
Uriel ~ *mein verfressener Bruder*
Azrael ~ *ein Kapitel für sich*

... einige Ratsmitglieder

Fenris ~ *das Oberhaupt der Werwölfe*
Hel & Rhea ~ *seine Gefährtinnen*
Oberon ~ *der König der Elben*
Gladwin, Taranis & Lêyron ~ *die drei Elbenfürsten*
Kronos ~ *der oberste Dämon*
Huldra ~ *eine Anführerin der Trolle*

... andere Unsterbliche

Yvaine ~ *zweite Tochter von Lêyron*
Leandra ~ *jüngste Tochter von Gladwin*
Quetzal ~ *der südliche Kriegsdrache*

Tyrann ~ *ein Feuerkobold*
Yeti ~ *ein Waldtroll*
Cerberus ~ *Torwächter der Unterwelt*
Paracelsus & Demokrit ~ *Alchimisten in Atlantis*
Loreley ~ *eine Banshee*
Morb ~ *der älteste lebende Ghul*
Ying & Yang ~ *Anführer der Irrwesen*
Baal ~ *ein wirklich fieser Dämon*
Hunabka ~ *ein mächtiges Wesen*

... relevante Sterbliche

Natascha ~ *eine bezaubernde Menschenfrau*

... außerdem Öhrchenfeen, Irrwichte, Nachtalben und andere zwielichtige Geschöpfe.

*Es blitzt ein Tropfen Morgentau
im Strahl des Sonnenlichts;
ein Tag kann eine Perle sein
und ein Jahrhundert nichts.*

Gottfried Keller

(1)
Unsterblichkeit

Gestatten, dass ich mich vorstelle: Mein Name ist Raphael. Ich bin äußerlich menschlich, tatsächlich aber ein Vampir. Ein Erzvampir, um die Dinge beim Namen zu nennen. Was Sie hier vor sich sehen, sind die geballten Informationen meiner Erinnerung. Ein Gedächtnis, das Jahrtausende umfasst. Ein Rückblick auf überirdische Wesen, magische Momente und epische Feindschaften, von denen kaum ein Mensch etwas ahnt.

Aber alles der Reihe nach.

Ich bin unsterblich. Das mag Sie nicht überraschen. Trotzdem eine kurze Anmerkung zu dem irreführenden Begriff »Unsterblichkeit«. Dieser meint in der gebräuchlichen Form und gemäß dem universellen Grundsatz *Nichts währt ewig, nichts vergeht völlig* keineswegs, dass wir nicht sterben können, sondern nur, dass wir niemals Alterungserscheinungen zeigen. So sind wir zwar schwer, aber doch totzukriegen. Erst vor wenigen Jahrhunderten wurde uns diese Tatsache vor Augen geführt, als Iva, eine von uns Ältesten, in einen heimtückischen Hinterhalt geriet und dabei ihr Leben ließ.

Ich finde es faszinierend, welch seltsame Blüten das ewige Leben treibt. Die einen werden von ihm hinweggerafft, verstört und verängstigt von den rasanten Veränderungen der Welt, betrübt durch den unvermeidlichen Tod aller derjenigen, die einst Teil ihres Lebens waren. Andere, die Charakterlosen, schwanken zwischen himmelhohen Jauchzern und tiefschwarzen Depressionen. Manche, die Unersättlichen, suchen fortwährend nach Lust und Vergnügen. Nicht wenige, vor allem Exhibitionisten, Infantile, Tyrannen und Sadisten, streben nach beständig mehr Macht und nur ein ganz kleiner Teil von uns Unsterblichen ist über all diese Verhaltensweisen erhaben.

Bevor Sie die falschen Schlüsse ziehen: Nein, ich assoziiere mich nicht mit der zuletzt genannten Gruppe. Doch nehmen wir Erzvampire unter den Unsterblichen eine Sonderstellung ein. Wir sind zwar nicht die ältesten, wohl aber mächtigsten Wesen auf diesem Planeten. Schon vor Jahrtausenden wurden wir als Wächter ernannt und stiegen zu den Hütern des Gleichgewichts auf. Es ist wenig verwunderlich, dass wir und unsere Handlungen schon in den ältesten Aufzeichnungen der Menschen aufscheinen. Auch viele historische Bauwerke tragen unsere Handschrift.[1]

Falls Sie sich fragen, wie wir mit den Belangen der sterblichen Menschen umgehen: Bis vor rund dreihundert Jahren haben wir offensiv in ihr Geschick und ihre Entwicklung eingegriffen. Erst mit der Charta von Atlantis sind wir in den Hintergrund getreten, um die Menschen sich selbst zu überlassen. Gelegentlich waren Ein-

---

[1] Ihnen ist nicht zufällig die Tempelanlage von Göbekli Tepe ein Begriff? Sie war unsere erste Manifestation in der Menschenwelt, ein regelrechter Tummelplatz für Unsterbliche, und diente uns als Treffpunkt und Versammlungsort. Hier haben wir monumentale Feste gefeiert, fulminante Spiele abgehalten und tabulose Orgien veranstaltet – ach ja, da waren wir noch jung!

griffe unvermeidlich, Stichwort: Weltkriege, in Summe zeigte sich aber, dass die Menschheit ohne den Einfluss von uns Unsterblichen eine enorme Kreativität und Erfindungsgabe entwickelte, die sich bald unserer Kontrolle entzog. Kann sein, dass wir früher hätten einschreiten sollen. Mittlerweile ist es offensichtlich, dass die Entwicklung auf ein nahes Ziel hinsteuert, das dieses Zeitalter beenden wird.

Weshalb ich das alles schreibe? Um diese Frage zu beantworten, will ich einerseits auf die dramatischen Ereignisse der vergangenen Jahre und andererseits auf ein treffendes Zitat hinweisen, das gerade in der heutigen, schnelllebigen Zeit immer mehr an Bedeutung gewinnt: *Erinnerungen sind die Wesen der Unsterblichkeit.*

Davon abgesehen bleibt nicht mehr viel Zeit. Es ist ratsam, den globalen Wandel entsprechend zu würdigen – mit einer umfassenden Datenbank aus den letzten zehn Jahrtausenden.

Nicht, dass Sie denken, dies hier ist schon alles. Es ist bloß ein Sandkorn, ein Auszug, ein Gedankenfragment aus den wenigen Jahren seit dem letzten Weltkrieg.

Aber schließlich muss man irgendwo anfangen.

(2)
Der Rat der Unsterblichen

Den zweiten Weltkrieg hatte keiner von uns ignorieren können. Spätestens mit dem Abwurf der Atombomben über Hiroshima und Nagasaki mussten wir einsehen, dass die Menschheit eine neue, tödliche Schwelle überschritten hatte. Sie besaß nun das Potenzial zur Massenvernichtung und Zerstörung unseres Planeten.

So wunderte es mich nicht, dass ich wenige Tage nach dem Waffenstillstand zwischen Japan und den USA eine Einladung von Michaela erhielt, in der sie mich um die Teilnahme an der Sitzung des Rates bat. Als Ort der Verhandlung hatte meine große Schwester die Wüste Gobi ausgewählt. In letzter Zeit mussten wir unsere Treffpunkte immer umsichtiger wählen, da einerseits die Zahl der Menschen beständig anstieg und andererseits ihre Fortschritte in Wissenschaft und Technik immens waren.[1]

---

1 Trotz verschiedener Vorsichtsmaßnahmen, wurden unsere Treffen bereits vor Jahrtausenden von den Menschen beschrieben – so nannten ihn die alten Sumerer Anunna, den »Göttlichen Ältestenrat«. Bis heute konnte ich nicht in Erfahrung bringen, welcher Unsterbliche die Tatsache unserer Herrschaft den Menschen verraten hat – allerdings tippe ich auf Eva (aus Mitleid), Gabriel (aus Dummheit) oder Fenris (aus Bosheit).

Auf die Sekunde zum verabredeten Zeitpunkt landete ich vor dem unterhöhlten Felsmassiv bei Dalandsadgad. Michaela hatte ein Tarnfeld um die Höhle gelegt. Entweder sie fürchtete ungebetene Gäste oder sie wusste etwas, das ich noch nicht wusste – was nicht verwunderlich gewesen wäre; meistens wusste Michaela alles zuerst.

Gemächlich trottete ich durch einen der Stollen in das unterirdische Gewölbe hinab. Eile war keine geboten, denn nicht alle meiner unsterblichen Kollegen waren so pünktlich wie ich.

Umso verblüffter war ich, als ich die Höhle betrat und mir ein mehrstimmiges, mentales »Endlich!« entgegenschlug. Der Rat war bereits vollzählig. Michaela, die wie immer den Vorsitz innehatte, saß rechts, Luzifer[1] ihr gegenüber am anderen Ende der Grotte. Während Gabriel und Israfil bei Michaela Platz genommen hatten, waren Uriel und Eva an Luzifers Seite gerückt. Azrael war wie üblich nicht auffindbar.

Zwischen meinen Geschwistern hatten sich die Vertreter der anderen Unsterblichen niedergelassen. Die Liberalen auf der einen Seite: der Elbenkönig und seine drei Fürsten, die fünf Stammeshäuptlinge der Trolle sowie alle vier Urdämonen. Die bbb[2]-Fraktion markierte die andere Seite: Fenris mit seinen beiden Gefährtinnen und die sieben herrschenden Dunkelalben. Wie immer waren die Frauen des Werwolfes in Menschengestalt erschie-

---

1 Er ist kein gefallener Engel (Engel gibt es nicht mehr), sondern der älteste von uns Brüdern.
2 blutrünstig, blasiert, blöd

nen, Fenris hingegen war dem Erscheinungsbild des Wolfes treu geblieben.[1]

»Du kommst spät«, sagte Michaela trocken.

Ich zwirbelte meinen schneckenhausförmigen Schnurrbart. »Spät? Ich bin keine irdische Minute in Verzug.«

»Wir warten seit einer irdischen Stunde.«

Kurz, aber wirklich nur kurz, erwog ich, ob sich Michaela mit mir einen Scherz erlaubte – doch war sie nicht die Person, die mit anderen Späße trieb. Mein Blick fiel auf Gabriel. Augenblicklich wusste ich Bescheid.

»Hast du nichts Besseres zu tun, als Botschaften an Geschwister zu fälschen?«, fuhr ich ihn an.

»Ich?« Gabriels Miene war die reinste Unschuld. »Wie kommst du denn darauf?«

Michaela ließ keine Eskalation zwischen uns zu. Irgendwie schade, denn ich hätte bereits eine wunderbare Erwiderung auf Gabriels Missetat bereitgehalten.[2]

»Schluss«, sagte sie bestimmt. »Tragt eure kindischen Reibereien woanders aus.«

Wir schwiegen, doch insgeheim ahnte ich, dass Gabriel nicht besänftigt war. Seine letzte Niederlage vor einigen Jahren brannte ihm wohl nach wie vor auf der Seele.

»Da wir nun vollzählig sind«, begann Michaela, »zunächst eine kurze Erklärung, weshalb ich den Rat einbe-

---

[1] Genau genommen müsste es ja heißen: Der Rat der ausgewählten Unsterblichen. Letztendlich waren einige unsterbliche Geschöpfe, beispielsweise Geistwesen, Feen, Kobolde oder Ghule, nicht eingeladen.
[2] Schon mal unter zehn Tonnen uranhaltigem Gestein begraben worden? Das juckt unerträglich.

rufen habe. Jeder von euch hat die dramatischen Entwicklungen in den letzten Jahren mitverfolgt und den Abwurf der beiden Atombomben registriert.«

Uriels Mund klappte auf. Er schien etwas entgegnen zu wollen, behielt seine Meldung jedoch für sich.

»Auch konnte ich in den vergangenen dreißig Jahren mehrere beunruhigende Zeichen ausmachen, die auf einen baldigen Umbruch des Zeitalters hindeuten. Darunter fallen Veränderungen der Energiestruktur des Weltenflusses, emotionale Instabilitäten zwischen Unsterblichen, eine Zunahme mentaler Störungen sowie die vermehrte Aktivität von Geistwesen.«

»Das kann ich bestätigen«, meinte Oberon, der König der Elben. »Diese Zeichen sind auch uns nicht verborgen geblieben.«

Michaela nickte, als hätte sie nichts anderes erwartet. »Meiner Erkenntnis nach dürfte der Zeitenwandel zwischen dem Jahr 2010 und 2030 des gängigen Menschenkalenders stattfinden. Das deckt sich auch mit der Weissagung des Hunabku.«

»Weissagung des Hunabku?« Fenris grollte geringschätzig. »Noch nie davon gehört.«

»Hunabku galt für die menschliche Kultur der Mayas als Göttervater«, erklärte Eva. »Er soll es gewesen sein, der ihnen das Wissen über Sonnenzyklen und das Sternensystem vermittelt hat.«

»Soll?«

»Hunabku ist ein Mythos menschlicher Fantasie.« Michaelas Stimme war sachlich wie immer. »Ich vermute, dass ein mächtiger Dämon hinter diesem Namen steht.«

Ein düsterer Schatten huschte durch den Raum. Alle wussten, wer gemeint war.

»Ich bin der Ansicht«, fuhr Michaela fort, »dass der Zeitenwandel eng mit dem Schicksal der Menschen verknüpft ist, vielleicht durch ihr direktes Zutun eingeleitet wird.«

»Ein dritter Weltkrieg?«, fragte ich.

»Möglicherweise. In jedem Fall ein weltumspannendes, sich innerhalb weniger Jahre vollziehendes Ereignis, das uns genauso betreffen wird, wie die Sterblichen. Aus diesem Grund müssen wir einen gemeinsamen Entschluss fassen, wie wir uns gegenüber dieser Entwicklung verhalten.«

Ein sprachliches und mentales Raunen hob an. Schlussendlich war es Luzifer, der das Wort ergriff: »Wie sicher ist dieser Zeitenwandel?«

Das Flüstern der anderen verstummte, als ihm Michaela einen unnahbaren Blick zuwarf. In der Mitte ihrer Stirn erglühte das Chakra wie ein Sonnenfunken.

»Zweifelst du an meinem Urteilsvermögen?«

Luzifer erwiderte ihren Blick gelassen. »Keineswegs.« Die Farbe seiner beiden Hörner wechselte von einem düsteren Rot zu einem hellen Grün. »Ich will mich nur vergewissern, dass wir keinen Beschluss fassen, der mehr negative Auswirkungen auf das Gefüge der Welt hat, als es ohne unser Zutun geschehen würde.«

»Ich bin mir sicher«, entgegnete Michaela kühl, »dass Millionen sterben werden und die menschliche Zivilisation, wie sie derzeit existiert, ausgelöscht wird, wenn wir nichts unternehmen. Oberon hat mir bereits vor Jahren die gleichen Befürchtungen mitgeteilt und Hunabku sah es ähnlich. Zudem deuten alle Zeichen darauf hin – es sei denn, du bist im Besitz anderer Informationen?« Ihre

Augen bohrten sich in Luzifer, wie das Schwert in den bemitleidenswerten Damokles.[1]

Luzifer betrachtete Michaela noch einen Moment mit verengten Pupillen, schüttelte dann den Kopf und blickte zu Boden.

Niemand konnte sagen, was zwischen Luzifer und Michaela, den beiden ältesten Vampiren, vorgefallen war. Faktum war, dass sie sich seit Jahrtausenden gegenseitig mieden und eine stille Vereinbarung bestand, wonach Luzifer nur selten die Menschenwelt besuchte und Michaela so gut wie nie in die Untere Welt reiste.

»Wann gibt's was zu essen?«, fragte Uriel.

Diese Bemerkung brach den Bann.

»Ich stimme Michaela zu, was Ausmaß und Zeitpunkt des Umbruchs betrifft«, sagte Oberon. »Aufgrund der zahlreichen Hinweise können wir davon ausgehen.«

»Ja«, meinte Kronos, das Oberhaupt der Dämonen, mit seiner tiefen, dröhnenden Stimme.

»Wir geben klar Schiff«, kam von Huldra, der Sprecherin der Trolle[2].

Fenris murmelte Unverständliches und die Dunkelalben schweigen wie üblich. Damit war Luzifers Einwand vom Tisch.

Michaela warf einen Blick in die Runde. »Gibt es Vorschläge, wie wir vorgehen sollen?«

---

[1] Entgegen der Legende kam er nicht mit dem Leben davon, sondern wurde von Dionysios Schwert geköpft, als sich eine Stubenfliege auf dem Knauf der Waffe niederließ; und nein, das mit der Fliege war Gabriels Idee, nicht meine.
[2] Die meisten Trolle beherrschen selbst mental nur ihre eigene Sprache, die im Wesentlichen aus fünf verschiedenen Grunz- und drei Rülpslauten besteht.

Oberon erhob sich. »Wir sind gemäß der Charta von Atlantis der Ansicht, dass es uns nicht zusteht, die Menschen in irgendeiner Form zu beeinflussen. Unserer Meinung nach müssen die Sterblichen ihre Probleme selbst lösen. Wenn das in ein neues Zeitalter führt, dann soll es so sein.«

Fenris stieß ein hartes, bellendes Lachen aus, verstummte aber, als ihm Michaela einen scharfen Blick zuwarf.

»Fahre fort«, wandte sie sich an Oberon.

»Wir schlagen folgende Strategie vor: Weitgehender Rückzug aus der Menschenwelt sowie Ausweitung und bessere Absicherung der Gebiete von Atlantis. Der Kontakt zwischen den Welten sollte auf ein Minimum reduziert werden. Ferner sind wir für die Evakuierung einer ausgewählten Anzahl von Menschen, etwa im Fall eines atomaren Krieges.«

»Lächerlich«, sagte Fenris; und diesmal ließ er sich von Michaelas verärgert aufblitzenden Augen nicht beeindrucken. »Warum die Zerstörung des Planeten in Kauf nehmen, wenn wir es verhindern können?«

Dieses Argument hatte etwas, fand ich.

»Ich sehe nur eine einzige logische und sinnvolle Alternative«, fuhr Fenris fort. »Wir müssen die Menschen dazu bringen, vernünftig zu werden. Notfalls mit Gewalt.«

»Damit du deinen Machthunger und Blutdurst stillen kannst?«

Schlagartig verdunkelte sich die Höhle, ein eisiger Luftzug strich über unsere Häupter und ich vernahm das metaphysische Knistern energetischer Kompressionen. Es war Gladwin, der mächtigste der Elbenfürsten, der gesprochen hatte. Furchtlos blickte er dem Werwolf entgegen.

»Nimm das zurück, Elb!«, fauchte Fenris und seine Augen nahmen die Farbe glühender Kohlen an. Der Werwolf war – wie viele seiner Art – ein vollblütiger Choleriker, der mit seinen Wutausbrüchen jeden Fußballtrainer in den Schatten gestellt hätte. Hinzu kam, dass Fenris und Gladwin seit jeher verfeindet und bereits des Öfteren aneinander geraten waren. Sie hassten sich mehr, als unter den verschiedenen Arten von Unsterblichen ohnehin üblich.

»Aus!«, donnerte Michaela. Eine etwas unglückliche Wortwahl, wenn man Fenris' derzeitige Gestalt berücksichtigte. Michaela warf Fenris und Gladwin einen durchdringenden Blick zu. Ihr Chakra[1] erglühte erneut, kräftiger als zuvor. Mit einer Bewegung ihres Arms vertrieb sie die Dunkelheit und Kälte aus der Höhle und zerschmetterte den bedrohlich gewachsenen Ball negativer Energien.

»Gladwin und Fenris, haltet euch an die Regeln des Rates, sonst werde ich euch der Sitzung verweisen.«

Die Angesprochenen schwiegen. Gladwin löste den Blick von seinem Widersacher. Einem aufgebrachten Werwolf weiter in die Augen zu sehen, wäre auch ziemlich töricht.[2] Bei Fenris dauerte es eine Weile, bis das

---

1 Dieses Chakra, von den Sterblichen auch Drittes Auge genannt, ist eine Art Energiequelle, welche Michaela mit enormer Macht ausstattet und sie zur unangefochtenen Leiterin des Rates werden lässt. Niemand von uns übrigen Geschwistern, auch kein anderer mir bekannter Unsterblicher, hat ein solches Chakra.
2 Ich erinnere mich an einen Fall, als ein römischer Cäsar ausgerechnet bei einer öffentlichen Rede diesen Fehler beging

Glühen in seinen Augen verblasste. Er ließ sich auf seine Hinterläufe zurücksinken und stieß ein letztes, kehliges Knurren aus. Ich hatte die dunkle Ahnung, dass Fenris die vorherige Beleidigung nicht auf sich beruhen lassen und, früher oder später, auf Rache sinnen würde.

»Wir haben nun zwei sehr verschiedene Standpunkte vernommen«, meinte Michaela so ruhig, als hätte es keine Differenzen gegeben. »Ich will euch einen weiteren Vorschlag unterbreiten. Völlige Kontrolle der Menschen empfinde ich nicht als adäquates Mittel, um unserer Aufgabe als Hüter des Gleichgewichts gerecht zu werden.«

Fenris konnte es bei diesen Worten nicht lassen, ein abfälliges Fauchen von sich zu geben.

»Ebenso wenig halte ich davon, die Menschen in ihrem Drang nach Selbstzerstörung gewähren zu lassen. Vor allem deshalb, weil wir bekanntlich nicht nur Wächter, sondern auch die Beschützer der Menschheit sind. Daher lautet mein Vorschlag: Umfassende Überwachung der menschlichen Entwicklung durch niedere Elementarwesen und maskierte Unsterbliche, um im Ernstfall rechtzeitig angemessene Maßnahmen zum Schutz des Planeten und der menschlichen Spezies setzen zu können.«

»Die Charta von Atlantis sieht eindeutig vor, dass wir keine direkten Eingriffe in das Geschick der Menschen vornehmen«, wandte Oberon ein.

---

und nach seinem plötzlichen Ableben von einem unsterblichen Doppelgänger gemimt werden musste. Nach wenigen Wochen war Gabriel mit den Nerven am Ende und wir mussten seine, respektive Julius' Ermordung inszenieren.

»Mag sein. Aber damals gab es weder Atomwaffen, noch hat sich ein Ende des Zeitalters abgezeichnet. Auch könnte ich mir vorstellen, dass direkte Eingriffe, wie es bereits die Weltkriege gezeigt haben, nicht nötig sein werden.«

»Dennoch müssen wir darüber abstimmen«, meinte Oberon, der seinerzeit die treibende Kraft der Charta von Atlantis gewesen war.

»In Ordnung.« Michaela nickte. »Wer ist dafür, der Menschheit einer umfassenderen Kontrolle sowie Überwachung zu unterziehen und im Fall einer weltweiten Gefährdung indirekte Maßnahmen wie Einflüsterung oder Gemütsdämpfung zu setzen?«

Wie üblich wurde das Votum auf mentalem Weg durchgeführt. Wie üblich enthielten sich die Trolle ihrer Stimmen. Wie üblich wurde Michaelas Antrag angenommen. Nur Oberon und seine Fürsten stimmten dagegen. Danach folgte eine lautstarke Debatte über die Einzelheiten zu Michaelas Vorschlag, auf die ich hier nicht näher eingehen will.[1]

Die Ratssitzung zog sich über dreißig irdische Stunden, war also außergewöhnlich kurz. Sie endete mit dem Beschluss, die Tarn- und Schutzvorrichtungen in Atlantis zu verbessern. So wurde unter anderem festgelegt, dass das telekinetische Quantengitter verfeinert werden sollte,

---

[1] Ich glaube nicht, dass es von Interesse ist, welchen und wie vielen Elementargeistern, an welchen Orten und in welchem Zeitraum, zu welchem Zweck und in welchem Zustand, Aufgaben zuteilwurden und wie oft – nämlich siebenundzwanzig Mal – Uriel erfolglos nach einer Unterbrechung der Diskussion zwecks Nahrungsaufnahme verlangte.

um selbst dem direkten Treffer eines atomaren Sprengkopfes standhalten zu können.

Schlussendlich, als alle Fragen geklärt waren, folgte die traditionelle Verabschiedung von Michaela: »Lebt wohl und bis zur nächsten Katastrophe.«

Fenris und seine beiden Gefährtinnen waren die ersten, die die Sitzung verließen. Diesmal aber nicht so spektakulär wie gewöhnlich. Rhea und Hel verwandelten sich in zwei Feuer speiende Drachen, nahmen Fenris zwischen sich und entschwanden durch einen aufklaffenden Felsspalt.

Kronos und seine drei dämonischen Begleiter erhoben sich wie ein Mann und stiegen hinab in die Untere Welt. Die Urwesen waren Kolosse aus Muskeln und rötlichem Fleisch, ausgestattet mit Raubtiergebissen und Klauenhänden. Lilith, die einzige Frau unter ihnen, besaß diesmal vier Arme.[1]

Nach den Dämonen folgten die Trolle, welche die unterirdische Halle im Gänsemarsch und unter den lautstarken Befehlen von Huldra[2] durch den Haupteingang verließen. Als ich mich ihnen anschließen wollte, sandte mir Michaela eine kurze, unhörbare Nachricht, die mich dazu veranlasste, noch einen Moment in der Höhle zu warten. Sobald die anderen den Ort der Ratssitzung verlassen hatten, nahm mich Michaela beiseite.

---

1 Ich erinnere mich an ein blamables Erlebnis, als sie mich verführen wollte und ich angesichts ihrer neun anschwellenden Brüste meine Männlichkeit nicht in den Griff bekam. Ich bin ihr sehr dankbar, dass sie es nicht herumerzählt hat.
2 »Ma-harrsch, ihr Teddybären!«

»Raphael, ich habe eine Aufgabe für dich. Zuerst wollte ich sie Gabriel anvertrauen, aber meinem Gefühl nach bist du die bessere Wahl.«

Ich blieb stumm und gab Michaela auf telepathischem Weg mein Einverständnis.

»Du sollst in ein Land reisen, das demnächst im Zentrum des menschlichen Interesses stehen wird. Bist du bereit dazu?«

Ich lächelte, als mir Michaela die Aufgabe mitteilte. »Selbstverständlich. Ich liebe Kirchen.«

⟨3⟩

Kriegsdrache & Kubakrise

»Su Excelencia!«

Es war Pédro, ein junger Priester der Kathedrale, der mit Tränen in den Augen auf mich zugestürmt kam und sich schluchzend vor mir auf die Knie warf.

»Las americanos ...«

Ich strich Pédro übers Haupt und gebot ihm, sich zu erheben.

»¿Qué ha pasado? – Was ist geschehen?«, erkundigte ich mich, obwohl ich klarerweise längst wusste, was vorgefallen war.

Pédro schluchzte noch lauter und es währte einige Sekunden, bis er, unterbrochen von weiterem Geplärre und Geheule, folgenden Satz zusammenbrachte: »Ein ... *plärr* ... Flugzeug der ... *snief* ... Amerikaner wurde ... *heul* ... abgeschossen.«

»Aha.«

»Jetzt ... *jammer* ... drohen die Amerikaner mit einem Atomkrieg!«

Ich tat unglaublich erschrocken und murmelte: »Oh mein Gott ...« Am liebsten hätte ich den larmoyanten Pédro mit einem kräftigen Fußtritt aus der Kirche befördert.

»Wir ... *wimmer* ... brauchen Euren Beistand, Exzellenz!«

Das war meine Gelegenheit, dem Geflenne des jungen Geistlichen zu entkommen.

»Ja, du hast recht.« Ich trat einen Schritt zurück. »Verkünde überall, dass in einer halben Stunde ein außerordentlicher Gottesdienst stattfindet. Mit dem Beistand des Herrn werden wir den Dämon des Krieges bändigen!«

Pédros feuchte und gerötete Augen waren voller Zweifel. »Meint Ihr tatsächlich, Exzellenz, dass ...«

»Wo bleibt dein Vertrauen zu Gott?«, donnerte ich. »Hat er uns in den letzten Jahren nicht vor jedem Unglück bewahrt?«[1]

Pédro senkte hastig den Blick und murmelte: »Sí, naturalmente ...«

»Dann tu, was ich dir gesagt habe.«

Pédro nickte ergeben und hastete aus der Basilika.

Von dem nichts ahnenden Tor befreit, konnte ich mich den wirklich dringenden Problemen widmen. Ich wandte mich um und eilte in die Sakristei der Kathedrale zurück.

»Lagebericht!«, brüllte ich, sobald ich über die Schwelle des Vorzimmers und durch das unsichtbare Elementenkraftfeld getreten war.

Ein bläulicher, meterlanger Blitz zuckte durch den Raum, orangerote Flammen züngelten aus dem felsigen Untergrund und eine winzige, strahlend helle Gestalt löste sich von der gegenüberliegenden Wand und torkelte auf mich zu.

---

[1] Entsprach so nicht ganz der Wahrheit. Erstens, weil Gott im christlichen Sinn nicht existiert und zweitens, weil ich von Michaela keine Erlaubnis erhalten hatte, Fidel Castro aus Kuba zu vertreiben.

»Die Kraft Quetzals ist um zehn Äonen gestiegen«, berichtete Tyrann, der Feuerkobold, und erhob sich aus den verlöschenden Flammen. »Noch hat er nicht aktiv in den Energiefluss eingegriffen.«

Ich nickte und wandte mich Niplukk zu.

»Kennedy hält ein Pläuschchen mit gaaanz wichtigen Persönchen«, sagte die in der Luft schwebende Öhrchenfee und wedelte mit ihren riesigen, muschelförmigen Lauschorganen. »Ich glaube nicht, dass er sich bald entscheiden wird, die Emotiönchen sind zu geradlinig. Chruschtschow schweigt und hört sich die Standpünktchen seiner Generälchen an. Aber auch bei den Rüsschen spüre ich keine akute Gefahr.«

»Na hoffentlich.« Ich sah mich nach meinem dritten Diener um. Der namenlose Irrwicht[1] sagte nichts, torkelte orientierungslos durch den Raum und knallte gegen einen Wandschrank, sodass sämtliches Geschirr ein verängstigtes Klapper-Konzert anstimmte.

»Irrwicht – hierher!«

»Irrwicht, Irrwicht«, keifte das Ding und wackelte in meine Richtung. »Ich habe einen Namen, ich heiße Bo!«

»Du bist ein Irrwicht, du besitzt keinen Namen.«

»Mein Name ist Bo!«

»Das stimmt nicht. Irrwichte sind ...«

»Nein!« Die schrille Stimme des Irrwichts glich dem Pfeifen eines Schnellzugs. »ICH-HEISSE-BO!!«

Irrwichte sind launisch, eigensinnig, verschlagen, orientierungslos, stur, vergesslich, eitel – aber es gibt eine

---

[1] Das Produkt der Verschmelzung von Irrlicht und Erdwichtel bei Vollmond, in Gestalt einer leuchtenden Riesenkartoffel.

positive Eigenschaft, die all diese negativen Aspekte auszugleichen vermag.

»In Ordnung, Bo«, sagte ich derart gleichmütig, dass selbst der Irrwicht die unausgesprochene Bedrohung registrieren musste. »Wie sehen die kommenden Stunden aus?«

Auch wenn Irrwichte sonst keine hilfreichen Fähigkeiten besitzen – ihre seherische Gabe, besonders was kurzfristige Ereignisse anbelangt, ist außergewöhnlich.

»Goldig!« Der Irrwicht verzog seine rissigen Lippen zu einem Grinsen. »Ein goldfarbener Sonnenuntergang geleitet uns in den windstillen und lauen Abend. Die Vögel zwitschern, das Meer ist ruhig und die Menschen tanzen fröhlich und ausgelassen durch die Straßen.«

»Kein Krieg? Keine Bomben?«

»Neeeiiin!« Der Irrwicht plusterte sich auf, wie ein Käuzchen im Winter. »Die großen Schiffe haben sich zurückgezogen, wonnevolle Ruhe liegt über der Stadt und der zarte Duft nach Ananas, schäumendem Meerwasser und frisch gemähtem Gras treibt durch die Gassen wie ein milder Hauch von ...«

»Danke, das genügt.«

Ich warf meinen Dienern einen strengen Blick zu. »Für euch alle gilt: Meldet mir jede markante Änderung oder Verschärfung der Situation. Solange das nicht der Fall ist, möchte ich ungestört bleiben.«

Tyrann, der Feuerkobold, verbeugte sich höflich und diffundierte in einem Flammenball. Niplukk salutierte keck, verwandelte sich in einen weiß glühenden Kometen und fuhr durch die Zimmerdecke der Sakristei.

»Äh ...«, begann der Irrwicht.

»Raus!«, brüllte ich mit solchem Stimmaufwand, dass die Wände der Kirche wackelten. Einen Augenblick später war der Irrwicht verschwunden.

Ich nahm telepathischen Kontakt zu Michaela auf. Sie hatte nichts Neues zu berichten. Ihre Diener bestätigten im Wesentlichen bloß, was ich von meinen Gehilfen bereits erfahren hatte. Auch waren Michaelas simple Manipulationsversuche, wie Einflüsterung, Zeichensetzung oder Aggressionsabsorption, bislang ohne Erfolg geblieben.

Alles in allem war ich nach unserem Gespräch nicht unbedingt von einer Entspannung der Lage überzeugt. Allein das Auftauchen von Quetzal, dem Südlichen Kriegsdrachen, sprach dagegen. Deshalb beschloss ich meine Studien zum MKA[1] fortzuführen, mit dessen Hilfe ich, wenigstens theoretisch, jede abgeschossene Atomwaffe noch vor dem Einschlag in seine Elementarteilchen zerlegen konnte.

Als ich gerade über eine geeignete, geistige Alarmvorrichtung nachsann, erschien unvermittelt Tyrann im Zimmer.

»Quetzal hat auf das Energienetz der Auseinandersetzung zugegriffen«, sagte er, ohne sich mit einer Begrüßung aufzuhalten.[2]

Niplukk und der Irrwicht hatten ebenfalls Gestalt angenommen. Offenbar war ihnen, im Gegensatz zu mir, die Erschütterung des Weltengitters nicht entgangen.

»Bo!«, brüllte ich dem Richtung Kellertreppe davonirrenden Irrwicht zu. »Komm her!«

---

1 Mentaler-Kernwaffen-Atomisator
2 Ja, er verzichtete sogar auf eine Verbeugung!

Das Wesen warf mir einen schiefen Blick zu. »Bo? Wer ist Bo?«

»Irrwicht!«, donnerte ich.

»Is' ja schon gut«, quäkte die Leuchtknolle und näherte sich mir in Schlangenlinien. »Immer diese Hektik, nie kann man sich ...«

Meine Stimme dröhnte durch die Sakristei, als wäre die erste Atombombe soeben über unseren Köpfen detoniert. »WAS SIEHST DU?«

Für einige Atemzüge herrschte gespenstische Stille.

»Ich ... sehe nichts.« Die Stimme des Irrwichts war kaum mehr als ein Hauch. »Es ist, als wäre überall undurchdringlicher Nebel.«

Das hatte ich befürchtet. Somit war erneut alles offen, die Beilegung des Konflikts zwischen Russland und den USA ebenso wahrscheinlich, wie ein weltumspannendes, atomares Armageddon.

Im diesem Moment erklang ein scheues Klopfen an der Tür der Sakristei und ich vernahm Pédros verunsicherte Stimme: »Exzellenz?«

Der junge Geistliche musste eine dringliche Mitteilung haben oder aber große Furcht empfinden, sonst wäre er kaum über den äußeren Bannkreis an meine Tür gelangt.

»Ja, Pédro?«

»Die ... Kirche ist voll«, murmelte der Priester. »Die Menschen ... haben Angst. Sie sagen, dass ... die Amerikaner die Bombe gezün...«

»Ich komme in einer Minute«, unterbrach ich Pédro und wandte mit dem Feuerkobold zu. »Tyrann, du musst Quetzal dazu bringen, seine Aufmerksamkeit auf die Kathedrale zu richten.«

»Wie soll ich ...«

»Bewirf ihn mit Feuerbällen, kneif seinen Schwanz, kitzle seine Fußsohlen – ist mir egal. Hauptsache, es funktioniert.«

Tyranns Dämonengesicht erschlaffte wie ein aufgehendes Soufflé im Eisschrank. Quetzal herauszufordern, war in der Mehrzahl der Fälle tödlich. Doch wagte der Kobold keinen Einwand. Er nickte stumm und entschwand in einem blauen Flammenmeer.

»Niplukk, ich möchte, dass du ständigen mentalen Kontakt zu mir hältst. Sollten die Amerikaner oder Russen eine Entscheidung treffen, will ich das augenblicklich erfahren.«

Die Öhrchenfee schrumpfte auf die Größe eines Glühwürmchens und verbarg sich in meinem Hemdsärmel.

»Was ist mit mir?«, quietschte der Irrwicht.

Ich ignorierte die leuchtende Riesenkartoffel und warf mir das Gewand für die anstehende Messe über. Bevor ich die Sakristei verließ, sandte ich Michaela eine kurze Botschaft, in der ich ihr meine geplante Vorgehensweise mitteilte.

Pédro hatte mit seiner Angabe, die Kirche sei voll, etwas untertrieben. Die Kathedrale platzte aus allen Nähten. Die Menschen standen dicht gedrängt wie die Sardinen im Öl, hockten auf Fenstersimsen, Statuen und selbst auf der Messorgel. Zweitausendsiebenhundertachtunddreißig Menschen konnte ich zählen. Das war ein neuer Rekord, seitdem ich vor zwanzig Sonnenzyklen die Funktion des Bischofs übernommen hatte.

Ich trat hinter den Altar, streckte die Arme aus und warf einen ehrfürchtigen Blick zur Decke der Basilika empor. Es dauerte wenige Atemzüge, bis die nervösen Stimmen in der Halle verklangen und Pédro mit zwei weiteren Gottesdienern hinter mich trat.[1]

»Im Namen des Vaters, des Sohnes und des Heiligen Geistes, Amen«, hob ich an und vollzog das christliche Kreuzzeichen. »Wir stehen am Beginn eines neuen Zeitalters. Dieses Zeitalter kann Krieg und Vernichtung oder Frieden und Erneuerung bedeuten. Die Entscheidung darüber fällt in wenigen Minuten.«

Ich wählte meine Stimme so, dass sie kräftig und überzeugend klang und die gesamte Kathedrale erfüllte. Ein Raunen lief durch die Menge, als meine letzten Worte verklungen waren.

»Ja, die Gefahr ist groß«, sprach ich weiter. »Der Dämon des Krieges sitzt in unserem Nacken. Er ist nah, sehr nah.«

Als wäre dies das Stichwort gewesen, spürte ich die Annäherung eines mächtigen Wesens. Tyranns Annäherungsversuche schienen erfolgreich gewesen zu sein.

»Wir müssen alle zusammenhalten, unsere Gebete für Frieden und unseren göttlichen Glauben vereinen, um dieses Ungeheuer zu vertreiben.«

Ein rot glühender Feuerball brach durch die Decke der Kathedrale, brauste durch das halbe Kirchenschiff und zerplatzte über dem Elementenkraftfeld der Sakristei. Tyrann war Quetzal nur um Feenflügelbreite entron-

---

[1] Wie kann man jemandem dienen, der niemals Auskünfte oder Befehle erteilt? Im Grunde sind sämtliche Glaubensgrundsätze, Regeln, Gottesbildnisse und Verhaltensweisen Menschenwerk. Gott, wenn man es überhaupt so nennen kann, interessiert sich herzlich wenig für das Schicksal der Menschen.

nen, denn im selben Moment manifestierte sich der gewaltige Schädel des Kriegsdrachen im Dachbereich der Basilika. Die Menschen in der Kirche hatten weder den Feuerball wahrnehmen können, noch konnten sie den Drachen sehen. Allerdings fühlten sie die Veränderung des energetischen Gefüges, denn abermals wurde furchtsames Gemurmel laut und nicht wenige Blicke wanderten zum Kirchendach.

Sieh an, Raphael, nahm der Kriegsdrache telepathischen Kontakt zu mir auf. *Du steckst also hinter diesem heimtückischen Angriff.*

Heimtückischer Angriff? Ich mimte das Unschuldslamm. *Davon weiß ich nichts.*

Laut sagte ich, an die Menschen in der Kirche gewandt: »Nehmt euch an den Händen und wir werden eine machtvolle Botschaft an den Heiligen Vater schicken, diesen Krieg nicht geschehen zu lassen.«

Raphael, tadelte Quetzal. *Was soll das werden?*

Da fühlte ich, wie Niplukk Zugang zu meinem Bewusstsein verlangte.

Die Botschafterchen sind zusammengetroffen und sprechen miteinander, teilte mir die Fee mit. *Keiner will nachgeben.*

Es wurde knapp. Verdammt knapp. Ich musste Michaela mehr Zeit verschaffen.

Ich verstehe deine Gelüste, den bevorstehenden Krieg in vollen Zügen zu genießen, sandte ich an Quetzal. *Leider würde ein Atomschlag den Planeten und seine Bewohner massiv in Mitleidenschaft ziehen, gewissermaßen auch uns Unsterbliche gefährden. Deshalb ersuche ich dich, von einer Beeinflussung des Energiegefüges Abstand zu nehmen.*

Quetzal lachte. Es war ein ganz und gar freudloses Lachen, ohne jegliches Verständnis oder Mitgefühl.

Deinen Rang als Wächter in Ehren, Raphael, aber du solltest wissen, dass ich deine Bitte nicht erhören werde.
Und wenn es keine Bitte war?
Drohst du mir etwa?

Schlagartig halbierte sich das Licht in der Kathedrale, was mit einem vereinten Aufschrei der versammelten Menschen kommentiert wurde.

»Der Moment ist gekommen«, sagte ich laut und faltete die Hände zusammen, wie im Gebet. »Vater im Himmel, wir bitten dich um Beistand in dieser schweren Stunde. Hilf uns, den Kräften Satans zu widerstehen und den drohenden Konflikt zwischen Russland und den USA zu verhindern. Wir sind voller Zuversicht, dass ...«

Während ich diese Litanei zum Besten gab, galt meine energetische Aufmerksamkeit Quetzal und dem Gebäude der Kathedrale. In wenigen Augenblicken würde sich der Kriegsdrache zurückziehen. Ich hatte also keine Wahl.

Das ist keine Drohung, teilte ich Quetzal mit. *Ich habe etwas Besseres.*

Ein bläulich funkelndes, vibrierendes Netz reinster Energie flammte an der Innenseite der Kirchenwände auf. Es handelte sich um ein multigravimetrisches, subelementares Fangnetz – das stärkste, das ich jemals geschaffen hatte.

Quetzal fauchte verblüfft und riss den Kopf zurück. Eine Schockwelle brandete durch die Kathedrale, zahlreiche Personen wurden zu Boden geschleudert, die übrigen wandten sich kreischend zur Flucht. Eilig sandte ich einen Schwall beruhigender Endorphine in das Kirchenschiff. Noch durften die Menschen das Gotteshaus nicht verlassen.

»Bleibt!«, donnerte ich. »Gegen die Allmacht Gottes verblasst die Stärke des Dämons!«

Die Menge stockte und folgte meinem Blick zur Decke der Basilika. Fauchende Blitze wirbelten um Quetzals verzerrtes Gesicht, das nun auch für Menschen sichtbar geworden war.

Ich werde dein Bannschild zerfetzen, grollte Quetzal mit einer Stimme, als würden Gebirge zusammenbrechen. Die Erschöpfung in seiner Stimme entging mir aber nicht. Glücklicherweise hatte der Kriegsdrache noch nicht ausreichend Stärke aufgenommen, um gegen mein Energienetz zu bestehen. Er war gefangen, steckte mit seinem Schädel in der Kirche fest, wie eine Maus in der Mausefalle.

Das wird dir nicht gelingen. Trotz der energetischen Belastung schlich sich ein Lächeln auf mein Gesicht. *In diesem Raum wirst du deine Macht nicht vermehren können. Hier will niemand den Krieg.*

Quetzal brüllte, rasend vor Zorn, und bemühte sich abermals, den Kopf aus der unsichtbaren Schlinge zu ziehen – doch das Fangnetz hielt.

»Dämon!«, rief ich so laut, dass sich alle Blicke auf mich richteten. »Ich befehle dir im Namen Gottes, deine schändliche Tätigkeit einzustellen und zurück in die Hölle zu fahren!«

Du hast die Wahl, Quetzal. Entweder hier für Jahrzehnte gefangen bleiben – denk dabei an die zahlreichen, kriegerischen Auseinandersetzungen, die du in dieser Zeit versäumst – oder dein Versprechen, dich von dem jetzigen Konflikt zurückzuziehen.

Es folgte eine derart atemlose Stille, dass die plötzliche Leere selbst mir einen kribbelnden Eishauch über den Nacken jagte.

In Ordnung. Ich verspreche es. Aber dein Handeln wird ein Nachspiel haben.

Diese Drohung bereitete mir keine Sorgen. Mit einer dramatischen Geste löste ich das Fangnetz um Quetzals Schädel. Der Kriegsdrache stieß einen letzten, ohrenbetäubenden Schrei aus und verschwand in einem bläulichen Nebel aus feinen Kristallen, die wie Schneeflocken von der Kirchendecke zu Boden sanken.

Ich geduldete mich einige Sekunden, bis wirklich alle Menschen in der Kirche das Geschehen realisiert hatten.

»Der Dämon ist besiegt«, sagte ich mit fester Stimme. »Es wird kein Krieg stattfinden.«

Um meine Worte zu unterstreichen, ließ ich den Blick wirken, was vollkommen ausreichend war, um die menschliche Meute zu überzeugen. Beispielloser Jubel hob an, den ich, zugegeben, genoss, wie ein wärmendes Sonnenbad im Frühling.

»Está imenso!« – Er ist unermesslich!

»Un profeta!« – Ein Prophet!

»Milagro!« – Wunder!

»El Mesías!« – Der Messias!

Das waren nur einige der euphorischen Rufe, die an mein Ohr drangen. Ich senkte zwar dankend das Haupt, wusste aber aus eigener Erfahrung, wie trügerisch diese Liebesbekundungen waren. Im ersten Moment waren die Menschen voller Lob und Dankbarkeit, im nächsten warfen sie dich auf einen lodernden Scheiterhaufen.

Offenbar stehen sie vor einer Einigung, drang Niplukks Stimme in meinen Geist. *Die Atomwäffchen sollen aus Kuba und der Türkei abgezogen werden.*

Wenn Niplukk das Wort *offenbar* benutzte, gab es kaum noch Zweifel. Beruhigt führte ich den Gottesdienst zu Ende und zog mich unter fanatischem Jubel der Menschen in die Sakristei zurück. Von Niplukk erfuhr ich, dass Papst Johannes Paul entscheidend an der Einigung der beiden Großmächte beteiligt gewesen war; nicht weiter verwunderlich, hatte er doch tatkräftige Unterstützung von Unsterblichen erhalten.

Tyrann zeigte sich nicht mehr. Er war wohl eingeschnappt, dass ihm mein Auftrag um ein Haar das Leben gekostet hätte. Den Irrwicht schickte ich nach einer unerhörten Wortmeldung[1] auf den Friedhof zurück, wo ich ihn gefangen hatte. Und schlussendlich ergriff ich die Gelegenheit, Pédro von seiner Sentimentalität[2] zu erlösen. Ich lockte ihn in die Sakristei, saugte ihn bis zum letzten Tropfen aus und verbrannte seine Überreste zu einem Häufchen Asche.[3] Sein Blut war zwar nicht das Beste, aber es füllte meine strapazierten Energiereserven auf.

Am nächsten Morgen war meine Aufgabe abgeschlossen. Russland und die USA hatten eingelenkt, das ener-

---

1 »Was krieg ich für 'ne Belohnung?«
2 »Ihr seid ... *schluchz* ... göttlich, ein wahrer ... *grein* ... Diener Gottes ... *heul* ... Eure Weisheit ist ... *schnief* ... unermesslich ...« Und so weiter.
3 Eine absolute Ausnahme. Normalerweise töte ich keine Menschen, aber der Knilch hat mir jahrelang den letzten Nerv gekostet.

getische Gefüge fand sein Gleichgewicht wieder und die Truppenverbände begannen den Abzug.

Nach Rücksprache mit Michaela beschloss ich, mir den längst überfälligen Urlaub zu gönnen. Ich erhob mich in die Lüfte, klaubte zwei hübsche Kubanerinnen von der Straße, ließ Zigarren, Marihuana und die Catedral de La Habana unter mir zurück, und wandte mich nach Norden.

Es wurde Zeit für ein wenig Abkühlung.

(4)
Yeti

Ein Blizzard tobte über die Weiten der kanadischen Taiga, wie es ihn nur selten gab. Orkanböen peitschten die Bäume, scharfkantige Schneekristalle schmirgelten die Borke von den Stämmen. Der Wind heulte wie ein verwundeter Werwolf, sorgte für ein fulminantes Whiteout, in dem man kaum die Hand vor Augen sah. Mannshohe Schneewechten zogen sich um knorrige Stämme, spitze Eiszapfen brachen von gebeutelten Ästen und stachen wie Dolche in den Schnee. Es war so ziemlich der ungemütlichste Ort, den man sich vorstellen konnte. Mittendrin: meine Wenigkeit.

Nachdem ich Kuba verlassen hatte, war ich einige Wochen durch Nordamerika gepilgert und hatte Freunde und Bekannte besucht. Doch schon bald umfing mich trübsinnige Melancholie, die mich der Gesellschaft anderer Geschöpfe überdrüssig werden ließ. Im Gegensatz zu Azrael oder Israfil treten solche Gefühlsschwankungen bei mir zwar nur selten auf, aber wenn es geschieht, kann man davon ausgehen, dass es einige Zeit dauert, bis sich mein Zustand stabilisiert.

Mittlerweile waren es zwei Jahre.

Luzifer, Michaela und Eva hatten versucht, meine Laune zu heben, aber ohne Erfolg. Inzwischen war es so schlimm, dass ich jeden Kontakt zu meinen Geschwistern abgebrochen und meinen Geist mit einem mentalen Absorptionsband umschlossen hatte – womit ich für andere übersinnliche Wesen de facto unsichtbar wurde. Auf diese Weise blieben mir auch nur meine fünf Menschensinne. Aber sie waren ausreichend, um das Toben des Blizzards zu erfassen.

Mit gesenktem Kopf passierte ich eine Gruppe dicht stehender Jungfichten. In Gedanken wälzte ich – zum wiederholten Mal – die Frage nach der Sinnhaftigkeit meiner Existenz. Erneut kam ich auf ein unerfreuliches Ergebnis: beißen und saugen. Das war es, worauf wir Vampire trotz unserer Macht und Fähigkeiten reduziert werden konnten. Ohne Blut von anderen vernunftbegabten Geschöpfen zu trinken, waren wir nicht überlebensfähig. Wir waren abhängig von Blut, waren abhängig von anderen. Nie würden wir echte Freiheit erfahren können. Die einzige Lösung war gleichzeitig die endgültigste: der süße Tod. Im Moment ein sehr verlockender Gedanke.

Eine unbestimmte Ahnung ließ mich den Blick heben. Rot glühende Augen leuchteten mir aus dem Dickicht entgegen.

»Hu-hu!«, sagten die Augen.

Das hätten sie besser nicht tun sollen, denn ich war so überrumpelt, dass ich etwas überzogen reagierte: Mein Feuerball pulverisierte die Fichtenhecke. Die Bäume zerbröselten zu Asche und hinterließen einen zwei Meter großen, mit vier Gliedmaßen ausgestatteten, verkohlten Umriss. Die roten Augen waren weit aufgerissen.

»Aua«, sagte das Wesen.

Ich benötigte einige Augenblicke, bis ich mich gefangen hatte und aus meiner trüben Gedankenwelt in die

Realität wechseln konnte. Es war ein Troll. Offenbar einer der seltenen Waldtrolle; die einzige Art, die ein Fell besaß.

Um seine beleibte Hüfte und die wurstigen Beine trug der Troll etwas, das den verkohlten Resten von Bermudashorts nicht unähnlich war. In der Hand hielt er einen kleinen Spiegel, den er auf sein schwarz gepudertes Gesicht richtete und mir anschließend entgegenstreckte.

»Guck, Jo! Ein Vampir.«

Ich erkannte einen weiteren ungewöhnlichen Aspekt: Der Troll war allein. Das war bemerkenswert – nein, sogar unmöglich. Trolle konnten nicht länger als einige Stunden für sich bleiben, sonst wurden sie zu Stein, verwandelten sich in einen Baum, gerannen zu Glas, kondensierten zu Wasser, transformierten in einen Haufen Faulschlamm; je nach Gattung und Herkunft. Deshalb bedeutete ein Ausstoßen aus der Sippe für einen Troll das Todesurteil. Und deshalb musste der Troll einen Begleiter haben.

Für einige Sekunden löste ich das Absorptionsband um meinen Geist, damit ich einen Blick auf die Auren der Umgebung werfen konnte. Doch es blieb dabei: Im Umkreis von einigen hundert Metern gab es kein Wesen wie diesen Troll.

»Hallo, Vampir«, sagte der Troll. Seine Stimme erinnerte an ein schlecht geöltes Türscharnier. »Ich bin Yeti. Wer bist du?«

»Raphael. Woher weißt du, dass ich ein Vampir bin?«

Yeti warf mir einen irritierten Blick zu. »Du trägst nur Hemd und Leinenhose.«

Zugegeben, das war verdächtig.

»Ich hätte auch ein Werwolf sein können«, wandte ich ein.

Yeti schüttelte den Kopf. »Nein. Bei diesem Wetter sind sie nicht in menschlicher Gestalt unterwegs.«

»Oder ein Dämon.«

»Dann wärst du nackt.«

Yeti besaß für einen Troll eine hohe Intelligenz und Auffassungsgabe. Darüber hinaus konnte er sich überraschend verständlich ausdrücken. Und er war allein – was, wie erwähnt, den gängigen Naturgesetzen für Trolle widersprach. Zusammengenommen klang das nach einem spannenden Rätsel, dessen Lösung mich von meinen düsteren Gedanken ablenken würde.

»Magst du mit in unsere Höhle kommen? Jo und ich haben selten Besuch.«

Soviel zum Thema Rätsel. Der Troll war also doch kein mysteriöser Einzelgänger. Seltsam nur, dass ich seinen Artgenossen nicht gespürt hatte.

»Ja, gern«, erwiderte ich. »Wollte mir gerade einen Unterschlupf suchen.«

Ich folgte Yeti durch das Schneetreiben und beobachtete, wie sein schwarz verkohltes Fell abfiel und innerhalb von Minuten ein blütenweißes nachwuchs. Ob der Troll im Sommer eine braune Haarfarbe aufwies, wie ein Hermelin?

»Klar«, entgegnete er auf meine entsprechende Frage. »Nur unten am Hintern bleibt ein weißer Fleck. Genau hier.«

Ich sah lieber nicht so genau hin. Stattdessen erkundigte ich mich, wo Yeti die Menschensprache gelernt hatte.

»Hab einige Zeit in einem Kloster in Tibet verbracht. Dort konnte ich sieben menschliche Dialekte studieren. Die Menschensprache gefällt mir besser als Trollisch. Wirkt viel runder, finde ich. Außerdem sind mir die Menschen sympathisch. Sie haben sich eine Menge lustiger Namen für mich ausgedacht, Bigfoot und Schneemensch zum Beispiel. Aber Yeti gefällt mir am besten.«

»Wieso bist du nicht bei den Menschen geblieben?«

»Sie haben mich davongejagt. Hatten mich in Verdacht, ein Kind verspeist zu haben.«

»Und hast du?«

»Ja, aber nur ein ganz kleines.«

»Was ist mit deiner Troll-Sippe?«

»Man hat mich aus der Gemeinschaft ausgestoßen.«

»Weshalb?«

»Weil ich so gern andere erschrecke.« Yeti verzog das Gesicht. »Ich liebe nun mal Überraschungen.«

»Und was ist mit Jo?«

Ein Lächeln erschien auf den Zügen des Trolls. »Mein einziger Freund.« Er hob den Spiegel vor sein Gesicht und sagte: »Stimmt's, Jo?«

Es dauerte nicht lange, bis ich der Sache auf den Grund gegangen war. Yeti war für einen Troll zwar übermäßig intelligent, gleichzeitig besaß er einen ordentlichen Sprung in der Schüssel. Er versuchte sich wie ein Mensch zu benehmen, trug mit Vorliebe Markenkleidung und besaß einen imaginären Freund namens Jo. Vermutlich hatte ihn die Vorstellung eines Gegenübers davor bewahrt, sich in einen knorrigen Baum zu verwandeln.

Anderen Trollen war das Glück nicht hold gewesen. Als wir an einer skurril geformten Eisskulptur vorbeikamen, sagte Yeti: »Das ist Bofrost. Der letzte Eistroll von hier bis zur Hudson Bay.«

Wenig später passierten wir einen grünlich schimmernden Teich, der trotz Frost und Schneefall nicht zugefroren war.

»Quatschig, der letzte Tümpeltroll«, kommentierte Yeti. »War immer lustig drauf. Bis seine Frau mit einem Seetroll durchgebrannt ist.«

Wir näherten uns einer senkrechten Felswand. Verborgen hinter Büschen lag der Eingang zu Yetis Höhle. Der Troll schrammte mit seiner Leibesfülle die Wände entlang, während ich nicht einmal den Kopf einziehen musste. Der Gang weitete sich zu einer Grotte, deren Einrichtung nicht ganz meinen Erwartungen entsprach: Unmengen an menschlichen Kleidungsstücken, modrige Holzkästen, zerschlissene Vorhänge und Teppiche, ein altes Grammophon, ein verrostetes Waffenrad und selbst einen ramponierten Kühlschrank konnte ich entdecken.

Diesen Kühlschrank steuerte Yeti nun an, öffnete ihn und zog eine Flasche mit rotem Inhalt hervor.

»Hier«, sagte er und drückte mir das Gefäß in die Hand. »Eine kleine Stärkung.«

Es war Blut. Tiefgefroren und mit einem Strohhalm versehen.

»Ist das Menschenblut?«

»Nein.«

»Was dann?«

»Koste es. Wird dir schmecken.«

Ich überlegte nicht lange, denn mein letzter Schluck Blut[1] war zwei Wochen her. Ich öffnete das mentale Absorptionsband und beschwor eine handgroße Flamme herauf, mit der ich die gefrorene Flüssigkeit in der Flasche erhitzte. Als das Blut in seinen ursprünglichen Zustand zurückkehrte, stieg mir ein eigentümlicher Duft in die Nase.

»Einhornblut?«

»Ja«. Yeti grinste. »Ich habe es überrascht. Dabei ist es den Hang hinuntergepurzelt und wurde von Felsen aufgespießt. Dachte mir, es ist Verschwendung, das ganze Blut versickern zu lassen. Vor allem, da es noch behauptet hat, das letzte Einhorn[2] zu sein.«

»Kluge Entscheidung«, sagte ich und genoss den ersten Schluck. Einhornblut brennt wie hochprozentiger Schnaps und erwärmt in gleichem Maße, führt aber nicht zu den unliebsamen Begleiterscheinungen des Alkohols, im Gegenteil. Die Sinne werden geschärft, Wunden hei-

---

1 Ein kurzer Exkurs zum Thema Blut: Ja, wir Vampire brauchen Blut. Nein, es muss nicht von Menschen stammen und wir gieren auch nicht nach unserer täglichen Fünf-Liter-Ration, wie ein Cracksüchtiger auf Entzug. Gewöhnlich trinken wir nicht mehr, als der andere Organismus verkraften kann. Direkt nach dem verwandlungsauslösenden Biss, also für etwa zwei bis drei Jahre, benötigt unser Organismus eine große Menge an frischem Blut, vorzugsweise von Menschen. Sobald die Metamorphose abgeschlossen ist, können wir länger ohne roten Lebenssaft auskommen und uns dazwischen von menschlicher Kost ernähren. Mein Rekord liegt bei siebenundzwanzig Tagen. Als ich nicht mal mehr einen Ochsen stemmen konnte, brach ich die Fastenkur ab.
2 Das hat nicht viel zu bedeuten. Jedes Einhorn ist der Ansicht, das letzte zu sein. Ich vermute, dass dieses Verhalten auf einen Inzuchtschaden während der Trojanischen Kriege zurückzuführen ist.

len schneller und die Gemütsverfassung verbessert sich – besonders letzteres konnte ich gut gebrauchen.

»Du, Raphael«, sagte Yeti und ließ seine krallenbewehrten Daumen kreisen. »Könntest du mir helfen?«

»Helfen wobei?«

»Ich bräuchte was für meine Höhle.«

»Und zwar?«

»Eisplatten aus dem See. Zwei Stück.«

»Aha. Wo liegt das Problem?«

Yeti stampfte mit dem Fuß auf, wie ein wütendes Kind. »Diese verdammten Schneegeister sind das Problem! Sie verwirren mich, schlagen mir die Platten aus der Hand, jedes Mal, wenn ich neue aus dem See breche.«

»Hast du sie etwa auch ... *überrascht*?«

»Na hör mal!«, empörte sich Yeti. »Geister erschrecken ist doch witzlos.«

»Stimmt. Wo liegt dieser See?«

»Nur ein paar hundert Schritte entfernt. Zu zweit kriegen wir das sicher hin.«

Ich leerte den letzten Tropfen Einhornblut und wir machten uns auf den Weg. Der Schneesturm hatte etwas nachgelassen, sodass wir rasch vorankamen und ich die Umgebung besser erkennen konnte. Wie der Troll gesagt hatte, war es nicht weit. Über die zugefrorene Fläche des in einem Talkessel gelegenen Sees tanzten fein strukturierte Schneeteufel. Mein geschultes Auge erkannte auf Anhieb ihre wahre Natur: Es handelte sich um flüchtige Schneegeister, die mit Ihresgleichen fangen spielten und anderen Schabernack trieben.

Als sie Yeti am Ufer des Sees erblickten, brausten sie herbei und tollten wie ein einziger, großer Wirbelwind um uns herum.

»Willst du es wieder probieren?«, trug der Sturm ihre feinen Stimmen an mein Ohr. »Hast du noch immer nicht genug?«

»Ja, das will er«, schaltete ich mich ein. »Ich werde dafür sorgen, dass es diesmal gelingt.«

Klirrendes Gelächter drang an mein Ohr. »Wer bist du, dass du dich zu einer solchen Aussage hinreißen lässt? Weißt du denn nicht, *was* wir sind?«

Der Wirbel aus Schneeflocken verstärkte sich. Eiskristalle stachen in meine halb geschlossenen Lider, unsichtbare Hände versuchten mich aus dem Gleichgewicht zu bringen.

Ich riss das Absorptionsband von meinem Geist und sandte einen massiven Hitzepuls aus, der sämtlichen Schnee im Umkreis verflüssigte und verdampfen ließ.

Die Schneegeister stoben kreischend in alle Himmelsrichtungen davon, brüllten: »Ein Wächter!« und waren nicht mehr gesehen.

»Na endlich«, sagte Yeti zufrieden. »Die machen keine Probleme mehr.«

Mithilfe einer telekinetischen Flammensäge schnitt ich zwei metergroße Eisplatten aus dem Frostpanzer des Sees. Zu zweit war es ein Leichtes, die tonnenschweren Quader zurück in die Höhle zu transportieren. Begeistert rückte sie Yeti hin und her, bis sie direkt gegenüber an der Wand standen.

»Genial, Raphael, vielen Dank!« Der Troll grinste von einem Ohr zum anderen. »Und jetzt ...«

Er stellte sich zwischen die beiden Eisblöcke und setzte eine gewichtige Miene auf.

»Hallo Onkel Tomtom, hallo Tante Mirrwarr! Oh, ihr habt eure Cousins und Cousinen mitgebracht? Das ist aber schön. Und Opa Meggenopp ist auch gekommen. Was für eine freudige Überraschung! Nur hereinspaziert, es ist genug Platz für alle da.«

Als ich in einen der Eisquader blickte, wurde mir klar, was Yeti mit ihnen bezweckte. Durch den Spiegeleffekt an der glatten, silberfarbenen Höhlenwand wurde das einfallende Licht zurückgeworfen. Da auch gegenüber ein Eisblock lehnte, vervielfältigte sich die Spiegelung. Auf diese Weise gab es Yeti nicht nur ein einziges Mal, sondern dutzende Male.

»Lieber Raphael«, sagte Yeti gemessen. »Darf ich dir meine Familie vorstellen?«

»Ähm ... hallo allerseits.«

»Anlässlich unseres heutigen Familientreffens werden wir ein großes Fest veranstalten. Hast du nicht Lust, uns Gesellschaft zu leisten?«

Ich winkte ab. »Danke, Yeti, aber ich muss langsam los.«

»Na gut.« Der Troll schien nicht sonderlich enttäuscht. »Aber komm mich bald wieder besuchen. Dann stell ich dir meine Verlobte vor.«

Wir verabschiedeten uns und ich trat hinaus vor die Höhle. Inzwischen war es Nacht geworden. Der Schneesturm hatte sich gelegt, die Wolken gehoben und vereinzelt blitzten Sterne durch die rissige Wolkendecke.

Ich fühlte mich gut. Richtig gut. Ich löste das Absorptionsband von meinem Geist und sandte Michaela und Luzifer eine kurze Mitteilung, dass es mir besser ging. Die Antworten kamen postwendend. Luzifer war wie immer überschwänglich und hocherfreut, Michaela kurz und sachlich. Dennoch war beiden die Erleichterung anzumerken.

Die Begegnung mit Yeti war wie ein Wink mit dem Zaunpfahl gewesen. Das Zusammentreffen hatte mir verdeutlicht, dass es unzählige Unsterbliche gab, denen es weit schlechter ging als mir. Ich konnte mich wirklich glücklich schätzen, ein Vampir zu sein und solch hilfsbereite und fürsorgliche Geschwister zu haben.

(5)
Luzifers Hochzeit

»Ich wünsche einen wunderschönen guten Morgen, Euer gnadenreiche Hochwürden!«

Die Stimme drang aus dem Äther in meinen Geist und klopfte zaghaft an die Tore meiner Gedankenwelt. Da meine derzeitigen Reflexionen[1] nicht von Bedeutung waren und dem Botendämon, unverkennbar durch seine Aura und die gewählte Ausdrucksweise, eine gewisse Dringlichkeit anhing, brach ich meine Überlegungen ab und konzentrierte mich auf die eintreffende Nachricht.

»Meine Wenigkeit bittet untertänig um Erlaubnis, erscheinen zu dürfen«, erklang die Stimme erneut.

»Erlaubnis erteilt.«

Ich öffnete die Augen, ließ meinen Blick über die erstarrte Oberfläche des tief verschneiten Bergsees schweifen und sog die eisige Winterluft in meine Lungen. Die Wildnis von Kanada war der perfekte Ort, um seine Gedanken zu ordnen, auszuspannen und neue Projekte zu planen.

Ich kuschelte mich in den mit Fellen ausgekleideten Schaukelstuhl, als auch bereits die Luft vor der Veranda zu flimmern begann und das Antlitz eines kleinen, geflügelten und gehörnten Dämons erschien.

---

[1] Verpönte Sexualpraktiken im alten Griechenland. Für die modernen, normal geeichten Menschen nicht sehr ästhetisch.

Das Wesen verbeugte sich so tief, dass es um ein Haar die Kontrolle über seine kolibriartig schwirrenden Flügel verloren hätte. Ich nickte gemessen und nahm damit die Ergebenheit des Boten an.

»Was bringst du für eine Botschaft?«, fragte ich.

»Seine Gnaden, Luzifer, Herrscher der Unteren Welt, entsendet Euch seine brüderlichen Grüße und bittet Euch zu seiner in drei Tagen stattfindenden Feier.«

Der Dämon schnippte mit den Fingern und ein kleiner Brief erschien zwischen seinen Klauen, den er mir unter einer weiteren Verbeugung reichte.

Meine Lippen kräuselten sich zu einem Lächeln, als mir der Duft von Feennebel[1] in die Nase stieg. Luzifer wusste, wie er mich gewinnen konnte. Er war auch wesentlich offener und nahbarer als etwa Michaela und besaß ein beispielloses Einfühlungsvermögen für die Wünsche und Bedürfnisse seines Gegenübers. Aus diesem Grund und der Tatsache, dass Luzifers bacchantische Gelage ein ganz besonderes Erlebnis sind, hatte ich bislang kaum eine Einladung meines ältesten Bruders ausgeschlagen.[2]

Ich öffnete den Brief und las:

Liebster Raphael,

Ich lade dich ganz herzlich zu meiner Hochzeit ein. Ort dürfte dir bekannt sein, offizieller Beginn ist in einundsiebzig Men-

---

1 Ein aus Albentränen gewonnenes, kostbares Parfum.
2 Ich muss immer noch schmunzeln, wenn ich mich entsinne, wie er eine Horde Bergriesen einen Schweizer Jodler anstimmen ließ.

schenstunden. Für Spiel, Spaß und reichlich Menschenblut ist gesorgt. Ich freue mich auf dein Kommen!

Teuflische Grüße,
dein dich liebender Bruder Luzifer

Ein weiteres Lächeln stahl sich auf mein Gesicht. Die Abstände wurden immer kürzer. Erst vor wenigen Jahren, mitten im Zweiten Weltkrieg, hatte Luzifer seine achtundsiebzigste Hochzeit gefeiert.

Grinsend wandte ich mich dem Botendämon zu: »Richte Luzifer aus, dass ich die Einladung annehme und mich freue, ihn zu sehen.«

Der Dämon nickte eifrig, murmelte einen Abschiedsgruß und löste sich mit einem Knall in Luft auf.

Es gibt zahllose Möglichkeiten, in die Untere Welt zu gelangen. Während niedere Geschöpfe auf lange und gefahrvolle Pfade angewiesen sind, können sich die Mächtigeren unter uns direkt in der Unterwelt materialisieren. Allerdings ist eine solche Teleportation mit Risiken verbunden, da eine exakte Festlegung des Erscheinungsortes schwierig ist und in der Unteren Welt Gebiete existieren, die selbst für uns Unsterbliche gefährlich sein können – etwa die Gräben von Gomorrha.[1]

Deshalb, und weil ich schon länger einen alten Freund besuchen wollte, entschied ich mich für den geruhsamen

---

[1] Bis auf glühende Lava, laszive Dämonen, bestialischen Gestank und markerschütternde Schreie gibt es dort unten nicht viel zu entdecken.

Abstieg über eines der Unterweltportale[1]. Wie ich erwartet hatte, herrschte hier dichtes Gedränge. Mindestens tausend geladene wie ungeladene Gäste tummelten sich vor dem Eingang. Ich erkannte die verschiedensten Arten von Dämonen, niedere Vampire, Trolle, Werwölfe, drei Bergriesen, Kobolde, Dunkelalben, ein paar Dutzend Menschen und selbst einige Lichtwesen. Die Anwesenheit von Geschöpfen der Oberen Welt verwunderte mich, beschränkte sich der Austausch von Ober- und Unterwelt doch gewöhnlich auf einfache Botengänge und formelle Treffen.

Sobald ich die Szenerie betrat, wichen die meisten der Wesen eilig zurück. Einige verbeugten sich auch oder warfen sich vor mir in den Staub. Damit gelangte ich ungehindert bis auf wenige Schritte an das Portal heran, als mir ein hellhäutiger, gut drei Meter großer Inkubus den Weg vertrat.

»Hey, Blutsauger, hinten anstellen!«, zischte er.

Ich musterte den Kerl schweigend und überlegte, ob ich eine für diese Wortmeldung angemessene Reaktion zeigen sollte. Offenbar hatte das Wesen keinen Blick auf meine Aura geworfen und nicht begriffen, wer ihm gegenüberstand.

Ein zweiter, weiblicher Dämon eilte an die Seite des Inkubus und bemühte sich, ihn von mir wegzuzerren.

»Lass gut sein, Xayfran«, flüsterte sie. »Das ist Raphael, Luzifers Bruder.«

Schlagartig wurde es im Umkreis totenstill. Die Gäste rechneten damit, dass ich den Inkubus wie eine überreife

---

1 Bekannt sind die Pforten bei Gizeh, der Weltenspalt nahe Stonehenge oder das Tor am Fuße von Onolulu.

Tomate zwischen meinen Fingern zerquetschen würde. Zugegeben: Ich war ernsthaft in Versuchung, genau das zu tun. Was mich zurückhielt, war in erster Linie mein schicker Feenflügel-Anzug, den ich auf diese Weise wohl versaut hätte.

Der Inkubus erzitterte und seine grünlich schimmernden Augen weiteten sich.

»Bi... Bitte ...«, stammelte er und brach auf die Knie. Mit Schweiß vermengte Blutstropfen erschienen auf seinem verzerrten Gesicht.

Ich beachtete den Dämon nicht weiter, richtete meine Aufmerksamkeit auf das Portal, holte tief Luft und sang:

»Am Tor zu Luzis Höhle,
da sitzt ein garstig' Vieh,
es ist 'ne dumme Töle,
erwischt hat's mich noch nie.
Die Köpf' und Beine krumm,
es stinkt und spricht nur Stuss,
und dieses alte Monstrum,
nennt sich der Cerber...«

Da sprang mit einem gewaltigen Krachen das Portal zur Unterwelt auf und drei immense Hundeschädel zeichneten sich ab. Ein nervöses Raunen lief durch die Menge, als das turmhohe Ungeheuer seine Köpfe senkte und mich mit glühenden Augen fixierte.

»Hey, Raphi«, sagte Cerberus[1] mit Donnerstimme. »Du bist richtig früh dran.«

---

1 Manche behaupten, Cerberus wäre eng mit Fenris verwandt. Ich persönlich bezweifle das. Die Unterschiede, nicht nur was

»Hallo, Cerb«, erwiderte ich und grinste ihm zu. »Ja, ich dachte, ich besuche einen alten Freund.«

Der Höllenhund beäugte den neben mir am Boden kauernden Inkubus. »Mein Appetithappen?«

Ich legte die Stirn in Falten und tat so, als würde mich diese Frage intensiv beschäftigen.

»Eher nicht. Ein Inkubus könnte einen üblen Nachgeschmack auf der Zunge hinterlassen. Und bei all den Köstlichkeiten heute Abend ...«

»Meinetwegen«, brummte Cerberus, wandte sich der furchtsam zurückweichenden Schar aus Gästen zu und brüllte: »Ihr wartet, bis der Gong zur Eröffnung ertönt!«

Als wir nebeneinander durch das Tor zur Unteren Welt schritten, fiel mir auf, dass Cerberus' Hinterleib mehrere kahle Stellen aufwies.

»Hast du dich wieder mit Harpyien angelegt?«, fragte ich.

Erfahrungsgemäß konnten Höllenharpyien sehr ungehalten reagieren, besonders, wenn man ihren drei Monate dauernden Schönheitsschlaf unterbrach.

Cerberus schüttelte verärgert einen seiner Köpfe und grollte: »Nein, es sind diese verfluchten Lichtwesen. Ich reagiere allergisch auf ihre Anwesenheit.«

»Tatsächlich? Aber morgen bist du von ihnen erlöst.«

»Du weißt offenbar noch nicht, wen Luzifer heiraten will«, meinte Cerberus und stieß ein heiseres Knurren aus. »Yvaine, die zweite Tochter des Elbenfürsten Lêyron.«

---

die Größe und Gestalt angehen, sondern auch bezogen auf Charakter und Lebensweise, sind exorbitant.

»Halleluja!«, entfuhr es mir. Unter Luzifers zahlreichen Ehefrauen waren neben Vampiren auch Menschen, Dämonen, Werwölfe, Nachtalben und niedere Lichtwesen zu finden. Aber die Tochter eines Elbenfürsten, das war neu.

»Wie ist es dazu gekommen?«

»Sie haben sich bei einem Ausflug in die Mittelwelt kennengelernt.« Cerberus scharrte mit seinen Krallen über den felsigen Untergrund. »Seitdem sind nicht mal sechs Monate vergangen. Ich fürchte, die beiden haben eine längere Beziehung im Sinn. Und du kennst ja Luzifer: Wenn der sich etwas in den Kopf gesetzt hat, kann ihn nichts mehr davon abbringen.«

Wir passierten den Schwarzen See[1] und betraten die Halle der Unterwelt[2]. Ich erkannte, dass sich Luzifer besondere Mühe gegeben hatte. Unter uns wogte ein grünes Meer, eine endlose Steppenlandschaft aus hüfthohen, mit bunten Tupfen gesprenkelten Gräsern. Die dazwischen liegenden, rötlichen Steinbauten erweckten den Eindruck von Surrealismus, auch die verstreut angeordneten, azurblauen Seen schienen nicht weniger fehl am Platz zu sein. Über dieser Landschaft spannte sich ein künstlicher Himmel, inklusive strahlender Sonnenscheibe und zarten, weißen Quellwolken. Singende Vögel flat-

1 Der heißt nicht nur so, sondern ist es auch. Alles, was in ihn hineinfällt, selbst Licht, wird auf Nimmerwiedersehen verschluckt.
2 Zum Verständnis: Obere und Untere Welt weisen gegenüber dem irdischen Dasein einige Unterschiede auf. So erreichen beide Dimensionen, je nach Bedarf, eine beliebige Ausdehnung und können von gewöhnlichen Sterblichen weder erkannt noch betreten werden. Auch sind sie nicht den üblichen Gesetzmäßigkeiten von Zeit und Physik unterworfen, stellen also in hohem Maße unberechenbare Welten dar.

terten umher und die Luft war erfüllt vom Duft nach Wildblumen, feuchtem Erdreich und anregenden Pheromonen.

»Beeindruckend«, sagte ich.

»Jaja«, brummte Cerberus und bleckte die Zähne. »Diese ganzen Mittelweltspielchen und das viele Licht gehen mir ordentlich auf den Sack.«

»Mach dir nichts daraus«, sagte ich und tätschelte eines von Cerberus' mächtigen Beinen. »So wie ich Luzifer kenne, hat er nach ein paar Jahrzehnten genug von ihr.«

»Wenn man vom Teufel spricht ...«

Vor uns erschien ein unstetes Flimmern, das rasch an Größe gewann und das milchige Oval eines intradimensionalen Portals enthüllte. Eine Gestalt zeichnete sich darin ab, deren schillernde Aura keinen Zweifel daran ließ, wer uns hier seine Aufwartung machte.

Luzifers groß gewachsene, muskulöse Gestalt war mit einem dunkelgrünen Maßanzug bekleidet. Allein die beiden Hörner auf seiner Stirn, auf die er niemals verzichtete, hätten einem Sterblichen verraten, dass es sich bei dem gut gekleideten Vierzigjährigen um keinen Menschen handelte.

»Raphael!«, sagte Luzifer strahlend und trat mit weit ausgebreiteten Armen auf mich zu. »Lass dich umarmen, Bruderherz!«

Ich ließ die Geste seiner Zuneigung stumm über mich ergehen. Selbst für ihn war dieses überschwängliche Verhalten untypisch.

»Es freut mich wirklich, dass du gekommen bist«, sagte Luzifer, als er mich aus seinem Klammergriff entließ und mir rechts und links einen feuchten Schmatz aufdrückte. »Leider haben bis auf Eva – und natürlich Uriel

– alle abgesagt. Der Bote an Azrael ist überhaupt nicht zurückgekehrt.«

»Ich habe gehört, du hast dir für heute Abend eine ganz besondere Frau erwählt«, bemerkte ich.

Luzifer grinste breit. »Das darf durchaus behauptet werden. Yvaine ist, wie soll ich sagen, einfach göttlich.« Er lachte laut auf. »Von allen weiblichen Wesen, mit denen ich bisher zusammen war, ist sie meine absolute Nummer eins.«

Ich schluckte, erwiderte aber nichts. Es war definitiv an der Zeit, dass ich diese Elbentochter kennenlernte.

»Aber genug der Schwärmerei«, sagte Luzifer, als hätte er meine Gedanken gelesen. »Vielleicht besser, wenn du dir selbst eine Meinung bildest. Folge mir, ich werde dich ihr vorstellen.«

Ich winkte Cerberus zum Abschied, der mit einem genervten Seitenblick auf Luzifer seine sechs Augen verdrehte, und trat hinter Luzifer durch das Portal.

Wir gelangten in einen halboffenen, festlich geschmückten Saal, der durch seine erhöhte Lage freie Sicht auf das Grasmeer der Ebene bot. Dutzende dämonische Diener huschten durch den Raum, trugen Gläser, Tischdekoration, von Menschenhand gefertigtes Geschirr und reich mit Speisen belegte Silbertabletts umher.

»Dieser Bereich ist für die Ehrengäste reserviert«, erklärte Luzifer. »Über und unter uns sind weitere Räume eingerichtet, die Platz für etwa tausend Besucher bieten. Nach der Trauung und dem Festmahl finden die Feierlichkeiten in den Gewölben statt.«

Luzifer trat an den größten Tisch heran, der längs des Panoramafensters und neben dem Dutzende Meter tiefen Abgrund stand.

Mein Bruder deutete an die Spitze der Tafel. »Dein Platz ist selbstverständlich gleich links von mir. Ich habe mir erlaubt, ein außergewöhnliches Geschöpf als deinen Sitznachbar auszuwählen.«

Ich zog die Augenbrauen hoch, erwiderte aber nichts. Wenn mir Luzifer hätte verraten wollen, wer neben mir saß, hätte er das gleich getan.

In diesem Augenblick tönte ein gewaltiger Gong durch den Saal.

»Oh, schon so spät«, meinte Luzifer und blickte auf seine Armbanduhr. »Die ersten Gäste werden in Kürze eintreffen. Also rasch!«

Luzifer führte mich durch einen Gang an eine Tür, die von zwei grimmig dreinblickenden Minotauren bewacht wurde. Auf Luzifers Wink wichen sie beiseite und wir betraten einen prunkvoll eingerichteten Raum, dessen helle Farben, die zahlreichen Schleier und der schier betäubende Duft nach Feennebel keinen Zweifel daran ließen, welches Geschöpf hier lebte.

Die Tochter des Elbenfürsten stand mit dem Rücken zu uns. Zartgliedrige Nymphen waren damit beschäftigt, ein schimmerndes Sternenkleid an Yvaines wohlgeformte Rundungen anzupassen und ihr Haar mit einem wirbelnden Wolkenschleier zu verweben.

Als wir den Raum betraten, hielten die Bediensteten in ihrer Tätigkeit inne und Yvaine wandte sich um.

Sie war eine Schönheit. Äußerlich makellos[1], mit einer gleichzeitig sanften wie bestimmten, allumfassenden Aura, einem feurig strahlenden Geist und einer betören-

---

[1] Aufgrund der Wandlungsfähigkeit von uns Unsterblichen ist das kein entscheidender Faktor.

den Ausstrahlung voller Anmut und Leidenschaft. Spontan ordnete ich sie unter den zehn bemerkenswertesten weiblichen Wesen ein, denen ich jemals begegnet war. Möglicherweise gebührte ihr sogar ein Platz unter den ersten drei.

Yvaine kniff ihre Lippen zusammen. Bei jeder anderen Frau hätte diese Mimik unansehnlich gewirkt, die Elbentochter wurde dadurch noch attraktiver.

»Luzifer, du Unhold«, tadelte sie. »Weißt du nicht, dass es verboten ist, die Braut vor der Hochzeit zu sehen?«

Luzifer zog Yvaine an sich und schnurrte ihr ins Ohr: »Vor zwei Stunden hast du noch ganz anders gesprochen ...«

Yvaine seufzte ergeben, ließ ihren Wolkenschleier fallen und umschlang Luzifer mit einer Lüsternheit, die mir zweifelsfrei verdeutlichte, wie die beiden die meiste Zeit der vergangenen sechs Monate verbracht hatten.

Ich stand da und wusste nicht, wie ich reagieren sollte. Luzifers gesamtes Auftreten, sein ungewöhnlicher Überschwang und die Unmenge an Gefühlsregung hatten mich von Beginn an verunsichert. Nun war es so weit, dass mir schlicht und ergreifend die Worte fehlten.

Glücklicherweise erinnerte sich Luzifer daran, dass er nicht allein gekommen war. Er löste sich von seiner Zukünftigen und wandte sich mir zu.

»Darf ich vorstellen«, sagte er förmlich. »Raphael, mein zweiter, aber liebster Bruder.«

»Ich bin erfreut.« Yvaine sandte mir ein glockenhelles Lachen.

»Ganz meinerseits.«

Wie es der Brauch war, berührten wir uns für einen Moment mit unseren Seelenkörpern. Selbst dieser kurze Kontakt genügte, um eine Welle angenehmer Empfindungen in mir wachzurufen und brachte damit eine weitere Erklärung, weshalb Luzifer Yvaine verfallen war.

»Nun gut«, sagte Luzifer und trat einen demonstrativen Schritt zurück. »Ich will dich nicht länger bei deinen Vorbereitungen stören. Bis nachher.«

»Mal sehen«, entgegnete Yvaine mit einem spitzbübischen Lächeln. »Vielleicht erwähle ich auch deinen süßen Bruder.«

Wir schritten zurück in den Festsaal, der sich allmählich mit Gästen füllte.

»Und? Was sagst du?«, fragte Luzifer, obwohl ihm meine Reaktion mit Sicherheit nicht entgangen war.

»Perfekt. Du wirst immer anspruchsvoller.«

Luzifer lachte laut auf und ging anschließend daran, seine zahlreichen Gäste zu begrüßen.

Hallo, großer Bruder!

Eva und Uriel hatten den Saal betreten und kamen auf mich zu. Erfreut umarmte ich beide – Eva etwas länger als Uriel, denn mein kleiner Bruder zog bereits eine durchdringende Alkoholfahne hinter sich her. Anschließend ließ ich mich an der Tafel nieder.

Ich erkannte, dass die Sitzordnung zweigeteilt war. Links, interessanterweise also auf meiner Seite, saßen die Vertreter der Elben. Alle drei Fürsten waren anwesend, nur der König fehlte. Rechts waren meine beiden Geschwister, hochrangige Dämonen und zwei plumpe Trolle zu finden.

Mir kam Luzifers vorherige Anspielung in den Sinn. Aber meine Gedanken wurden unterbrochen, als eine liebliche Stimme an mein Ohr drang: »Scheint, als wärst du mein Sitznachbar, Raphael.«

Ich blickte auf und in die leuchtenden Augen von Leandra, der jüngsten Tochter des Albenfürsten Gladwin.

Luzifer, dieses Schlitzohr! Er wusste genau, dass ich seinerzeit eine kurze Liebschaft mit der Elbentochter eingegangen war, die sich allerdings durch verschiedene Umstände im Sand verlaufen hatte. Luzifer musste gut in Erinnerung geblieben sein, wie ich damals von Leandra geschwärmt hatte. Die Tochter des Fürsten war aber auch eine faszinierende Persönlichkeit: humorvoll und schlagfertig, intelligent und leidenschaftlich, spontan und sensibel.

»Schade«, erwiderte ich nach einer Kunstpause. »Von deiner strahlenden Schönheit geblendet und orientierungslos, muss ich wohl verhungern.«

»Bevor das geschieht, werde ich dich füttern, mein Baby.«

Wir lächelten uns zu. Ja, es hatte sich nichts verändert. Auch unsere gegenseitige Zuneigung nicht.

Ein weiterer Gong ertönte und läutete damit den Beginn der Feierlichkeiten ein. Die Gäste ließen sich auf ihren Stühlen nieder, die Gespräche verstummten und alle Blicke richteten sich auf die Tür am Ende des Saals, durch die wenige Augenblicke später Yvaine trat.

Sie glich einer Elfe aus den kühnsten Fantasien der Menschheit. Sternenkleid und Wolkenschleier umflossen ihren Körper, wie ein von der Schwerkraft gelöster, brausender Bachlauf. Ihre Augen funkelten wie Meteore, als sie gemessenen Schrittes auf Luzifer zutrat. Sobald sie sich die Hand reichten, erhob sich ein mächtiger, nachtschwarzer Monolith aus dem Felsgestein, der Altar der Unterwelt.

Die eigentliche Hochzeitszeremonie war in wenigen Minuten abgeschlossen, wobei Luzifer heute ganz besonders auf die Wahrung der Tradition achtete. Yvaines Vater und Bartimäus, ein hochrangiger Dämon der Unteren Welt, vollzogen die Trauung. Diese wird nicht, wie bei den Menschen üblich, mit einem Tausch von Ringen, sondern durch Übergabe eines Teils der Seele an den Partner abgeschlossen.

Ein kräftiger, doch beileibe nicht tosender Applaus hob an. Letztendlich war es nur eine von neunundsiebzig Hochzeiten, die Luzifer bereits zelebriert hatte. Allerdings verstärkte sich der Beifall hörbar, als mein Bruder das Zeichen für den Beginn des Festessens gab.

Mindestens einhundert dämonische Diener schwärmten aus, um den Gästen sämtliche Wünsche von den Augen abzulesen. Gewaltige Braten wurden serviert. Aufläufe und höllische Röstkartoffeln. Fische, Meerestiere und singende Austern. Vollmundige, vegetarische Gerichte. Mehrstöckige Torten, Kuchen und Eiscreme. Auch auf uns Vampire wurde nicht vergessen.

»Meister Raphael«, vernahm ich eine Stimme. »Wie darf ich Euren Gaumen erfreuen?«

Der Inkubus Xayfran war an mich herangetreten und balancierte ein Tablett mit zehn verschiedenen Karaffen Menschenblut. Sein Gehabe drückte Unterwürfigkeit aus. Er hatte also nicht vergessen, dass ich ihm vor Kurzem das Leben geschenkt hatte.

Interessiert schnupperte ich an den edel verzierten Krügen. Allesamt Blut von ausgewählten, jungen und gesunden menschlichen Individuen. Eine der Karaffen stach unter allen anderen hervor. Ein süßlicharomatischer, gleichzeitig fremder wie vertrauter Duft drang in meine Nase.

»Von wem stammt dieses Blut?«, fragte ich.

Xayfran begann zu zittern, sodass die Krüge auf dem Tablett gefährlich klirrten. Er verbeugte sich tief und murmelte leise, sodass nur ich ihn verstehen konnte: »Eine junge Dame, eine Elbe ... Sie hat gemeint, dass euch dieses Blut am besten schmecken wird.«

Ich wandte mich Leandra zu. Ein sanftes Lächeln umspielte ihre Mundwinkel und sie nickte mir auffordernd zu. Als ich nach der Karaffe griff, war mir durchaus bewusst, welches Opfer die Elbin mit dieser freizügigen Gabe gebracht hatte und was für eine Botschaft darin enthalten war.

Es war das reinste und geschmackvollste Blut, das ich seit mindestens hundert Jahren genießen durfte. Ich spürte, wie Leandras Lebenskraft durch meine Adern wallte und mich von innen nach außen mit neuer, prickelnder Wärme und Energie erfüllte. Berauscht schloss ich die Augen und genoss das überwältigende Gefühl, das durch meinen Körper brandete. In Gedanken suchte ich nach Leandras Geist, fand ihn und sandte der Elbentochter eine stumme Botschaft voll Vertrauen und Zuneigung.

»Und nun«, sagte Luzifer, als die meisten Gäste satt und glücklich in ihre gepolsterten Stühle gesunken waren[1], »darf ich euch die Attraktion des heutigen Abends vorstellen.«

---

1 Wie gesagt, die meisten. Uriel war noch mitten im Hauptgang und knabberte an dem Rüssel eines Schweinskopfes.

Er schlug in einer theatralischen Geste die Hände zusammen. Schlagartig verstummten alle Geräusche, das helle Sonnenlicht verblasste und wandelte sich in einen düsterroten Schein.

Alle Blicke wandten sich den Fenstern zu. Das Gras der Ebene zog sich in den Erdboden zurück und hinterließ eine gleichförmig rotbraune Oberfläche. Aus den harmlosen Schäfchenwolken am Himmel hatte sich eine geschlossene Wolkendecke gebildet, die danach aussah, als könnte sie sich jeden Moment in einem heftigen Gewitterschauer entladen.

Luzifer hob wie ein Dirigent beide Arme, wandte sich der tief unter ihm liegenden Ebene zu und sagte genüsslich: »Ich darf vorstellen: die Trollstepper!«

Sie wuchsen aus dem Boden, graubraune Riesen, einer wie der andere, hunderte, tausende. Ein Raunen lief durch die Menge der Gäste. Kein Wunder, denn vermutlich hatte noch niemand eine solche Anzahl an Trollen auf einem Fleck gesehen.

Auf ein unsichtbares Zeichen hin wandten sich die Erdwesen um, alle gleichzeitig, und blickten zu uns auf. Drei, vier Herzschläge lang wirkten sie wie erstarrt, doch dann ...

Ein ungeheurer Donner hallte durch den Saal. Glas klirrte und Staub rieselte von der Decke. Die Trolle hatten mit dem Fuß aufgestampft, alle zusammen, in einer einzigen, machtvollen Bewegung. Kaum war das erste Grollen verklungen, brauste ein zweiter Donnerschlag durch den Raum, gleich danach ein dritter.

Was nun folgte, ist kaum mit Worten zu beschreiben. Der beständig an Geschwindigkeit und Lautstärke zunehmende Tanz der Trolle war machtvoll, animalisch –

und unwiderstehlich. Selbst mir gelang es nicht, mich der Anziehungskraft der Bewegungen und Rhythmen zu entziehen. Wie gebannt starrten wir alle auf das betäubende Spektakel zu unseren Füßen.

Irgendwann realisierte ich, dass es vorbei war. Die Donner waren verklungen, die Trolle verschwunden und eine undefinierbare Zeitspanne verstrichen. Verwirrt blickte ich mich um. Den übrigen Gästen war es nicht anders ergangen. Nur Luzifer hatte die fesselnde Vorstellung nicht behelligt. Ein zufriedenes Lächeln lag auf seinem Gesicht, als er sich den Gästen im Saal zuwandte.

Zaghafter Applaus hob an, wurde lauter und lauter, verzückte Schreie mischten sich darunter – erneut wurde der Lärm ohrenbetäubend. Luzifer ließ die ekstatische Anerkennung ohne sichtbare Gefühlsregung über sich ergehen und senkte bloß zweimal dankend sein Haupt. Ich fühlte, dass sich hinter seiner undurchsichtigen Maske vollste Zufriedenheit verbarg. Ja, Luzifer war durchaus in seinem Element.

Unerwartet erhob sich Yvaine von ihrem Sitz, was dazu führte, dass die Begeisterungsstürme verebbten. Luzifer wirkte überrascht und warf seiner Frau einen fragenden Blick zu. Yvaine jedoch lächelte nur und ließ ihre blitzenden Augen über die Schar an Gästen schweifen.

»Ein fantastischer Einfall, mein Lieber«, sagte sie. »Aber eine solch *dämonische* Vorstellung darf klarerweise nicht ohne Erwiderung bleiben.«

Die Stille war vollkommen, als Yvaine dreimal sacht in die Hände klatschte.

Kräftige Windstöße fegten durch den Saal, kamen von überallher zugleich und konzentrierten sich in mehreren senkrechten Wirbeln, aus denen halb durchsichtige

Frauengestalten emporstiegen. Es waren Luftgeister, Banshees, verwandt mit den Feen und berüchtigt für ihre Schönheit, ihre betörenden Düfte – und ihren Gesang.

Als die erste Woge faszinierender Gerüche über unseren Köpfen zusammenschlug, fingen die Banshees an zu singen. Es waren Laute, wie sie kaum ein Sterblicher je vernommen hat, in ihrer Stärke nicht weniger mächtig als der Tanz der Trolle, doch gleichzeitig so viel sanfter, beinahe schüchtern. Während die Donner der Trollschritte alles andere aus dem Bewusstsein verbannt hatten, bewirkte der Gesang das Gegenteil. Der Geist öffnete sich, ungeahnte Empfindungen drangen auf ihn ein. Die eigene Wahrnehmung wurde schärfer, umfassender, explodierte in Kaskaden berauschender Sinneseindrücke.

Ich ließ mich fallen und kostete die intensiven Gefühlsimpressionen vollends aus. Beinahe unbewusst, aber nur beinahe, griff ich nach Leandras Hand. Sie ließ es geschehen und erwiderte meine Berührung mit derselben Innigkeit.

Nach einigen Minuten verklang der Gesang und die Banshees verschwanden. Der nun folgende Applaus war etwas zaghafter, als der nach Luzifers Auftritt. Dies lag wohl nicht daran, dass die Vorstellung weniger Zuspruch gefunden hatte, sondern mochte damit zusammenhängen, dass Luzifer als Herrscher der Unterwelt selbstverständlich der erste Platz gebührte.

Yvaine wandte sich Luzifer zu. Kein gesprochenes Wort war zu vernehmen, sie blieben stumm, als sie sich reglos gegenüberstanden. Aber ich spürte die tiefe Zuneigung und Hingabe, die beide verband.

Sie erwachten aus ihrer Erstarrung, fielen sich um den Hals und tauschten einen langen, leidenschaftlichen Kuss. Als sich Vampir und Elbin schlussendlich voneinander lösten, breitete Luzifer die Arme aus und seine Stimme, kräftig und durchdringend wie Glockenschläge, grollte durch die gesamte Unterwelt: »LASST DAS FEST BEGINNEN!«

Diese Ankündigung wurde von den dämonischen Gästen mit lautstarkem Grölen begrüßt, während die Elben, ganz in ihrer Art, bloß uninteressiert zwinkerten. Allerdings nicht alle.

»Gehen wir tanzen?«, fragte Leandra.

Ich blickte in ihre funkelnden Augen. »Liebend gern.«

Wir erhoben uns und schritten Seite an Seite auf den nächsten Abgang in die unterirdischen Gewölbe zu. Mir blieb nicht verborgen, dass uns Leandras Vater missbilligende Blicke zuwarf. Doch das bekümmerte mich nicht. In der Unterwelt war nichts verboten.

Stundenlang vergnügten wir uns in Tanzräumen, Musikhallen und Erlebnisbereichen.[1] Danach zogen wir uns an einen stillen Ort zurück, um unseren sexuellen Fantasien freien Lauf zu lassen.[2] Als sich das Fest seinem Ende zuneigte, kehrten wir in den Hochzeitssaal zurück. Ich umarmte Eva und Luzifer und versetzte Uriel einen brü-

---

[1] Die dampfenden Schlammpackungen der Höllenharpyien sind besonders zu empfehlen. Das ist aber nichts für Zartbesaitete, da man neben einem lodernden Feuer ausharren muss, bis der Matsch getrocknet ist und anschließend kopfüber in ein Becken mit kaltem Wasser getunkt wird.

[2] Für die Voyeure unter Ihnen: Sex mit einer Elbin ist etwas ganz Besonderes. Die geistige wie körperliche Verschmelzung, der zartweiche Duft ihrer Lenden, der Funkenregen aus Sternenstaub, wenn sie ihren Höhepunkt erlebt – keine Menschenfrau kann da mithalten.

derlichen Klaps auf den Rücken, wodurch er sich an den Kirschen in seinem Mund verschluckte. Zuletzt verabschiedete ich mich von Leandra mit einem leidenschaftlichen Zungenkuss – wobei ich die Gesichtszuckungen ihres Vaters geflissentlich ignorierte.

Erschöpft aber zufrieden, ließ ich mich einige Stunden später in meinen Schaukelstuhl am Rande des tief verschneiten Bergsees fallen. Was für eine Nacht ... Luzifer und seine verrückten Ideen, grandios!

In diesem Augenblick spürte ich ein sanftes Vibrieren über meiner Brust. Eilig beschwor ich einen multispektralen Schutzschild und einige Jagdlichter herauf. Aber meine Vorsicht war unbegründet. Ein winziger Schmetterling erhob sich über meinem Herzen und ich vernahm Leandras verlockende Stimme: *Willst du mich wiedersehen?*

Ich lächelte, schloss die Augen und sandte ihr quer durch die Welten eine geflüsterte Nachricht, die nur ein einziges Wort enthielt: *Ja*.

(6)
Blutfehde

Leider wurde es vorerst nichts aus unserem Treffen. Zwei Tage später erhielt ich eine dringliche Mitteilung von Michaela, die mich schlagartig aus meiner wohligen Zufriedenheit riss.

Fenris hat Morgain entführt, teilte sie mir mit. *Er droht sie umzubringen, sollte ihr Vater nicht öffentlich um Verzeihung bitten.*

Meine Befürchtungen hatten sich also bewahrheitet. Morgain war die erste Tochter des Elbenfürsten Gladwin – und mit diesem meinte Fenris nach der vergangenen Ratssitzung noch eine Rechnung begleichen zu müssen. Ich erkannte die Problematik an der Situation: Elben, und gerade Elbenfürsten, waren zu stur und unnachgiebig, um sich für irgendetwas, sei es ein Todesfluch oder eine Lappalie, zu entschuldigen. Womöglich traf das selbst dann zu, wenn es um das Leben ihrer Kinder ging. Fenris hingegen war es durchaus zuzutrauen, dass er seinen Worten Taten folgen ließ.

Wo hält er sie gefangen?, erkundigte ich mich.

In Moskau. Vermutlich in einem unterirdischen Verlies. Die vielen Menschen und Strahlungsquellen stören die Lokalisierung, aber ich glaube, Fenris hat sich unweit des Kremls einquartiert.

Soll ich die Angelegenheit übernehmen?

Ich bitte dich darum. Bei dir müsste ich es nicht erwähnen, sage es aber trotzdem: Gewalt nur dann, wenn es unumgänglich ist.

Euer Wunsch ist mir Befehl, ehrenwerte Hüterin des Patriotis... Aber Michaela hatte die telepathische Verbindung bereits gekappt.

Ich ahnte, dass die Frist für eine Schlichtung des Konflikts knapp bemessen war. Fenris' Ultimaten bewegten sich gewöhnlich im Stundenbereich. Manchmal auch im Plusquamperfekt – was im Klartext bedeutete, dass es bereits zu spät sein konnte, wenn das Ultimatum eintraf.

Mit Höchstgeschwindigkeit flog ich nach Moskau und landete in einer dunklen Seitengasse, die in Sichtweite des Kremls lag. Ich spazierte auf die belebte Straße hinaus und stapfte durch den Schnee auf die Türme des Regierungsgebäudes zu. Meine Gestalt war die eines kasachstanischen, steinreichen Touristen: perlenbestickter Wintermantel, Bärenfellmütze, Hermelinpelzstiefel und Krokodilledertasche.[1]

Bereits nach wenigen Schritten spürte ich die Anwesenheit von Unsterblichen. Es waren Werwölfe, vielleicht zwei Dutzend, die in Gestalt russischer Soldaten um ein imposantes, mehrstöckiges Gebäude lungerten. Sie fühlten sich offenbar so sicher, dass sie keinen einzigen Tarnzauber gewirkt hatten. Ich marschierte auf den Haupteingang zu und verhielt erst, als mir drei der Halbmenschen den Weg vertraten.

»Halt!«, befahl einer von ihnen. »Was wollen Sie?«

---

1 Der vorherige Eigentümer steckte kopfüber in einer Jauchegrube. Er hatte sich geweigert, mir die Kleidung freiwillig zu überlassen und mich als *Svinja* – Schwein – beschimpft.

»Mein Name ist Graf Igor Dostojewski[1]«, behauptete ich. »Ich habe einen Termin mit Fürst Fenris, der falschfiesen, faunischen Frostbeule.«

Erfreulicherweise handelte es sich um niedere Werwölfe, die meinem hypnotischen Blick nicht standhalten konnten.

»Sehr wohl, werter Graf«, erwiderte einer von ihnen und verbeugte sich tief. »Ich führe Sie gern zu ihm.«

Ich folgte dem Werwolf ins Innere des Gebäudes. Die übrigen Soldaten wandten sich ab und würden sich in wenigen Augenblicken nicht mehr daran erinnern, mir begegnet zu sein. Wahrscheinlich war diese Vorsichtsmaßnahme überflüssig, doch legte ich keinen Wert darauf, mit Pauken und Trompeten ein feindliches Heerlager zu stürmen.

Wir schritten einen langen Korridor und eine vergoldete Wendeltreppe hinab, die in ein prunkvolles, mit Ornamenten verziertes Kellergewölbe führte. Fenris ließ sich nicht lumpen, wenn es um seinen Unterschlupf ging.

Jäh durchlief ein stromartiges Kribbeln meinen Körper.

»Verdammt!«, fluchte ich, was mir einen verwirrten Blick meines wölfischen Führers einbrachte.

Doch galt dieser Ausruf allein mir selbst. Ich hätte das unsichtbare Werschild registrieren müssen, war aber

---

[1] Den russischen Schriftsteller hatte ich gut leiden können. Seine Parabel über Jesus und den Großinquisitor hat mich mehr als einmal zu Tränen gerührt. Michaela hätte in ihrer Rolle als Messias auch besser schweigen und stattdessen Küsse verteilen sollen.

mangels Aufmerksamkeit geradewegs hineingestolpert. Spätestens jetzt wusste Fenris, dass ich mich näherte.

Am Ende des Gewölbes zweigten drei Gänge ab. Wir betraten den linken, der in einen kleinen Raum mit nur einer Tür mündete. Auf einem Stuhl saß eine schlanke Frauengestalt, die an etwas nagte, das gravierende Ähnlichkeiten mit dem Unterarm eines Menschen aufwies.

Als wir uns näherten, ließ das makellos schöne Mädchen seine Mahlzeit sinken und warf mir einen feurig glühenden Blick zu. Gleich darauf entspannten sich die Züge der jungen Frau und ihre Lippen verzogen sich zu einem strahlenden Lächeln; zumindest wäre es das gewesen, wenn Rhea ihre Fangzähne eingefahren und das rohe Stück Fleisch hinuntergeschluckt hätte.

»Raphael«, sagte sie genüsslich und leckte sich über die blutigen Lippen. »Kommst du, dein Versäumnis im Tempel von Delphi nachzuholen?«[1]

»Nein«, erwiderte ich wahrheitsgemäß, obwohl ihre Anspielung einige lustvolle Fantasien wachrief. »Ich will mit Fenris sprechen.«

»Oh ...«, antwortete Rhea und das Interesse in ihrem Blick erlosch. »Du kommst wegen dieser Elbenschlampe.«

Als ich stumm blieb, fuhr die Werwölfin fort: »Ist aber zwecklos, Fenris lässt sich nicht umstimmen.«

---

[1] Damals hätte sie mich um ein Haar dazu gebracht, mit ihr die animalischen Genüsse eines hemmungslosen Geschlechtsaktes zu erleben. Nicht, dass die Königin der Werwölfe keine exquisiten Vorzüge besessen hätte, aber die Rache Fenris' zog man nicht freiwillig auf sich.

»Mal sehen.« Ich deutete auf die Tür vor mir. »Ist er da drinnen?« Der geballten negativen Energie nach zu schließen, gab es eigentlich keinen Zweifel.

»Ja.« Rhea nickte kurz, biss einen Finger der Menschenhand ab und kaute geräuschvoll darauf herum. »Kannst reingehen.«

Ich betrat einen luxuriös eingerichteten Raum, dessen Höhe mehr als fünf Meter betrug. Auf einem Himmelbett räkelte sich eine splitternackte Hel, die mir lüsterne Blicke zuwarf, wodurch ich abermals zu unangebrachten Gedankengängen hingerissen wurde. In einer Ecke des Zimmers stand ein durch mehrere Bannsprüche und Energieschilde geschützter Käfig, in dem eine weibliche Gestalt kauerte – Morgain.

Morgain war in vielerlei Hinsicht etwas Besonderes. So war sie das erste auf natürlichem Weg gezeugte Kind der Elben. Darüber hinaus besaß sie einige Fähigkeiten, die in der gesamten Oberen Welt einzigartig waren; etwa die Kontrolle des Elements Feuer und die Befähigung zur Anrufung von Wesen der Unteren Welt. Schlussendlich gehörte sie zu den wenigen Unsterblichen, die ihr Aussehen niemals änderten. Es hieß, dass sie ihre ursprünglichen Gesichtszüge beibehalten hatte, womit sie, sozusagen, hundert Prozent natürliche Schönheit besaß. Es war diese letzte Tatsache, die ihr von meiner Seite tiefen Respekt einbrachte.

Gerade noch rechtzeitig fiel mir auf, dass in meinem Blickfeld mindestens ein Wesen fehlte.

Ich duckte mich und hechtete zwei Meter ins Zimmer hinein. Im gleichen Moment fauchten Fenris' Pranken an jener Stelle durch die Luft, an der ich mich gerade noch befunden hatte.

»Das ist aber keine nette Begrüßung«, sagte ich und wischte mir ein paar Staubkrümel von den Schultern.

Fenris plumpste von der Zimmerdecke zu Boden, richtete sich auf seine Hinterläufe auf, wodurch er mich um gut einen Meter überragte, und fletschte die Zähne.

»Die Übliche«, grunzte er, stolzierte an mir vorbei und warf sich neben Hel auf das Himmelbett. »Was willst du?«

»Michaela schickt mich. Wir haben davon erfahren, dass du Morgain in deine Gewalt gebracht hast und damit drohst, sie umzubringen.«

»Umbringen?« Fenris richtete sich auf alle viere auf und kratzte sich mit einem Hinterbein den Rücken. »Käme mir nicht im Traum in den Sinn.«

»Jedenfalls hältst du sie gegen ihren Willen hier fest. Ich muss dich wohl nicht daran erinnern, dass ein solches Vorgehen in Widerspruch zu der Vereinbarung von …«

»Erspar mir dein neunmalkluges Palaver. Sie bleibt hier.«

»Weshalb hast du ausgerechnet Gladwins älteste Tochter in den Streit hineingezogen?«

»Das geht dich nichts an. Und jetzt verschwinde.«

»Nein. Ich werde nicht zulassen, dass du mit deiner Dickköpfigkeit einen Krieg zwischen Unsterblichen riskierst.«

Meine Worte waren mit Bedacht gewählt. Ein klein wenig Hochnäsigkeit, eine ordentliche Portion Entschlossenheit und eine Prise Aggression. Gerade genug, um Fenris auf die Palme zu bringen, ohne dabei eine offene Auseinandersetzung zu riskieren.

Fenris knurrte, sprang vom Bett und trat mir mit funkelnden Augen entgegen.[1]

»Sie bleibt, bis mich Gladwin um Verzeihung gebeten hat. Sollte er nicht bald eintreffen, dann ...«

»Dann was?«, antwortete ich und erwiderte Fenris' Blick kühl.

»Werde ich ihr Unaussprechliches antun.«

»Unaussprechliches. Soso.«

»Spottest du über mich?«, brauste Fenris auf. »Meine Macht ist deiner mehr als ebenbürtig. Du solltest dich hüten, mich zu beleidigen, wie es ...«

»Hört auf«, erklang eine Stimme.

Morgain hatte unser Gespräch bisher schweigend verfolgt. Jetzt hob sie den Kopf und warf uns einen ernsten Blick zu. Sie wirkte völlig ruhig.

»Mein Vater ist eingetroffen.«

Vor der Tür wurden Stimmen laut, ein Schrei ertönte, unmittelbar gefolgt von einem Knall. Das massive Holztor knirschte vernehmlich, zog sich zusammen – und brach aus den Angeln.

Mehrere Gestalten erschienen in der gewaltsam geschaffenen Öffnung. Eine kroch auf allen vieren, war zur Hälfte wölfisch und von einem vibrierenden, gelben Nebel umgeben. Gladwin trat in Begleitung von vier groß gewachsenen Elben in den Raum. Er hatte Rhea in ein wirbelndes Lichtnetz eingeschlossen, das sich beständig weiter zusammenzog und die jaulende Wölfin zu erdrücken drohte.

»Gib Rhea frei.« Fenris blieb völlig gelassen. »Oberon würde dich vernichten.«

---

[1] Ich liebe es, wenn meine Pläne funktionieren!

»Oberon wäre mir auf Knien dankbar, die Welt von deinesgleichen befreit zu haben!«, donnerte Gladwin.

Fenris verdrehte die Augen und ließ sich auf seinem haarigen Hinterteil nieder.

»Wenn du meinst«, bemerkte er süffisant und stieß ein heiseres Kläffen aus.

Die Felswand nahe Morgains Käfig geriet in Bewegung und spuckte fünf, sechs und schließlich ein Dutzend geifernde Bestien aus. Zwei der Wesen waren Nachtalben, bewaffnet mit phosphoreszierenden Schwertern aus Drachenstahl[1]. Zu allem Überfluss befand sich auch ein hypnotisierter Höhlentroll unter den Angreifern.

»Lass meine Tochter gehen«, sagte Gladwin. »Dann werde ich Rhea verschonen. Die Auseinandersetzung betrifft nur uns beide.«

»Ach?«, meinte Fenris. »Deshalb hast du wohl auch deine langohrigen Freunde mitgebracht.«

»Das wäre nicht notwendig gewesen, wenn mein feiger Widersacher auf die fünfzig Mann starke Leibgarde verzichtet hätte.«

Der Konflikt drohte zu eskalieren. Fenris sah kaum danach aus, als würde er Morgain ziehen lassen und auch Gladwin wirkte nicht im Entferntesten, als hätte er vor, klein beizugeben.

»Liebe Kollegen«, sagte ich und hob beschwichtigend die Arme. »Lasst uns bitte in der Hitze der Emotionen nicht den Kopf ver...«

---

1 Eine spezielle Legierung aus dem Element *Atlan*, das nur auf Atlantis vorkommt, Diamantenstaub und verschiedenen Metallen; äußerst gefährliche Waffen, selbst für Unsterbliche.

»Hast du mich gerade einen Feigling genannt?«, brüllte Fenris und sein Nackenfell sträubte sich.

»Vater, nicht!«, rief Morgain, die zu begreifen begann, dass Gladwin nicht nur gekommen war, um sie zu befreien.

Der Elbenfürst ergriff einen Speer und richtete die silbern funkelnde Spitze auf Fenris' Brust.

»Oh ja, das habe ich.«

Fenris' Augen glühten rot auf. Mit einem zornigen Heulen stieß er sich vom Boden ab. Im gleichen Moment fingen Morgain und Rhea an zu schreien. Die Werwölfe, Dunkel- und Lichtalben hoben ihre Waffen und stürmten in blindem Hass aufeinander zu.

In diesem Moment sah ich mich gezwungen einzugreifen.[1]

»HALT!«, donnerte ich mit solchem Stimmaufwand, dass krachend Mauerstücke aus der Decke brachen und sich im Fußboden ein breiter Riss auftat. Die volle Dosis meines Blicks, gepaart mit einem hochprozentigen telekinetischen Klammergriff, paralysierte alle, selbst Gladwin und Fenris. Irgendwie fand ich das schade. Das Duell Elbenfürst gegen König der Werwölfe wäre bestimmt sehenswert gewesen.

Ich trat zwischen die beiden in reglose Statuen verwandelte Streithähne und nahm telepathischen Kontakt zu ihnen auf.

---

[1] Ich spiele mich wirklich nicht gern als Schiedsrichter auf, aber als Wächter und noch dazu offizieller Gesandter Michaelas ist es meine Aufgabe, zwischen verfeindeten Unsterblichen zu vermitteln. Notfalls auch mit mehr als netten Worten.

Ihr werdet mir bei euren Seelen schwören, eure Fehde augenblicklich zu beenden.[1]

Als auch nach mehreren Sekunden keine Antwort erfolgte, fügte ich hinzu: *Sofort!*

Mürrisch gaben die beiden ihr Einverständnis. Ich befreite Rhea aus dem Lichtnetz und Morgain aus dem Käfig. Erst danach hob ich den telekinetischen Klammergriff auf.

Gladwin und Fenris sprachen kein Wort, als sie sich kurz und steif voreinander verneigten. Das genügte mir, entsprach es doch dem gängigen Protokoll. Der Elbenfürst nahm Morgain an seine Seite und verließ mit seinen Begleitern den Raum – ohne Gesichtsregung und ohne sich ein einziges Mal umzuwenden. Fenris warf mir solch unheilvolle Blicke zu, dass ich es vorzog, Gladwin in einiger Entfernung zu folgen.

Der Kampf gegen zwei so mächtige Wesen, wie es Fenris und der Elbenfürst waren, hatte mich erheblich geschwächt. Doch durfte ich mir meine Kraftlosigkeit nicht anmerken lassen, sonst würde Fenris die Gunst der Stunde nutzen und mich herausfordern. Als ich aus dem Gebäude ins Freie trat, musste ich einen Gutteil meiner verbliebenen Energie darauf verwenden, nicht sichtbar zu schwanken. Derart geschwächt war ich das letzte Mal vor mehr als zweihundert Jahren gewesen.

Leider meinte es die Weltenfügung nicht gut mit mir. In jenem Moment spürte ich das Eindringen einer telepathischen Verbindung in meinen Geist – Leandra.

---

[1] Eine solche Drohung ist das machtvollste Druckmittel von uns Erzvampiren. Viele Unsterbliche sind davon überzeugt, dass wir die Fähigkeit besitzen, ihnen die Seelen zu rauben. Selbstverständlich nichts weiter als ein Bluff.

Wie konntest du nur, ereiferte sich Gladwins jüngste Tochter.
Was meinst du? In diesem Augenblick hatte ich aufgrund meiner geistigen Abgeschlagenheit tatsächlich keine Ahnung.
Meinen Vater derart bloßzustellen – noch dazu vor Fenris!
Bitte? Ich habe doch nichts ...
Als Schwächling hast du ihn dargestellt und zur Versöhnung mit seinem schlimmsten Feind gezwungen.
Es ging nicht anders, sonst hätten ...
Verdammter Blutsauger!
In diesen zwei Wörtern schwang eine solche Abneigung mit, dass ich den telepathischen Faden zwischen uns abrupt durchtrennte. Nicht, dass mir noch ein Kommentar entschlüpfte, den ich später bereuen würde. Besser ich wartete ab und sandte Leandra in einigen Monaten oder Jahren eine zart-devote Botschaft voll glühender Leidenschaft, der sie nicht widerstehen konnte.

Jäh drang das befremdliche Bild eines weit geöffneten, wölfischen Rachens auf mich ein. Ohne Zweifel Fenris' Werk. Es war eine Warnung, ihm nicht mehr in die Quere zu kommen. Aber das hatte ich nicht vor. Ich zögerte eine Weile, doch dann fasste ich einen Entschluss. Ja, warum nicht. Ein neuer Beruf war längst überfällig – und einen Zahnarzt hatte ich noch nie gemimt.

(7)
Zahnschmerzen

Bereits als er das Vorzimmer betrat wusste ich, wer er war. Seine Aura, die um ehrlich zu sein wenig beeindruckend schien, spürte ich selbst durch die beiden uns trennenden Räume hindurch. Dennoch unterbrach ich meine Arbeit nicht, versiegelte den Zahn meiner Patientin und entfernte die Unebenheiten der Füllung. Als die Frau gegangen war, trat ich zu meiner Assistentin in den Empfangsraum.

»Wie sieht es aus, Anna?«

»Hallo Raphael. Wir könnten Feierabend machen, nur ... der Herr dort in der Ecke«, sie nickte zu einer langhaarigen, bleichen Gestalt hinüber, »hat keinen Termin, bittet aber trotzdem um eine Behandlung.«

Ich verzichtete darauf, der weißgesichtigen Person einen zweiten Blick zuzuwerfen. Seine Aura genügte mir vollauf.[1]

»Was hat er für Beschwerden?«

»Zahnschmerzen.«

»So eine Überraschung.«

»Es ist nur ...« Anna zögerte. »Er trägt weder Krankenschein noch Ausweis bei sich.«

---

1 Hatte ich bereits erwähnt, dass sie mehr als erbärmlich war?

»Er sieht kränklich aus«, meinte ich gelassen. »Vielleicht eine Notsituation, da will ich eine Ausnahme machen. Er soll hereinkommen, ich sehe mir seine Zähne mal an.«

Fortschicken konnte ich ihn schließlich nicht. Allein schon deshalb, weil es mich brennend interessierte, welcher Vampir sich hinter dieser kümmerlichen Aura verbarg.

»In Ordnung.« Anna nickte. Aber ihr behagte meine Entscheidung nicht. Obwohl sie ein gewöhnlicher Mensch war, merkte auch sie, dass mit dem Unbekannten etwas nicht in Ordnung war.

»Wie heißt er überhaupt?«, fragte ich.

»Dracul. Valentin Dracul.«

Wie originell, dachte ich amüsiert. *Der Klassiker.*

Kurz darauf betrat der Mann mein Behandlungszimmer. Es war ein sehr junger Vampir. Um seinen spindeldürren Körper hatte er eine mit Nägeln beschlagene Tasche geschwungen und in seiner aufgedunsenen Unterlippe steckten mehrere Piercings, die verdächtig an Sicherheitsnadeln erinnerten – angeblich bei Jungvampiren der letzte Schrei, wie ich unlängst von Eva erfahren hatte. Valentins Augen waren starr und weit geöffnet. Seine Bewegungen strahlten primitive, ungezügelte Aggression aus.

»Sind Sie der Doktor?«, fragte der Vampir mit schriller, brechender Stimme.

»Allerdings.«

»Meine Zähne tun weh. Können Sie was dagegen tun?«

»Vielleicht. Zuerst muss ich sie mir ansehen.«

Der Vampir ließ sich am Behandlungsstuhl nieder, verschränkte die Arme vor der Brust und öffnete seinen Rachen. Valentins Gehabe ähnelte dem eines störrischen Kindes. Offensichtlich begriff er nicht, dass ich kein Mensch war. Besonders lange konnte er noch nicht verwandelt sein. Ich schätzte zwei Jahre, wenn überhaupt.

»Ihr Name ist Valentin Dracul?«, erkundigte ich mich, während ich nach meinem Werkzeug griff. Als ich die Kopfleuchte einschaltete, zuckte der Vampir zusammen und schloss hastig die Augen.

»Jep.«

»Das klingt rumänisch oder bulgarisch. Stammen Sie aus der Region?«

Ein überhebliches Lächeln umspielte seine Lippen.

»So ähnlich«, erwiderte er.

Mir fiel es nicht schwer zu erraten, worin die Zahnschmerzen des Vampirs begründet lagen. Einer seiner oberen Eckzähne war gesplittert. Mir war schleierhaft, wie es dieser Tollpatsch zuwege gebracht hatte, sich dermaßen zu verstümmeln. Normalerweise überstand unser Vampirgebiss selbst den Kontakt mit Eisen und Stein. Gewöhnlich löste sich ein gebrochener Zahn aber auch rasch aus dem Kiefer und wuchs innerhalb weniger Tage nach. Die eitrige Parodontitis, die sich um den Eckzahn des Vampirs gebildet hatte, führte mir vor Augen, wie alt der Blutsauger tatsächlich sein musste: wohl kaum ein halbes Jahr.

»Einer Ihrer Zähne ist gesplittert«, sagte ich. »Ich werde ihn entfernen müssen.«

»Muss das sein?«, entfuhr es Valentin und ich fühlte, wie sich sein Körper verkrampfte.

»Muss es. Es sei denn, Sie wollen an einer Blutvergiftung sterben.«

»Geht das denn?«

»Selbstverständlich«, entgegnete ich, auch wenn das in seinem Fall gelogen war.

»Aha«, sagte er nur und verzog das Gesicht. »Dann legen Sie los.«

Ich war nicht davon angetan, diesen Wicht zu behandeln. Doch er war jung, besaß noch nicht die Fähigkeit, andere Auren zu lesen und hatte damit keine Ahnung, wer ich war. Ich hielt es für günstiger, wenn es so blieb. Andernfalls hätte ich vielleicht wieder auswandern und meine frisch renovierte Villa verlassen müssen, in der ich mich in letzter Zeit richtiggehend heimisch zu fühlen begann.

Ohne viel Federlesen griff ich nach der größten Zange, die ich finden konnte, und setzte sie an dem gebrochenen Eckzahn an. Selbstredend dachte ich keine Sekunde daran, dieser Memme eine Betäubung zu verabreichen.

»Wä' esch 'ög'ich ...«

Ich tat so, als könnte ich ihn nicht hören, kniff die Zange zusammen und riss den maroden Zahn aus Valentins Oberkiefer. Der Vampir kreischte auf, griff sich mit beiden Händen ans Gesicht und sackte wimmernd zusammen.

»Na bitte«, meinte ich seelenruhig, betrachtete interessiert den gut zwei Zentimeter langen, blutigen Zahnrest und lächelte. »War doch kein Problem.«

Der Ausdruck im Gesicht des Vampirs wandelte sich von Schmerz über Empörung zu reiner Mordlust.

»Das hat ganz schön weh getan«, sagte er gereizt und spie einen Batzen Blut auf den Fußboden. »Ging das nicht vorsichtiger?«

»Bedaure, aber Zähne ziehen ist nun mal kein Zuckerschlecken.«

Valentin warf mir einen vernichtenden Blick zu und tastete über das ausgefranste Loch in seiner Zahnreihe.

»Und was mach ich jetzt?«, fragte er. »Ich meine – der Zahn wächst doch nach, oder?«

»Nein«, log ich. »Man muss ein Implantat einsetzen.«

»Könnten Sie das tun?«

»Theoretisch ja. Allerdings ist das ein langer und komplizierter Eingriff, der ohne Beteiligung der Krankenkasse nicht gerade billig kommt.«

»Wie viel?«

»Zehntausend Schilling.«

Valentin stieß einen anerkennenden Pfiff aus. »Wissen Sie was. Sie stecken mir jetzt das Implantat rein und ich beschaff' Ihnen morgen das Geld.«

»Nein, so läuft das nicht. Zunächst brauche ich Ihren Ausweis, einen Krankenschein und Ihre Unterschrift. Außerdem dauert der Eingriff. Es muss ein Abdruck gefertigt werden, dann ...«

»Ach was. Ich brauche noch heute einen neuen Zahn, kapiert?!«

Anscheinend wollte diese Witzfigur tatsächlich ihre Kräfte mit mir messen. Ich ließ mich nicht provozieren, auch wenn ich nach außen hin den Eindruck vermittelte, über Valentins Wortmeldung gehörig empört zu sein.

»Kommt nicht in Frage«, sagte ich laut. »Ich habe Ihnen den Zahn gezogen, das war bereits mehr, als Sie erwarten konnten.«

Valentin erhob sich vom Behandlungsstuhl und richtete sich zu seiner vollen Größe auf. Selbst einen normalen Menschen hätte er mit seiner spindeldürren Gestalt nicht beeindrucken können.[1]

»Sie werden mir sofort dieses Implantat einsetzen, sonst ...«

»Was?«, blaffte ich ihn an und für einen Moment ließ ich die Illusion eines dunklen Schattens um meinen Körper entstehen.

Obwohl nur Kleinkram, verfehlte er nicht seine Wirkung. Valentin fuhr zusammen und ein Ausdruck von Verwirrung breitete sich auf seinen Zügen aus.

»Verlassen Sie meine Praxis«, sagte ich drohend. »Sofort!«

Ohne ihn eines weiteren Blickes zu würdigen, begann ich mein Werkzeug zu verstauen. Ich spürte Valentins aufschäumende, blutlüsterne Gier, kaum dass ich ihm den Rücken zuwandte. Ich war gespannt, ob dieser armselige Narr dumm genug sein würde, mich zu attackieren.

Der Vampir zögerte einen Augenblick, gelangte jedoch zu der Überzeugung, dass er sich mit mir besser nicht anlegen sollte. Wutschnaubend fuhr er herum, stürmte aus dem Zimmer und schlug die Tür hinter sich zu.

Fünf Atemzüge später hörte ich Anna schreien.

Mir war auf Anhieb klar, was geschehen sein musste. Anna war zwar nur ein Mensch, aber sie war auch eine

---

[1] Sein Anblick erinnerte mich ein wenig an Siddhartha, der, dem Hungertod nahe, große Augen machte, als ein rundlicher, fröhlich lachender Glatzkopf im Lendenschurz an ihm vorbeispazierte. Kurz darauf begann er wieder zu essen.

seelische Stütze gewesen, hatte ihre Arbeit gewissenhaft verrichtet und mir dann und wann einen Schluck ihres köstlichen Blutes gewährt. Daneben waren wir in zahlreichen Nächten zusammen gewesen und hatten Stunden ungezügelter Leidenschaft miteinander verbracht.[1]

Das gab den Ausschlag. Ich verwandelte mich in die perverse aber wirkungsvolle Karikatur von Graf Dracula und fuhr meine nadelspitzen Reißzähne aus. Mit wehendem Schattenumhang raste ich durch den Raum und auf die geschlossene Tür zu, die sich mit einem dumpfen *Poff!* vor mir pulverisierte.

Valentin hatte Anna an der Gurgel gepackt, vor sich in Kopfhöhe gegen die Wand gepresst und ihr die Kehle aufgerissen. Hellrotes Blut sprudelte aus der geöffneten Halsschlagader, das der Vampir begierig im Rachen auffing und hinunterschlang. In Annas erlöschenden Augen stand ein Ausdruck bodenlosen Entsetzens.

Valentin war bei meinem Eintreten herumgefahren. Das hämische Grinsen, das er mir zuwarf, gerann zur Grimasse. Vielleicht wollte er sogar eine Entschuldigung murmeln oder sein Heil in der Flucht suchen, doch ließ ich nichts davon zu. Ich packte ihn und riss ihn von Anna fort, deren lebloser Körper haltlos zusammenbrach. Mit aller Macht schmetterte ich Valentin an die gegen-

---

[1] Anna wusste weder von ihrer zeitweiligen Blutarmut, noch von ihren multiplen Orgasmen. Der Grund: Unsere Fähigkeit des Blicks kann auch als Erinnerungsblocker eingesetzt werden. Bestenfalls bleibt ein nebelhafter Rest, der von den Menschen als Traum abgetan wird. Was die Bisswunden angeht – dank unseres Speichels verheilen sie innerhalb von Minuten, selbst dann, wenn die Blutabnahme für das Opfer tödlich endet. Sie wären schockiert, wenn Sie wüssten, wie viele angebliche Herzstillstände auf Vampire zurückzuführen sind.

überliegende Wand. Verputz und Ziegelteile brachen aus dem Gemäuer und fielen in einer wirbelnden Staubwolke zu Boden.

Einen Menschen hätte diese Behandlung umgebracht und auch der junge Vampir war schwer mitgenommen. So besaß sein linker Arm ein paar Gelenke zu viel und sein Hinterkopf war um einige Zentimeter kürzer geworden. Stöhnend richtete er sich auf und unternahm den halbherzigen Versuch, nach mir zu schlagen. Aber gegen mich war er wie ein Wurm im Kampf mit einem Adler.

Ich beschwor eine telekinetische Klinge herauf, trennte Valentins Kopf von dessen Schultern und warf Schädel wie Torso angewidert zu Boden. Natürlich verzichtete ich darauf, sein Blut zu trinken.

Stattdessen bückte ich mich nach Annas toten Körper, hob ihn umsichtig vom Boden und entfernte mit einem Schnippen das Blut von den Wänden. Die Polizei würde nur ein einziges Opfer finden – ohne Fingerabdrücke, Augenzeugen oder Hinweise auf einen Täter.

Ich wandte mich ein letztes Mal Valentins lebloser Hülle zu. Sein Tod würde niemanden bekümmern. Er war rücksichtslos, unbeherrscht und noch dazu strohdumm gewesen. Allesamt Eigenschaften, die den Idealen von uns Ältesten widersprachen.

»Herr Dracul«, sagte ich und ein feines Grinsen stahl sich auf mein Gesicht. »Als Vampir hätten Sie wissen müssen, dass Zahnschmerzen tödlich enden können.«

(8)
Der Erzvampir

Nach dem Vorfall mit dem Vampir in meiner Praxis, und da Michaela im Moment keine besondere Aufgabe für mich bereithielt, war es für mich an der Zeit, den Beruf zu wechseln. In den vergangenen Jahrzehnten und Jahrhunderten hatte ich die verschiedensten Tätigkeiten ausgeübt. Ich war neben fundierten Beschäftigungen wie Arzt, Koch oder Händler auch kreativen Berufen wie Schauspieler, Schriftsteller oder Maler nachgegangen. Selbst einen Mafioso und, was mir damals besonders feine Leckerbissen beschert hatte, Callboy hatte ich gemimt.

Dummerweise war es mit einem neuen Beruf noch nicht getan. Ich war obendrein dazu gezwungen, meine prachtvolle Villa aufzugeben. Seit der Charta von Atlantis musste ein Unsterblicher im Fall seiner Enttarnung den bisherigen Wohnsitz aufgeben. Dies schloss mit ein, dass man die Stadt zu verlassen hatte und seine Gesichtszüge oder die äußere Gestalt ändern musste.

Mein neuer Zufluchtsort sollte eine Millionenmetropole des Nachbarlandes werden, die ich bereits vor einigen Jahrhunderten, damals ein Fünfhundert-Seelen-Dorf, besucht hatte. Als Gestalt wählte ich einen molligen Fünfundvierzigjährigen, den ich mit einem dunklen Teint, schwarzen Augen, scharfen Gesichtszügen sowie einem buschig geschwungenen Schnurrbart ausstattete. Meiner Meinung nach war das der ideale Privatdetektiv, denn dies sollte meine neue Rolle werden.[1]

Eine neue Unterkunft zu finden, war nicht weiter schwer. Ich spazierte durch das Villenviertel der Stadt und wählte mir ein hübsches Anwesen. Eine alte, dreistöckige Villa mit prachtvoller Veranda erhielt den Zuschlag. Durch ein Fenster im Erdgeschoss erkannte ich, dass das Haus halbwegs geschmackvoll eingerichtet war. Allzu viele Änderungen würden nicht notwendig sein.

Ich klopfte, die Tür öffnete sich und ein griesgrämig dreinblickender, älterer Mann lugte heraus. Er trug rosa Pantoffeln und eine karierte Nachthaube, war also zweifelsohne der Herr im Haus.

»Was gibt's?«, fragte er unwirsch.

»Ich werde in Ihre Villa einziehen«, sagte ich.

»Selbstredend.« Der Mann zog die Tür auf. »Kommen Sie nur herein.«

Für einen Moment glomm sachter Widerwille in seinen Augen auf, aber dieser erlosch so rasch, wie er entstanden war.

»Wohnen Sie allein hier?«

---

[1] Mal wieder eine kurze Anmerkung, diesmal zum Thema *Gestaltänderung*: Die meisten Unsterblichen, Vampire eingeschlossen, können ihr oberflächliches Erscheinungsbild variieren, also Hautfarbe, Antlitz, Behaarung, subkutane Fettablagerungen, Muskelmasse oder die Ausmaße der Geschlechtsteile. (Einmal ist es mir gelungen, Gabriels Penis auf die Größe einer vertrockneten Dattel zu schrumpfen; das Ergebnis sah etwa auch so aus.) Manchen, wie Feen und Irrwesen, ist die Gestaltänderung versagt. Hingegen können höhere Dämonen und Werwölfe selbst ihre inneren Organe und das Knochengerüst verändern.

»Ja, seit fünf Jahren. Ich habe meine Frau vergiftet und wollte ein weiteres Mal heiraten. Aber diese Schlampe war nur scharf auf mein Geld. Bis vor ein paar Monaten besaß ich eine alte Dogge. Isegrim hat auf einem Spielplatz ein kleines Mädchen zerrissen und ich musste ihn einschläfern lassen. Meine Kinder lassen sich nur dann blicken, wenn sie mich um Geld anpumpen wollen. Außerdem hatte ich eine Haushaltshilfe, aber nachdem ich sie vergewaltigt habe, ist sie ...«

Zisch!

Eine blaurote Stichflamme loderte um den Körper des Mannes empor und verwandelte ihn mitsamt Pantoffeln und Nachthaube in ein Häufchen Asche.[1] Sobald dieses erste Problem beseitigt war, widmete ich mich der Sicherung meines neu erworbenen Anwesens. Ich zog einen kraftvollen Gedankennebel zusammen und legte ihn um das Haus. Alle Menschen, die sich mit der Villa oder ihrem Eigentümer befassten, würden zu dem Schluss gelangen, dass ich der rechtmäßige Besitzer war. Danach beschwor ich eine Windsbraut und gebot ihr, Tag und Nacht über das Gebäude zu wachen. Als auch das erledigt war, fuhr ich in die Stadt und korrigierte die Dokumente der Verwaltungsbehörde. So lautete die Eigentumsbescheinigung ab sofort auf »Dr. Raphael Dracul«, ein wehmütiges Andenken an meine letzten Jahre als Zahnarzt.

In den folgenden Tagen beschäftigte ich mich mit der Neugestaltung von Villa und Garten. Vor allem die

---

[1] Sie finden, das war übertrieben? Dann hätten Sie in die verkorkste Seele des Mannes blicken und seine schwarz pulsierende Aura sehen sollen. Weniger robuste Geschöpfe hätte das garantiert zum Würgen gebracht.

grässlich kitschigen Stuckarbeiten des Hauses mussten zugunsten neckischer Teufelsfratzen und dämonischer Standbilder weichen. Darüber hinaus galt es randalierende Kobolde aus dem Garten zu vertreiben und den Fischbestand in der Teichanlage aufzubessern. Ich entschied mich für meine Lieblingsart, *Pygocentrus nattereri*, allgemein bekannt als »Piranha«.

Ich war noch mitten in der Arbeit, als mit einem warnenden Zischen die Windsbraut zum Fenster hereinschnurrte.

»Da draußen ist etwas!«, quäkte sie und begann in elliptischen Bahnen um den Kronleuchter zu kreisen.

»Konkretisiere *etwas*«, befahl ich.

»Etwas Mächtiges!«, quietschte das Wesen, beschleunigte seine Karussellfahrt und knallte mit solcher Wucht gegen einen der silbernen Kerzenhalter, dass es benommen zu Boden taumelte.

Ich seufzte verdrossen, fand es aber sicherer, selbst nach dem Rechten zu sehen. Als ich die Eingangstür öffnete, hielt vor der Einfahrt ein kleiner Lieferwagen. Die Fahrertür flog auf, ein kahlköpfiger Herr sprang heraus und eilte mit einem kartonierten Päckchen unter dem Arm auf mich zu.

»Herr Dracul«, rief er bereits von Weitem. »Ich habe ein Paket für Sie!«

Ich konzentrierte meine sechs Sinne auf die Gestalt. Ein Vampir war der Mann mit Sicherheit nicht. Seiner Aura nach sollte er ein gewöhnlicher Mensch sein.

»Es ist eingeschrieben gekommen«, fuhr der Mann fort, während er unverwandt auf mich zuschritt. »Das heißt, ich brauche Ihre Unterschrift.«

Der Unbekannte war fast heran. Als er den Arm hob, um mir das Päckchen zu reichen, schrillten meine Alarmglocken. Das war kein Mensch, sondern ...

Der Mann ließ das Paket fallen, hechtete nach vorn und begann sich zu verwandeln. Drahtiges, schwarzes Haar wuchs ihm aus Haut und Kleidung. Sein Kopf nahm die spitze Form eines Hundeschädels an und nadelspitze Krallen fuhren ihm wie Springmesser aus den Fingerspitzen.

Interessiert beobachtete ich, wie der Werwolf mit weit geöffnetem Rachen auf mich zugeschwebt kam. Ich erwog, ob ich den Halbmenschen vierteilen, verbrennen oder eher zerquetschen sollte – und entschied mich für letzteres. Mithilfe einer telekinetischen Zange presste ich die Substanz des Werwolfes auf die Größe einer Orange zusammen. Den derart komprimierten, unappetitlichen Haufen, welcher durchaus Ähnlichkeiten mit den Ausscheidungen eines Hundes besaß, warf ich über den Zaun auf den Gehsteig.

Insgeheim verwunderte es mich, dass die Windsbraut Alarm geschlagen hatte. Ein junger Vampir mochte von einem Werwolf etwas zu befürchten haben, doch ich war eines der mächtigsten Geschöpfe des Planeten und würde mich nicht von ...

»Hallo, Raphael«, vernahm ich eine Stimme hinter mir.

Vor der Eingangstür meiner Villa war eine groß gewachsene Gestalt erschienen.

»Hallo, Bruderherz«, erwiderte ich.

Wir musterten uns schweigend. Wie üblich war Gabriel erstklassig gekleidet: ein maßgeschneiderter Anzug, blaue Krawatte, schwarz polierte Schuhe und die langen, hellblonden Haare im eleganten Pferdeschwanz zusammengebunden. Gabriels Augen strahlten in einem solch intensiven Blau, dass sie geradezu blendend wirkten. Sein glatt rasiertes Gesicht trug die Züge eines arroganten Vierzigjährigen.

»Du hast nachgelassen«, sagte Gabriel schließlich. »Früher hättest du einen Werwolf nicht so nahe an dich herangelassen.«

»Vielleicht. Aber gewöhnlich hetzt ihn mir auch nicht mein eigener Bruder auf den Leib.«

Gabriel lächelte. »Das entspricht nicht ganz den Tatsachen. Ich habe nur gehört, dass hier ein blutjunger[1] Vampir eingezogen sein soll.«

»Und du hast dem Werwolf nicht zufällig erzählt, dass dieser Vampir leichte Beute sein würde?«

Gabriels Lächeln wurde zu einem Grinsen. »Unterstellung.«

Wir schwiegen erneut. Gabriel hatte ich das letzte Mal auf der Ratssitzung und davor in Frankreich bei Verdun getroffen.[2] Zwischen uns besteht seit Anbeginn eine Art Hassliebe, die sich in absurden Machtkämpfen manifestiert.

»Bist du in letzter Zeit Michaela begegnet?«, fragte ich, als die Stille zwischen uns unangenehm zu werden begann.

---

1 Blutjung? Von wegen! Gabriel hat sich schon immer etwas darauf eingebildet, dass er ein paar kümmerliche Jährchen vor mir geboren worden ist.
2 Damals war ich so frei gewesen und hatte veranlasst, dass die Deutschen das Geschützfeuer auf ihn richteten. Mein Bruder, der von diesem Angriff völlig überrascht worden war, hatte sich gehörig anstrengen müssen, um aus dem Bombenhagel zu entkommen.

»Nein. Zuletzt habe ich Israfil getroffen. Das muss in Irland gewesen sein. Michaela habe ich seit Monaten nicht mehr gesehen.«

»Ich denke, sie wird uns bald wieder mit neuen Aufträgen überhäufen.«

»Sofern die Menschheit das sterbende Zeitalter nicht früher herausfordert.«

»Michaela entgeht nicht die geringste Kleinigkeit. Sie wird sich melden, sollten wir einschreiten müssen.«

»Ich hoffe bloß«, brummte Gabriel, »sie lässt sich diesmal etwas Besseres einfallen. Die Heiland-Nummer war auf lange Sicht gesehen nicht sonderlich erfolgreich.«

Ich nickte zustimmend. »Obendrein vermehren sich die Menschen wie die Karnickel, während unsere Anzahl konstant bleibt. Wir sollten uns mehr um die Jungen kümmern, damit sie den Zusammenhang der Dinge verstehen und uns bei der Sicherung des Gleichgewichts helfen können.«

»Mein lieber Raphael: Glaubst du wirklich, dass wir auf diese Schwächlinge angewiesen sind? Wir Ältesten besitzen genug Macht, um es mit sämtlichen Gefahren aufnehmen zu können.«[1]

Ich enthielt mich jeden Kommentars, obwohl mir prompt drei, vier Wesen und Ereignisse in den Sinn kamen, die wir mit Sicherheit nicht so einfach bezwingen

---

[1] Zur längst überfälligen Erklärung: Es gibt acht Erzvampire. Durch ihr Chakra ist Michaela die Mächtigste, Luzifer hat mit Sicherheit die kreativsten Ideen, Uriel ist der Dümmste, mein Bruder Gabriel der – ohne Zweifel – Arroganteste, Azrael der Depressivste, Israfil die Ängstlichste, Eva kann sich eine wahre Frohnatur rühmen und ich ... Ich darf ganz bescheiden behaupten, der Listigste zu sein.

würden. Als Beispiel sei bloß ein Name genannt, der selbst in den Herzen von uns Erzvampiren einen Hauch von Beklemmung wachruft: Baal.

»Aber genug davon«, sagte Gabriel, als von meiner Seite keine Antwort erfolgte und warf mir einen scharfen Blick zu. »Ich bin nicht gekommen, um mit dir Smalltalk zu führen.«

Mein Bruder ballte die Hände zu Fäusten und meine neu gestaltete Villa brach unter donnerndem Getöse in sich zusammen.

Zugegeben, ich war beeindruckt. Eine solche Aktion war selbst für einen Erzvampir eine Herausforderung.

Gabriel rechnete wohl damit, dass ich entsprechend auf diese Provokation reagieren würde. Doch ich beließ es bei einem empörten Ausruf. Die Angelegenheit bei Verdun hatte Gabriel mehr gekränkt, als er zugeben wollte. Ich hielt es für klüger, meinen Bruder nicht abermals zu reizen.

»Musste das sein?«, fragte ich verstimmt. »Ein höfliches *Verschwinde!* hätte es auch getan.«

»Wohl kaum«, entgegnete Gabriel. »Ich kenne dich. Wenn du dir etwas in den Kopf gesetzt hast, lässt du dich nicht mehr davon abbringen.«

»Mal davon abgesehen, dass man Sturheit viel eher von dir behaupten könnte: Was habe ich mir in den Kopf gesetzt?«

»In dieser Stadt zu leben.«

»Wenn schon – stört es dich?«

»Ja.«

»Weshalb?«

»Weil ich zuerst hier war.«

Also doch. Dieses ganze Theater allein deswegen, weil Gabriel befürchtete, er könnte seine Vormachtstellung in der Stadt einbüßen. Irgendwie ernüchternd, dass solch kindische Verhaltensweisen selbst die Jahrtausende überdauerten.

»Wie lange bist du ...«

»Seit zehn Jahren«, unterbrach mich mein Bruder. »Und bevor du fragst: Nein, ich habe nicht vor, in nächster Zeit zu übersiedeln.«

In diesem Moment erhob sich ein ängstliches Quietschen. Ein kleines, Schmutz starrendes Etwas raste auf mich zu und begann mich taumelnd zu umkreisen.

»Meister!«, fiepte die Windsbraut und ruderte mit ihren durchsichtigen Ärmchen vor meinem Gesicht umher. »Das Haus ist eingestürzt! Ich habe mich todesmutig gegen die Mauern gestemmt, aber ...«

Das Elementarwesen registrierte meinen Bruder. »Oh. Wir haben einen Gast?«

Gabriel warf mir einen verächtlichen Blick zu. »Du gibst dich mit solch unnützem Gelichter ab?«

Wortlos schnippte ich mit den Fingern und die Windsbraut verschwand.

»Also?« Gabriels Stimme klang angespannt. »Was hast du jetzt vor?«

Aufgeregte Stimmen drangen an mein Ohr. Gabriel hatte beim Abriss der Villa auf ein Tarnfeld verzichtet, sodass den Menschen dieses Ereignis nicht entgangen war. Nun kamen sie herbeigeeilt, um sich an der Katastrophe zu ergötzen.

»Ich werde mich deinem Wunsch beugen, edler Gabriel«, sagte ich und neigte in gespielter Demut mein Haupt. »Bis zum nächsten Mal, Bruderherz.«

Mit diesen Worten verwandelte ich mich in einen geflügelten, weiß strahlenden Engel.[1] Mir war klar, dass diese Gestalt Gabriel reizen würde, war sie doch eine Anspielung auf seine fiaskoreiche Darbietung als Erzengel.

Ich erhob mich über die gaffende Menschenmenge in die Lüfte und brauste in Richtung Sonne davon. Gabriel würde als selbsternannter Stadtherrscher dafür Sorge tragen müssen, dass die Erinnerungen der Menschen gelöscht wurden. Keine leichte Aufgabe. Aber mein Mitleid hielt sich in Grenzen.

---

1 Das heißt im Klartext: Ich umwob meinen Körper mit einem Lichtschleier und setzte mir zwei spektral vergrößerte Taubenflügel auf.

(9)
Virus

Einige Monate später schwebte ich auf der Suche nach einem entflogenen Phönix[1] über dem Atlasgebirge, als ich einen mentalen Hilferuf vernahm. Die Stimme war schwach, undeutlich und ihre Herkunft nicht ermittelbar. Klar war nur, dass es sich um einen meiner Geschwister handelte.

Ich steuerte den Djebel Toubkal an und ließ mich auf seinem Gipfel nieder. Von hier hatte ich nicht nur erstklassige Sicht vom Ostatlantik bis zur Sahara, sondern konnte auch in Ruhe meinen mentalen Kompass ausrichten.

Raphael? Bist du das?

Die Stimme war kaum mehr als ein Gedankenhauch. Dennoch erkannte ich sie. Es war Israfil.

Ja, Schwesterherz. Was ist los?

Ich ... Ich glaube, ich sterbe.

Israfil war nicht die mutigste von uns, genauer gesagt sogar überaus schreckhaft und furchtsam.[2] Seit dem Tod

---

[1] Huldra, eine der Anführerinnen der Trolle, hatte mich darum gebeten. Ihr Sohn war dumm genug gewesen, dem Phönix das Hinterteil zu kraulen, welches ähnlich wie ein Streichholzkopf funktioniert. Der Vogel hatte sich in einen fauchenden Flammenpfeil verwandelt und war wie ein Komet aus dem Schlot des sizilianischen Ätna gefegt.

[2] Einmal, als ich ihren Alarmruf vernommen hatte und zu ihr

ihrer Zwillingsschwester Iva konnte sie auch nicht mehr lange allein sein. Mit ihren Hilferufen suchte sie nach Kontakt zu anderen Vampiren und einer Möglichkeit der Aussprache. Allerdings litt sie nicht, wie zuweilen Azrael, an latenter Todessehnsucht oder war eine krankhafte Hypochonderin.

Wo bist du?, fragte ich.

Andalusien, flüsterte sie. *Eine alte Kirche. Hier ist es schön. In der Sakristei wächst ein Feigenbaum. Bald sind die Früchte reif. Ich kann die Sonne durchs Fenster sehen. Eine Nachtigall ruft. Welch lieblicher Gesang ...*

Das gefiel mir nicht. Ihre Ausdrucksweise war untypisch. Nicht hysterisch, nicht aufgewühlt, sondern nüchtern, beinahe verträumt. Das passte so gar nicht zu meiner kleinen Schwester.

Ich bin sofort bei dir, erwiderte ich.

Um Israfils Aura nicht zu verpassen, brauste ich in geringer Höhe nordwärts. Nach wenigen Minuten kam Gibraltar in Sicht, ich überquerte die Meerenge und begann über dem andalusischen Festland zu kreisen.

Israfil, wo steckst du?

Ein schwacher Impuls berührte meinen Geist, ich änderte die Richtung und verlor gleichzeitig an Höhe. Inmitten einer hügeligen, graswachsenen Landschaft erhob sich eine baufällige Kirche. Ich ging in einen Sturzflug über und landete direkt vor dem Gebäude. Offensichtlich lebten hier schon lange keine Menschen mehr. Die geschwungenen Portale hingen schief in den Angeln,

---

geeilt war, schwebte sie mit bleichem Gesicht und hervorquellenden Augen unter der Zimmerdecke; vor ihr eine winzige, unschuldige Spitzmaus, in der sie glaubte Baal zu erkennen.

die Fenster waren geborsten und der Kirchturm stärker geneigt, als der schiefe Turm von Pisa.

Ich betrat die Kapelle und näherte mich der Sakristei. Tatsächlich wuchs hier ein alter, knorriger Feigenbaum – und direkt darunter erblickte ich Israfil. Sie war nackt, lag auf dem Rücken, spielte mit ihren blonden Locken und summte eine eigentümliche Melodie.

Ich blieb stehen wie vom Donner gerührt.

Das hatte mehrere Gründe. Einerseits war Israfil gewöhnlich sittsam, um nicht zu sagen prüde. Ich hatte sie in den letzten Jahrhunderten kein einziges Mal unbekleidet erblickt. Noch alarmierender war die Tatsache, dass sie dieser Umstand nicht zu bekümmern schien. Zudem erkannte ich die Melodie, die meine Schwester murmelte. Es handelte sich um ein Lied, oder eher um eine Abfolge düsterer Moll-Dreiklänge, die jedem Unsterblichen einen eisigen Schauer über den Rücken jagten: Baals Gesang.

Für einen Moment streifte etwas meine angespannten Sinne. Der Anflug einer Aura, fremd und mächtig.

Ich wirbelte herum, durchbohrte mit meinem Blick jeden noch so dunklen Schatten in der Kirche.

Nein, da war nichts, nur meine blank liegenden Nerven.

Ich wandte mich Israfil zu. Ihre Aura war ungewöhnlich schwach, wirkte kränklich und auf ihrem Körper glitzerten Schweißperlen. Als ich ihre Wange berührte, spürte ich eine ungeahnte Hitze – beinahe so, als hätte sie Fieber.

»Israfil«, flüsterte ich, als sie auf meine Berührung nicht reagierte. »Was ist mit dir?«

Meine Schwester wandte mir den Kopf zu. Ihre hellen Augen waren blutunterlaufen.

»Hallo Raphael«, sagte sie mit tonloser Stimme. »Hast du den Gesang gehört? Es war eine Nachtigall. Jetzt ist sie fort. Kannst du sie einfangen?«

Mein Magen krampfte sich zusammen. Eine dunkle Ahnung stieg in mir empor, nahm Gestalt an, drang in mein Bewusstsein ... aber das war unmöglich! Um mich abzulenken, brauste ich ins nächste Menschendorf, schnappte mir ein paar Decken und Kleidungsstücke, die ich Israfil überstreifte.

»Ich fühl mich so leicht«, murmelte sie mit einem seligen Ausdruck im Gesicht. »Als könnte ich fliegen.«

»Du kannst fliegen.«

»Nein.« Sie schüttelte den Kopf. »Nicht mehr.«

»Wie meinst du das?«

»Ich ... Ich werde immer schwächer. Habe keine Kraft mehr. Hörst du die Nachtigall?«

Ich hatte genug gehört. Israfil war krank. Und damit meinte ich nicht eine der bei uns verbreiteten *psychischen* Gebrechen, sondern ein *physisches* Leiden – was im Grunde unmöglich war.

Ich beschloss, dass es sich um einen Notfall handelte und sandte eine mentale Alarmmeldung an meine übrigen Geschwister. Es dauerte knapp drei Stunden, bis wir vollzählig waren.[1]

---

[1] Exklusive Azrael natürlich. Damit dieser auf einen Ruf reagierte, musste entweder die Welt kurz vor dem Kollaps stehen, Michaela ihr Chakra einsetzen oder eine von Azraels seltenen euphorischen Stimmungen überwiegen – was circa einmal pro Jahrhundert vorkam.

»Teufel noch mal«, murmelte Luzifer, der als erster eintraf, und beugte sich zu Israfil hinab. »Was ist mit ihr geschehen?«

»Wenn ich das wüsste.« Ich zuckte die Achseln. »Sie ist sehr schwach und verliert weiter an Kraft. Als ich gekommen bin, war sie nackt. Außerdem verhält sie sich völlig untypisch. Und dann spricht sie andauernd von diesem Gesang. Man könnte glauben, dass ein mächtiger Unsterblicher seine Finger im Spiel hat.«

Luzifers Augenbrauen zogen sich zusammen. Er wusste sehr genau, wen ich damit meinte.

Kurz darauf langte Michaela ein.

»Lasst mich zu ihr«, sagte sie und stieß Luzifer grob beiseite. Sie legte Israfil die Hand auf die Stirn und schloss die Augen. Während sie einige mentale Untersuchungen durchführte, trafen auch Gabriel, Eva und Uriel ein.

»Ich wette, sie ist in einen negativen Energiewirbel geraten«, sagte Gabriel. »So tollpatschig, wie sie manchmal ist.«

»Nein«, widersprach ich. »Bist du blind? Ihr fehlen nicht nur Energie und Stärke. Sie ist krank.«

Gabriel funkelte mich an, erwiderte aber nichts.

Michaela erhob sich langsam. »Raphael hat recht. Es handelt sich um eine Infektion, aber ich habe keine Ahnung, wie das möglich ist. Wir brauchen einen fähigen Alchemisten, der uns weiterhilft.«

Sie blickte zu Gabriel. »Du hast doch gute Kontakte nach Atlantis, oder?«

Mein Bruder nickte.

»Dann hol Demokrit oder Paracelsus – am besten gleich beide, wenn das möglich ist. Wir dürfen keine Zeit verlieren, Israfil wird laufend schwächer. Wenn das in der Geschwindigkeit weitergeht ...«

Sie verstummte, wandte sich Israfil zu, die weiterhin ihre verstörende Melodie summte und mit verträumtem Blick die Decke über ihrem Kopf anstarrte. Es hatte den Anschein, als bekümmerten sie weder ihr Zustand noch unsere Anwesenheit und Sorge.

Gabriel erhob sich in die Luft und brauste davon. Gemeinsam mit Luzifer trat ich durch das gesplitterte Kirchenportal ins Freie. Mein älterer Bruder hob den Kopf und blinzelte in die brennende Mittagssonne. Dann stieß er einen tiefen Seufzer aus und suchte meinen Blick.

»Du glaubst, es ist Baals Werk, nicht wahr?«

»Ja. Israfils Gesang ist mehr als verdächtig. Sie hat andauernd von einer Nachtigall gesprochen.«

Luzifer schwieg einen Moment. »Wenn das stimmt, wäre es in doppelter Hinsicht fatal. Es würde bedeuten, dass Baal einen neuen Weg gefunden hat, uns zu schaden. Darüber hinaus müssten wir davon ausgehen, dass ...«

»... Michaelas mentale Warnvorrichtung versagt hat«, vollendete ich Luzifers Satz. »Das wird ihr nicht gefallen.«

»Mir gefällt es noch weniger«, sagte Luzifer und zog eine Grimasse.

Nach Baals Überfall, bei dem Israfils Zwillingsschwester Iva getötet worden war und Uriel bleibende psychische Schäden davongetragen hatte, entwickelten Michaela und die Alchimisten einen Alarmgeber, der anschlagen sollte, sobald sich Baal in der Nähe befand. Jeder von uns Geschwistern wurde damit ausgestattet, sogar Azrael, obwohl er sich heftig dagegen sträubte.

Wir kehrten in die Kirche zurück.

»Können wir etwas zu essen besorgen?«, hob Uriel an. »Ich habe vorhin eine Herde Schafe ...«

»Still!«, fauchte Eva und ihre Stirn umwölkte sich mit Zornesfalten. »Wie kann man unter solchen Umständen an Essen denken?«

Betroffen senkte mein kleiner Bruder den Kopf und wagte keinen Laut.

In diesem Augenblick verspürte ich einen Anfall von Schwindel. Ich taumelte, stolperte über eine vorstehende Kante und stürzte der Länge nach zu Boden. Luzifer kicherte schadenfroh, ergriff aber meinen Arm und half mir auf die Beine.

»Vielleicht sollten wir doch ein Schaf fangen«, meinte er. »Oder ein paar Einheimische zur Ader lassen. Nicht, dass deine Schwächeanfälle ...«

Luzifer verstummte. Sein forschender Blick glitt über meine Gesichtszüge. Was er dort sah, schien ihm ernsthaft Sorgen zu bereiten.

»Michaela«, sagte er alarmiert. »Komm her, schnell.«

Meine große Schwester stieß einen unwirschen Laut aus, trat aber näher und musterte mein Antlitz. Ihre Züge gefroren zu Eis.

»Scheiße«, sagte sie; und das war für Michaela eine wahrhaft unübliche Gefühlsäußerung.

Mein Gesundheitszustand verschlechterte sich rapide. Bald gesellten sich zum Schwindel Übelkeit und lähmende Kopfschmerzen. Ich konnte spüren, wie sich meine Körpertemperatur erhöhte. Da ich dies in den letzten achttausend Jahren nicht erlebt hatte, verfolgte ich die Veränderung meines Metabolismus mit beinahe wissenschaftlicher Neugier. Schweißtropfen bildeten sich auf meiner Stirn und mein Hemd klebte mir am Rücken. Kurzzeitig wurde ich von einem Schüttelkrampf gepackt, der glücklicherweise nicht lange anhielt. Bald konnte ich mich nur noch unter höchster Willensanstrengung aufrecht halten. Eine der ersten Fertigkeiten, die ich verlor, war die Fähigkeit zu fliegen. Ich erinnerte mich an Israfils Worte, stieß mich vom Boden ab – mein Startversuch endete in einer schmerzvollen Bauchlandung. Ohne Luzifers Hilfe hätte ich mich nicht mehr aufrichten können.

»Verdammt!«, fluchte Michaela und marschierte händeringend auf und ab. Ihr Chakra blinkte mal hell wie die Sonne und dann wieder dunkelgelb wie ein Weizenfeld. So affektiv hatte ich meine Schwester nur selten erlebt.[1]

Israfil, die inzwischen in einen apathischen Dämmerzustand gefallen war, reagierte nicht mehr auf Worte oder Berührungen. Ihr Atem ging flach, ihre Augen starrten ins Leere. Aber das vielleicht Schlimmste war: Israfils Aura wirkte immer mehr wie die eines gewöhnlichen Menschen.

»Verdammt!«, fluchte Michaela erneut und blickte nach draußen, wo die letzten Sonnenstrahlen des Tages lange Schatten auf den Boden warfen. »Wo zum Kuckuck bleibt Gabriel?«

---

1 Das letzte Mal vor knapp zweitausend Jahren, als zwölf findige Gelehrte einen Weg fanden, den letzten Buchstaben von Michaelas Namen aus dem Gedächtnis der Menschen zu entfernen. Spätestens damit war die Herrschaft des Patriarchats nicht mehr aufzuhalten.

Wie aufs Stichwort landete mein älterer Bruder vor dem Kirchenportal. An seiner Seite befand sich ein kleines, stämmiges Männlein mit langem Bart, das einen überdimensionierten, prall gefüllten Jutesack über der Schulter trug – Paracelsus.

»Sorry, die Verspätung«, sagte Gabriel und trat in die Kirche. »Demokrit habe ich nicht finden können und Paracelsus musste erst seine Ausrüstung zusammenstellen. Dafür konnte ich ...«

Sein Blick fiel auf meine gebeugte Gestalt. »Was ist mit dir, Raphi? Trollblut getrunken?«[1]

»Offenbar ist es ansteckend«, erklärte Luzifer.

Mir entging nicht, dass mein Bruder schwankte. Mit einem Mal bereute ich es, meine Geschwister herbeigerufen zu haben. Was, wenn wir nun alle an dieser mysteriösen Krankheit zugrunde gingen?

»Oh, oh«, lispelte Paracelsus, trippelte auf mich zu und umfasste meinen Kiefer. »Mund auf!«

Folgsam öffnete ich den Rachen. Paracelsus zog einen grün schimmernden Stab hervor, den er mir ohne viel Federlesen tief in den Mund schob. Nur mit Mühe konnte ich den Brechreiz unterdrücken.

Nach einigen Sekunden zog Paracelsus den Stab wieder hervor. Seine Spitze hatte sich rot verfärbt.

---

[1] Wir Erzvampire sind hart im Nehmen, was Nahrung im Allgemeinen und Blut im Speziellen angeht. Wir vertragen fast jeden Lebenssaft – ob menschlich, tierisch oder überirdisch. Eine Ausnahme stellt das Blut von Trollen dar. Durch den hohen Anteil an Arsen, Silizium und Schwermetallen führt es zu Magenkrämpfen, Bewusstseinstrübungen und Wahnvorstellungen. Ich habe den Fehler nur einmal gemacht. Gabriel mindestens zweimal.

»Virusinfektion«, behauptete Paracelsus und begann in seinem Jutesack zu kramen.

Ein dumpfer Laut drang an mein Ohr. Uriel war der Länge nach zu Boden gefallen, sein Körper erzitterte wie unter Stromstößen.

»Oh, oh«, murmelte Paracelsus und zupfte sich den Bart. »Das geht aber schnell.«

Kurzerhand leerte er den Jutesack aus und begann eine unförmige Maschine zu konstruieren. Innerhalb weniger Minuten entstand vor meinen Augen eine Apparatur aus Glasflaschen, Röhren, Schwämmen und Metallklammern.

Michaela, die inzwischen ebenfalls an Gleichgewichtsstörungen litt, hatte zusammen mit Eva einige Jagdlichter heraufbeschworen, die das Innere der Kirche in einen schaurigen Schimmer tauchten. Paracelsus nahm Abstriche von meiner und Israfils Zunge und tauchte sie in zwei Glasflaschen. Er montierte ein Mikroskop und klebte ein niederes Elementarwesen[1] vor die äußere Linse.

»Das Virus ist sehr spezifisch«, sagte Paracelsus nach einer Weile. »Als wäre es exakt auf euren Stoffwechsel und die körpereigenen Abwehrmechanismen abgestimmt. Der Grundbaustein ... dürfte von einem Irrwesen stammen.«

»Irrwesen?«, keuchte Michaela und wischte sich den Schweiß von der Stirn. »Ist das möglich?«

Trotz meiner Benommenheit erkannte ich, dass ihr Chakra nur noch schwach erglühte.

Paracelsus zuckte die Achseln. »Augenscheinlich.«

---

1 Vermutlich einen *Snårr*, das ist ein pulsierendes Wasser-Elemental mit der Fähigkeit, Schwingungen von Stoffen und Organismen zu verstärken, respektive sichtbar zu machen.

»Was können wir dagegen tun?«

Paracelsus erzeugte eine hellblau leuchtende Flamme und erhitzte damit eine Retorte, in der eine durchsichtige Flüssigkeit schwappte. Die Brühe begann zu dampfen und zu zischen, weiß glühende Funken stoben auf und verbanden sich zu gelb schillernden Punkten, die an der Wand des Gefäßes kleben blieben.

»Irrwichtel«, sagte Paracelsus. »Der Verzehr eines Irrwichts könnte helfen.«

Ein allgemeines Aufstöhnen wanderte durch das Kirchenschiff. Irrwichtel waren nicht einfach zu finden. Oft musste man mehrere Sümpfe oder Grabstätten aufsuchen, ehe man Erfolg hatte. In unserem momentanen Zustand mochte das schwierig werden, wenn nicht sogar unmöglich. Gabriel war der Einzige, der sich noch problemlos auf den Beinen halten konnte.

»Hinter der Kirche ist ein Friedhof«, bemerkte ich. »Die Wahrscheinlichkeit ist zwar nicht sehr groß, aber ...«

Wir hatten etwas von einer Selbsthilfegruppe für Kriegsinvaliden, als wir humpelnd, kriechend und uns gegenseitig stützend aus der Kirche gewankt kamen. Baal hätte seine liebe Freude an uns gehabt. Uns zu vernichten, wäre ihm in diesem Augenblick kaum schwerer gefallen, als sieben Fliegen auf einen Streich zu erlegen.

»Das nennst du einen Friedhof«, murrte Gabriel und deutete auf die drei Dutzend windschiefen Monolithen, die gewisse Ähnlichkeiten mit den schwarz verfaulten Zähnen eines Greises hatten. Im hellen Schimmer des Mondes waren die verwitterten Inschriften der Grabsteine zu erkennen. Auf einem stand: ¡*Hasta nunca jamás!*, also: »Auf Nimmerwiedersehen!«, auf einem anderen: *¿Y ¡Adios!* – »Und tschüss!«

Paracelsus ließ sich auf alle viere fallen und neigte sein Haupt dicht zum Erdboden. Schnüffelnd sog er die Luft ein und stieß sie pfeifend wieder aus.

»Ozon«, stellte er fest. »Kein schlechtes Zeichen.«

»Ich bringe eine Lichtfalle an«, meinte Gabriel und erzeugte eine bläulich schimmernde Lichtkugel, die einen knappen Meter über dem Erdboden auf der Stelle schwebte. Theoretisch sollte diese Leuchterscheinung Irrwesen anlocken; sofern sich welche in der Nähe befanden.

»Nichts zu sehen«, kommentierte Luzifer nach einer Weile und stützte sich schwer auf einen verwitterten Marmorblock. »Vielleicht sollten wir ...«

Ein helles Leuchten ließ ihn verstummen. Die modrige Erde vor einem der Grabsteine geriet in Bewegung. Eine gelblich glühende Knolle mit dünnen, fadenförmigen Gliedmaßen wühlte sich aus dem Untergrund und musterte ihre Umgebung mit großen Glupschaugen.

»Ei, was ist denn hier los?«, fragte das Wesen mit piepsiger Stimme und kletterte auf seinen Spinnenbeinen aus dem Loch. »Hungerstreik der Blutsauger?«

Gabriel hielt sich nicht lange mit Erklärungen auf und stürzte sich auf den Irrwicht. Dieser wich den zupackenden Händen geschickt aus und hopste auf einen Grabstein.

»Hey!«, empörte er sich. »Wieso gleich grob werden? Könnt ihr nicht mal ...?«

Gabriel griff erneut nach dem Wesen und wieder entkam es durch einen Sprung zur Seite. Mir fiel auf, dass auch Gabriels Bewegungen an Eleganz und Geschmeidigkeit eingebüßt hatten.

»Was wollt ihr von mir?!«, kreischte der Irrwicht und streckte Gabriel die Zunge heraus.

»Dich essen«, schnaufte Gabriel. Meines Erachtens keine kluge Aussage.

Der Irrwicht riss seine ohnehin schon riesigen Augen auf, sodass sie wie pralle Weintrauben von der Knollenhaut abstanden.

»Irrfresser!«, brüllte er. »Hilfe!«

Das Geschöpf jagte davon und schlug einen Haken, als ihm Luzifer den Weg vertrat. Auf diese Weise kam der Irrwicht direkt auf mich zu. Da ich mich nicht regte und keinen Laut von mir gab, übersah mich das Wesen. Als es an mir vorbeibrauste, streckte ich den Arm aus, packte die Leuchtkartoffel und steckte sie kurzerhand in den Mund.

»Zu Hilf...«, piepste der Irrwicht, dann fing ich an zu kauen und das Wesen verstummte.

Die Knolle hatte nicht viel mit Kartoffeln gemeinsam. Im Gegensatz zu den roh durchaus genießbaren Sprossen dieses Nachtschattengewächses, schmeckte der Irrwicht abscheulich. Ein bisschen wie alte, gepökelte Socken.[1]

Ich kaute, würgte, schluckte, zwang mich dazu, den kompletten Irrwicht zu verschlingen. Ein Gefühl von Wärme breitete sich in meinem Inneren aus, neue Ener-

---

[1] Das war natürlich keine Absicht! Odysseus, dieser Halunke, tränkte einen seiner Fußlappen in Salzwasser und tauchte ihn in den Becher Blut, der für meinen Genuss bestimmt war. Achilles Fürsprache ist es zu verdanken, dass ich es bei zehn Jahren Irrfahrt bewenden ließ.

gie strömte durch meinen Körper. Es gelang mir, mich aus eigener Kraft aufzurichten. Ich stand da, wie ein Preisboxer nach einem hauchdünn gewonnenen Ringkampf – aber ich stand.

»Ich werde dir Blut abnehmen«, sagte Paracelsus. »Eine orale Einnahme ist der schnellste Weg, deinen Geschwistern zu helfen.«

Ich nickte schweigend, darauf bedacht, keine zu schnellen Bewegungen zu machen. Aber meine Vorsicht war unbegründet. Die Genesung vollzog sich wesentlich rascher, als das Fortschreiten der Krankheit, obgleich mir Paracelsus zwei volle Becher Blut abzapfte.

Nach wenigen Minuten fühlte ich mich fit genug, um zu meinen Geschwistern zu gehen. Zwei, drei Schlucke meines Blutes reichten aus, damit der Heilungsprozess in Gang gesetzt wurde. Am längsten dauerte es bei Israfil. Erst mit der anbrechenden Morgendämmerung schlug sie die Augen auf, gähnte ausgiebig und musterte uns überrascht.

»Wie seht ihr denn aus?«, fragte sie. »Habt ihr Trollblut getrunken?«

»Nein, viel schlimmer«, entgegnete Gabriel. »Raphaels Blut.«

Ich beschloss, dass wir nun quitt waren. Verdun hin oder her, aber mit den Beleidigungen in letzter Zeit befand sich die Waage wieder im Gleichgewicht. Einen weiteren Affront würde ich Gabriel nicht mehr durchgehen lassen.

»Paracelus«, wandte sich Michaela an den Alchemisten. »Was ist deiner Meinung nach die Ursache für den Virus?«

Der Gelehrte kratzte sich den haarlosen Schädel. »Kann ich nicht sagen. Diagnose und Gegenmaßnahmen okay, aber bei der Ursachenforschung solltet ihr euch an Demokrit wenden.«

Michaela nickte und warf mir einen Blick zu. »Luzifer hat mir von deiner Vermutung berichtet, was Baal angeht. Auch wenn ich es nicht glauben kann, aber ... wir müssen diese Möglichkeit überprüfen.«

»Kann mich jemand nach Atlantis bringen?«, fragte Paracelsus. »Ich will ja nicht drängen, aber als mich Gabriel abgeholt hat, wollte ich gerade einen Satyr behandeln. Sein Problem ist übersteigertes Sexualverlangen. Ich brauche wohl nicht zu erklären, was das für die Sicherheit der weiblichen Stadtbewohner bedeutet.«

»Ich fliege dich hin«, sagte Michaela und nickte mir zu. »Ich möchte, dass du mich begleitest, Raphael. Die Klärung der Ereignisse duldet keinen Aufschub.«

(10)
Zu Besuch in Atlantis

Eva und Uriel blieben bei Israfil, die noch zu schwach war, um gehen, geschweige denn fliegen zu können. Gabriel war eingeschnappt, dass Michaela mich und nicht ihn um Begleitung gebeten hatte, und brauste grußlos nach Norden davon. Luzifer bot an, mit uns zu kommen, aber ein einziger Blick von Michaela änderte seine Meinung.[1] Er umarmte mich zum Abschied, wünschte uns viel Glück und stieg hinab in die Untere Welt.

Michaela ergriff Paracelsus und ich schulterte seinen voluminösen Jutesack. Anfangs erinnerte mein Flug an den Startversuch eines Jungstorches. Aber ich fing mich rasch und schon bald fegten wir über Spanien hinweg Richtung Westen. Unser Ziel: Das Bermudadreieck.

---

1 Ich würde zu gern wissen, was vor Jahrtausenden zwischen den beiden vorgefallen ist. Theorien gibt es zur Genüge. Ich kann mir aber weder vorstellen, dass eine Liebesbeziehung bestanden hat, noch dass Luzifer einst versucht haben soll, Michaela vom ersten Platz der Rangfolge zu stoßen. Das wäre auch gar nicht möglich gewesen, schließlich besitzt Michaela durch ihr Chakra so viel Macht, dass wir anderen nicht dagegen ankommen. Am aberwitzigsten finde ich die These, wonach Michaela und Luzifer ursprünglich ein einziges Wesen waren. Bei der Aufspaltung verendete der dritte Teil ihrer Einheit, der himmlische Funken. Eine ziemlich abstruse und kontemplative Vorstellung, wenn Sie mich fragen.

Atlantis ist das Zentrum der Welt – wenigstens für Unsterbliche und andere überirdische Geschöpfe. Prinzipiell handelt es sich um eine Insel; prinzipiell, da Atlantis eine *schwimmende* Insel darstellt. Der Untergrund von Atlantis besteht nicht aus Gestein. Die dunkelblau phosphoreszierende, diamantharte, aber gleichzeitig sehr leichte Substanz, die zutage tritt, wenn man die darüber befindliche Erd- und Humusschicht beseitigt, nennt sich *Atlan*. Dabei handelt es sich um kein bekanntes Element des Periodensystems. Wie es auf den Planeten gelangt ist, weiß niemand. Eine Vermutung geht dahin, dass dieses Element das Überbleibsel einer fremden, auf der Erde gestrandeten Dimension ist. Damit wäre auch zu erklären, weshalb auf Atlantis die Naturgesetze nicht immer Gültigkeit besitzen.[1]

Atlantis umfasst etwa tausend Quadratkilometer, besitzt Hügel, Schluchten, Ebenen und ist nahezu kreisrund. Atlantis Stadt, gewissermaßen das gesellschaftliche Herz der Insel, liegt an der Ostküste. Dichter Wald bedeckt rund die Hälfte des Eilands. Zudem gibt es Seen, Flüsse, Moore, das Walhalla-Eismassiv, die Geistersteppe und, genau im Zentrum von Atlantis, die diabolische Wüste. Letztere hat nichts mit Luzifer zu tun, sondern ist Resultat der hier stattfindenden Kernfusion. Was sich im Mittelpunkt von Atlantis genau abspielt, ist nach wie vor ungeklärt. Nicht einmal mir ist es gelungen, näher als ein

---

[1] Es kann schon mal vorkommen, dass die Schwerkraft versagt, Wassertropfen den Wellen-Teilchen-Dualismus von Licht annehmen oder plötzliche Zeitschleifen auftreten, wodurch man den gerade gesprochenen Satz hundertmal wiederholt, bevor es weitergeht.

paar hundert Meter an die Strahlungsquelle heranzukommen. Die Ausbrüche von *Lumox*, wie sie im Volksmund heißt, sind unberechenbar und auch für Unsterbliche tödlich.

Die Bevölkerung von Atlantis ist ebenso bunt, wie die Vielfalt der Insel. Hier findet sich alles Überirdische, was Rang und Namen hat: Vampire, Werwölfe, Feen, Einhörner, Nixen, Geistwesen, Kobolde, Nymphen, Riesen, Satyrn, Trolle, Irrwesen, Gnome und Greife. Auch auf Vertreter der Oberen wie Unteren Welt trifft man immer wieder.

Menschen hingegen sind selten. Das hat verschiedene Gründe. Einerseits werden sie in Atlantis nicht gern gesehen, andererseits ist es Normalsterblichen nicht möglich, das telekinetische Quantengitter zu durchqueren, das Atlantis vor neugierigen Blicken schützt. Selbst für routinierte Geschöpfe wie mich ist die Passage des Schildes mit Unannehmlichkeiten verbunden; besonders, wenn man noch so schwach und unkonzentriert ist, wie ich es in diesem Moment war.

Mein Körper wurde durchgeschüttelt, wie eine Puppe in den Fängen eines Hundes. Ich fühlte, wie sich meine Gestalt zu winden begann, lang und länger wurde – ich stand im Begriff, mich im Quantengitter zu verfangen.

»Raphael, lass den Blödsinn!«

Michaelas Stimme brachte mich zur Besinnung. Ich sammelte meine Gedanken und befahl dem Schild, mich passieren zu lassen. In meinen Ohren klingelte es, als mich das Fangnetz freigab und mein Körper auf seine ursprüngliche Größe zusammenschnurrte. Taumelnd folgte ich Michaela, die sich bereits im Landeanflug auf Atlantis Stadt befand.

Wir setzten Paracelsus vor seinem Haus ab, das mit seinen Türmen, Erkern, Giebeln und abstrakten Steinfiguren wie ein romantisch angehauchtes Ritterschloss wirkte. Aus dem Inneren des Gebäudes erklang ein markerschütterndes Brüllen und Stöhnen. Um den Vorplatz hatte sich eine dichte Traube aus Schaulustigen gebildet. Erst auf den zweiten Blick erkannte ich, was mich daran irritierte: Es handelte sich ausschließlich um männliche Vertreter der verschiedenen Arten. Warum, wurde mir klar, als die Tür von Paracelsus' Haus aufflog und der Satyr erschien. Seine Augen glühten in einem dumpfen Karminrot, sein erigiertes Geschlechtsteil leuchtete kirschrot. Ein heiseres Knurren entrang sich seiner Kehle, dann stürzte er sich auf Michaela.

Sie reagierte angemessen. Ein Lichtblitz traf den Satyr an der Brust und schleuderte ihn gegen die Hausmauer, wo er benommen liegenblieb. Ein nervöses Murmeln stieg aus den Reihen der Schaulustigen auf. Michaela ließ ihren Blick über die Gruppe schweifen und das Murmeln verstummte.

»Gibt es ein Problem?«, fragte sie mit sanfter Stimme.

Köpfe wurden gesenkt, Lippen zusammengepresst, Füße scharrten am Boden. Sekunden später hatte sich die Menge aufgelöst.

»Weißt du, wo wir Demokrit finden können?«, wandte sich Michaela an Paracelsus.

Der Alchimist schüttelte den Kopf, sodass sein weißer Bart von einer Seite zur anderen schwankte.

»Nicht genau. Vor zwei Tagen hat er gemeint, dass er eine Hypothese überprüfen will. Irgendwo am Rand der diabolischen Wüste.«

»Könntest du nach Demokrit suchen?«, wandte sich Michaela an mich. »Du warst als Erster bei Israfil und kannst ihren Zustand am besten beschreiben.«

»Geht klar.«

»Ich werde inzwischen ... ein paar Freundinnen besuchen.«

»Wen, wen ich fragen darf?«

»Nicht so wichtig. Kümmere du dich um Demokrit. Wir treffen uns bei Sonnenuntergang wieder hier.«

Ich nickte, stieg in die Luft und nahm Kurs auf das Zentrum der Insel. Zwei Greife kreuzten meinen Weg, kurz darauf umschwirrte mich eine Gruppe junger, übermütiger Feen. Als die ersten Tropfen eines heftigen Sommergewitters niedergingen, stoben sie kreischend davon. Der Regen wurde immer stärker, stürmische Böen fegten heran und ich musste mich gehörig anstrengen, um nicht vom Weg abzukommen. Sobald ich den letzten Hügelkamm überquerte, verebbte der Niederschlag, als wäre ich unter einen gigantischen Regenschirm geschlüpft. Die Wolken rissen auf, der Wind flaute ab. Vor mir lag die diabolische Wüste: eine flache Senke von einigen Kilometern Durchmesser, ohne Bewuchs, ohne Wasser und ohne jegliche Anzeichen von Leben. Im Zentrum leuchtete Lumox, greller als die Sonne. Die Luft flirrte, wie über einem lodernden Feuer.

Am Rand der Wüste kauerte eine gebeugte Gestalt neben einer Rotte verdorrter Kiefern und hielt etwas in Händen, das wie ein Schmetterlingsnetz aussah. Als ich auf dem steinharten Wüstenboden landete, kreischte der Unbekannte und schleuderte das Netz von sich. Augenblicke später ging es in Flammen auf.

»Hallo Demokrit«, sagte ich vernehmlich. Seine rundliche Gestalt mit den fledermausartigen Ohren war nicht zu verwechseln. »Ich muss dich in einer ...«

»Pst!«, zischte Demokrit und deutete auf den mannshohen, spitz zulaufenden Hügel vor sich. »Das ist der Bau von Lavameisen[1]. Mit deinem Krawall vertreibst du sie.«

Ich trat zwei Schritte zurück und wartete stumm, bis sich Demokrit erhob und auf mich zukam. Es handelte sich um einen gewichtigen Gnom mit Pausbäckchen und Ziegenbart, der aus irgendeinem Grund darauf bestand, dass man ihn nach dem griechischen Philosophen benannte.

»Raphael, richtig?«, fragte er mit Fistelstimme.

»Korrekt. Michaela hat mich hergeschickt. Wir haben ein Problem.«

Schweigend lauschte Demokrit meinem Bericht.

»Ich fürchte, ich muss deine Vermutung bestätigen«, sagte er, als ich geendet hatte. »Ein maßgeschneidertes Virus zu entwickeln, das euren Metabolismus beeinflussen kann ... Meiner Meinung nach gibt es nur zwei Kräfte, die so etwas zustande bringen können: ein infernales Ritual der Dunkelalben oder Baals Wirken. Wenn wir

---

[1] Angeblich ist der Tod durch Lavameisen der angenehmste überhaupt. Das Gift der Insekten führt zur Ausschüttung von Endorphinen und die lavameisentypische Körpertemperatur von achthundert Grad kauterisiert die Nervenbahnen, sodass praktisch kein Schmerz verspürt wird. Dennoch möchte ich nicht auf diese Weise sterben. Die Ameisen knabbern ihre Opfer ab wie Hundeknochen, fressen zuerst Haut und Muskeln, dann die Organe und das Knochengerüst. Nur das Herz lassen sie übrig. Bei manchen Betroffenen schlägt es noch, wenn der Körper bereits durchlöchert ist, wie ein Schweizer Käse.

nach Israfils Aussage gehen, ist die Antwort klar. Die *Scheinheilige Nachtigall* ist eine von Baals Spezialitäten.«

»Aber weshalb hat der mentale Alarmgeber nicht angeschlagen? Soviel ich weiß, warst du bei seiner Entwicklung beteiligt.«

Demokrits Gesichtsausdruck wurde ernst. »Das ist richtig. Eine Fehlfunktion kann ich mir nicht vorstellen. Meine Hypothese ist, dass Baal Israfil niemals nahe gekommen ist.«

»Also eine Falle?«

»Vermutlich.« Demokrit verschränkte die Arme vor der Brust. »Ohne deiner Schwester nahetreten zu wollen, aber sie ist leicht zu beeinflussen.«

»Da hast du recht. Wie können wir verhindern, dass so etwas erneut geschieht?«

Demokrit schlug sich auf sein Hinterteil, das unvermittelt zu rauchen begonnen hatte, und murmelte etwas wie: »Verdammte Ameisen.«

Laut sagte er: »Achtsam sein. Auf Israfil – und auch Uriel – aufpassen. Regelmäßigen Kontakt halten. Mit Sicherheit verhindern lässt es sich aber nicht. Wenn Baal euch schaden will, wird er einen Weg finden.«

»Danke für die aufbauenden Worte.«

»Gern geschehen.« Entweder verstand Demokrit meinen Sarkasmus nicht oder er ignorierte ihn. »Jetzt habe ich noch eine Bitte an dich: Könntest du ein paar Dutzend Lavameisen in ein Fangnetz sperren? Habe meines unterwegs verloren.«

»Wofür brauchst du Lavameisen?«

Demokrit grinste breit. »Ich habe herausgefunden, dass man sie melken kann. Besser als jedes Morphium.

Die Nymphen werden alles dafür tun, um einen einzigen Tropfen zu ergattern.« Er grinste noch breiter.

Alter Lustmolch, dachte ich. Aber ich tat ihm den Gefallen.

Pünktlich mit den letzten Sonnenstrahlen langte ich vor Paracelsus' Haus an. Michaela war bereits da. Ihrem Gesichtsausdruck nach zu schließen, konnte die Begegnung mit ihren Freundinnen nicht besonders erfolgreich verlaufen sein.[1]

Wir tauschten unsere Erfahrungen aus. Michaela konnte nichts Neues berichten. Indessen wurde sie nachdenklich, als ich ihr von Demokrits Diagnose berichtete.

»Ich frage mich, weshalb er das tut«, murmelte sie.

»Hä?« Meine Auffassungsgabe war gerade nicht die beste. Der irritierende Duft des Lavameisen-Sekrets hatte sich in meiner Nase festgesetzt.

»Baal. Er will uns mit aller Macht schaden, und das seit Jahrhunderten. Aber *weshalb*, das haben wir nie klären können.«

»Vielleicht ist er beleidigt, weil er nie zu einer Sitzung des Rates eingeladen wurde.«

»Nein. Dieser Hass auf uns geht tiefer. Da steckt etwas anderes dahinter.«

»Wir hätten einen Anhaltspunkt, wenn wir Baals wahre Natur kennen würden.«

»Du weißt, dass wir das schon versucht haben. Kronos' Aussage nach, ist Baal gar kein Dämon.«

---

[1] Ich schätze, sie war bei den Nornen; eingebildete, senile, uralte Feen, denen die Fähigkeit des Hellsehens zugesprochen wird. Meiner Meinung nach ein schlechter Marketinggag.

»Blödsinn«, entfuhr es mir. »Was soll er sonst sein?«

Michaela nickte bedächtig. »Ich möchte noch eine andere Person besuchen.«

Ich ahnte, was jetzt kam. »Muss das sein? Ich glaube nicht, dass ...«

»Es muss. Und bevor dir eine Ausrede einfällt: Du kommst mit.«

Soviel zum Thema Meinungsfreiheit unter Geschwistern.

Das Odemmoor war kein Ort, an dem man gern seine Flitterwochen verbrachte. Es war auch keine Gegend für eine gemütliche Wandertour. Tatsächlich konnte man es, gemeinsam mit der diabolischen Wüste, als das ungastlichste Fleckchen auf Atlantis bezeichnen. Dies lag vor allem an einer Sache: dem Gestank.

Ein Moor beherbergt unter normalen Umständen eine Vielzahl an Gerüchen, die manchmal durchaus entspannend oder gar aphrodisisch wirken, gelegentlich aber auch unangenehm aufstoßen. Gelbfeuchte Schimmelpilze, verwesende Tierkadaver und dampfende Koboldsekrete gehören hier dazu. Aber das ist nichts, überhaupt nichts gegen das Odemmoor.[1]

Immerhin mussten wir den Morast nicht zu Fuß durchqueren, sondern landeten direkt vor unserem Ziel, einem verfallenen Häuschen aus morschen Brettern, ge-

---

1 Stellen Sie sich eine Kloake vor. Unmengen an blubberndem Faulschlamm. Anale Schwefelwasserstoffgase. Dichte Nebel aus Buttersäuredämpfen. Klebrige Gallenflüssigkeit, die von rostroten Baumleichen tropft. Noch nicht ekelhaft genug? Dann nehmen Sie an, Sie würden in dieser Mischung baden. Das entspricht ungefähr der Empfindung, die einen umfasst, sobald man das Odemmoor betritt.

deckt mit Schilfbündeln, die von einer dunkelgrünen Schimmelpatina überzogen waren. Rundherum wogten die Schlammtümpel des Odemmoors, blubberten unterirdische Gaskammern, kreischten Aaskrähen und Gammelgnome. Die Ausdünstungen stiegen in meine Nase, wie winzige Enterhaken widerlich stinkender Zwergpiraten.

Die Tür des Hauses flog auf, ein markerschütterndes Geheul setzte ein und eine menschliche Gestalt schwebte auf uns zu. Sie besaß bodenlange, zottelige Haare, die zu wurstigen Dreadlocks zusammengewachsen waren. Die Haut des nackten, weiblichen Geschöpfs war dunkelgrün. Gelbe, blutunterlaufene Augen schimmerten uns entgegen.

Loreley war eine Banshee, ein Luftgeist, nicht unähnlich einer Fee. Gewöhnlich gehörten Banshees zu den anmutigsten und edelsten Geschöpfen des Planeten. Mit ihren Wohlgerüchen und Gesängen konnten sie jeden Mann in den Wahnsinn treiben. Doch bei Loreley musste der Evolution ein Fehler unterlaufen sein – oder aber, was sehr viel wahrscheinlicher war, sie entstammte der Liaison zwischen einem Luftgeist und einem anderen Wesen. Im besten Fall konnte das ein Gammelgnom gewesen sein, im schlimmsten ein Dämon aus den Gräben von Gomorrha.

Loreley hielt abrupt inne, als sie uns erkannte. Es gab kaum jemanden, der sie öfter besuchte. So gesehen war Michaela fast so etwas wie ihr Stammgast.

»Ah, Michaela ...«, säuselte Loreley. »Und Raphael. Ihr wollt etwas über Baal erfahren.«

Ein eisiger Hauch wanderte meinen Rücken hinab. Im Gegensatz zu den Nornen, die nur vorgaben hellsehen zu können, besaß Loreley eine hohe Feinfühligkeit gegenüber den Quantenverknüpfungen der Welt. Sie sah Dinge, die den meisten anderen Geschöpfen verborgen blieben, erhaschte Blicke in die Vergangenheit, auf den Moment und manchmal auch in die Zukunft.

Michaela ließ sich nicht anmerken, ob sie von Loreleys Aussage überrascht war.

»Ja«, sagte sie. »Er hat wieder versucht, uns zu töten.«

Die Banshee kicherte. »Nein, hat er nicht«, flüsterte sie und begann uns in konzentrischen Bahnen zu umkreisen. »Das hat er noch nie.«

Michaela kniff die Augen zusammen. Das Glimmen ihres Chakra wirkte düster, angespannt. »Was hat er dann bezweckt?«

Loreley kicherte erneut. »Ich könnte es euch sagen. Oh ja, das könnte ich.«

»Sag es uns!«, brach es aus mir hervor. Diese olfaktorische Hölle war für mich, ein Geschöpf mit hoher sensorischer Empfindsamkeit, kaum zu ertragen.

Loreley erhob tadelnd ihren Zeigefinger und reckte ihn mir entgegen. Dadurch kam sie mir unangenehm nahe. Ein Schwall ihres Körpergeruchs hüllte mich ein.[1]

»Nein«, wisperte Loreley. »Ich will etwas dafür.«

»Was, verdammt?!«

Loreley grinste, sodass ihre überraschend weißen, ebenmäßigen Zähne zum Vorschein kamen.

---

[1] Der Geruch erinnerte mich an die Ausdünstungen eines jungen Mannes, den ich vor fünfhundert Jahren getroffen hatte. Der Ärmste litt an *Trimethylaminurie*, einer seltenen Erbkrankheit, auch Fischgeruch-Syndrom genannt. Keine erfreuliche Erfahrung für eine sensible Vampirnase.

»Michaela weiß, was ich will«, sagte sie. »Das, was ich immer will.«

Ich warf meiner Schwester einen fragenden Blick zu. Sie ignorierte mich und nickte kurz. »Einverstanden. Wie immer nach sieben Tagen.«

Loreley schenkte mir ein strahlendes Lächeln. Der Ausdruck in ihren Augen gefiel mir nicht.

»Michaela«, hob ich an. »Hättest du die Güte …«

Doch da wurde ich unterbrochen – von einem erdbraunen Gammelgnom, der sich brüllend von einem nahen Baum stürzte und an einer Liane in unsere Richtung schwang. Das Brüllen wandelte sich in ein Kreischen, als die Liane mit einem Schnalzen entzweiriss und der Gnom gurgelnd in einem Schlammloch versank.

»Also«, meinte Michaela und tat so, als hätte ich nichts gesagt. »Was will Baal von uns?«

»Er will eure Macht«, hauchte die Banshee und stieß ein kehliges Lachen aus. »Eure Macht, gebündelt, vereint und verschlossen, ha!« Ihre gelben, blutunterlaufenen Augen blitzten. »Was er damit will, kann ich euch nicht sagen. Nur er selbst weiß es. Am besten, ihr fragt ihn.«

Die Banshee stieß ein weiteres Lachen aus, dann begann sie sich wie ein Wirbelwind im Kreis zu drehen.

»Ich glaube, wir gehen«, flüsterte ich und packte Michaela am Arm. »Mehr werden wir nicht erfahren.«

»Zwei!«, kreischte die Banshee und hielt in ihrem schwindelerregenden Tanz inne. »Zwei Dinge sind es, die kommen werden, die alles verändern. Eins von den Menschen, eins aus dem Sonnenwind, ha!«

Die Banshee drehte sich erneut, noch schneller als zuvor, und stieß ein fulminantes Johlen aus, das in meinen Ohren wie das Gelächter einer Harpyie klang.

Michaela nickte knapp, als ich immer drängender an ihrem Arm zog. Gemeinsam erhoben wir uns in die Lüfte. Begleitet von den schrillen Lauten Loreleys durchbrachen wir die trübe Dunstglocke über dem Odemmoor. Ich atmete tief durch, als die Schreie unter uns verklangen und die Sonne durch die Nebelschlieren brach.

»Immerhin«, kam von Michaela. »Jetzt wissen wir, dass Baal nicht unseren Tod will.«

»Ach? Und was ist mit Iva?«

»Vielleicht ein Unfall.«

»Ein Unfall, ja?« Meine Empörung war nicht gespielt. »Den gewaltsamen Tod unserer Schwester als *Unfall* zu bezeichnen, finde ich ziemlich gewagt.«

Michaela warf mir einen ernsten Blick zu. »Ich verstehe deine Entrüstung. Aber bis jetzt entsprachen alle Aussagen Loreleys der Wahrheit – oder wurden Wahrheit.«

»Pah! Sag mir ein Beispiel.«

»Der Fall Trojas.«

»Eine Fifty-fifty-Chance.«

»Der Aufstand der Riesen.«

»War nicht zu überhören.«

»Das Zeitloch, die Dämonenbrunft, der Elbenfluch.«

»Hm, meinetwegen. Trotzdem: irren ist unsterblich.«

»Mag sein. Aber wir sollten von der wahrscheinlichsten Alternative ausgehen. Demnach will uns Baal nicht töten, sondern beansprucht sämtliche Macht für sich.«

»Um was zu tun? Einen Krieg gegen Unsterbliche zu entfesseln? Um gegen die Menschheit ins Feld zu ziehen?«

»Ich weiß es nicht. Aber vielleicht können wir es herausfinden.«

Wir schwiegen eine Weile, bis vor uns Atlantis Stadt in Sicht kam.

»Wir müssen auf der Hut sein«, meinte Michaela. »Was immer Baal bezweckt, er verstärkt die Anstrengungen, sein Ziel zu erreichen. Demokrit hat recht. Wir dürfen uns keinen Moment der Unachtsamkeit erlauben.«

Mir fiel meine vorherige Frage wieder ein. »Sag mal, was hast du Loreley eigentlich als Gegenleistung für ihre Auskunft versprochen?«

»Sex.«

»Wie bitte?«

»Sex mit dir.«

Ich erstarrte in der Luft wie eine Fliege, die aus dem gut beheizten Zimmer in die klirrende Winterluft schwirrte. »Das ist nicht dein Ernst.«

»Doch. Letztens war es Gabriel. Davor Uriel. Du hattest noch nie das Vergnügen.«

»Nein«, ächzte ich. »Das kannst du unmöglich von mir verlangen.«

Michaela warf mir einen strengen Blick zu. Für einen Moment hatte ich den Eindruck, als würde ein Funken Schalk in ihren Augen blitzen.

»Doch, das kann ich. Muss ich dich an unsere ehernen Gesetze erinnern, an die Kraft meines Chakra? Und außerdem: Seit wann bist du wählerisch?«

(11)
Mein kleiner Bruder

Ich muss zugeben: Es war weniger schlimm, als ich angenommen hatte. Loreley unternahm zahlreiche Anstrengungen, ihr Wesen ansprechend zu gestalten. Weiße Lotusblüten bedeckten ihren grünlich schimmernden Körper. Die dunklen Dreadlocks waren zu einer sinnlichen, mehrköpfigen Hydra verwoben, die in aufreizenden Bewegungen um ihr Gesicht tanzte. Auch ihren unangenehmen Körpergeruch wusste Loreley zu beseitigen. Zwar war der blumig-nussige Duft etwas intensiv, aber allemal besser, als der vorherige tranige Fischgeruch. Zwischendurch konnte ich mir – mit geschlossenen Augen – sogar einreden, mich mit einer echten Banshee im Algenbett zu wälzen. Darüber hinaus war Loreley erstaunlich erfahren und experimentierfreudig.[1]

Obwohl es somit nicht als unangenehmes Erlebnis durchgehen konnte, war ich eine Zeit lang nicht gut auf Michaela zu sprechen. Ich konnte es nun mal nicht leiden, wenn man mich überging.

Dennoch zögerte ich keine Sekunde, als Michaela einige Wochen später mit einer Bitte an mich herantrat.

---

1 Besonders anregend fand ich es, wenn sie mit ihrer rauen, gelenkigen Zunge meine Brustwarzen umkreiste und dabei mit ihrem kleinen Finger ... aber dazu ein andermal.

Nach unseren Erkenntnissen, die wir durch die Virusinfektion und den Besuch in Atlantis gewonnen hatten, waren wir Geschwister näher zusammengerückt und hielten regelmäßigen Kontakt – mit einer Ausnahme: Azrael.

Der jüngste von uns Erzvampiren war schon immer ein Sonderling mit gewöhnungsbedürftigen Neigungen gewesen. Auch ließ er sich von nichts und niemandem vorschreiben, was er zu tun oder zu lassen hatte. Michaelas Weisung, die zwischenvampirische Kommunikation zu intensivieren, hatte er brüsk abgelehnt und war nach Vorderasien gezogen. Da ich mit Azraels Launen am besten zurechtkam, sollte ich die Aufgabe übernehmen, meinen kleinen Bruder umzustimmen.

Azrael ist leider keine besonders angenehme, besonnene, freundliche, bedachte, hilfsbereite oder humorvolle Persönlichkeit. Genau genommen ist er überaus empfindsam, miesepetrig, unzuverlässig, eigensinnig, mürrisch und unbeständig. Wenn man ihn am falschen Fuß erwischte, konnte es geschehen, dass er in Raserei verfiel und seinem Gegenüber mit Flammenbällen das Hinterteil versengte. Daneben hatte er einen Hang zu depressivem Verhalten. Während einer solchen Phase war er nicht ansprechbar, rührte sich tagelang kaum vom Fleck und war durch nichts von seinen trübsinnigen Gedanken abzulenken. Dieser Zustand war der mühsamste, da man überhaupt nichts mit Azrael anfangen konnte.

Aber ich hatte Glück. Ich fand meinen Bruder einigermaßen ausgeglichen auf einem felsigen Hochplateau, nicht weit von der iranisch-irakischen Grenze entfernt. Er saß in der brütenden Mittagshitze auf einem Sonnenstuhl, hatte einen unpassend wirkenden Sombrero tief ins braungebrannte Gesicht gezogen und beobachtete die gewaltsame Auseinandersetzung in einigen Kilometern Entfernung – der erste Irakkrieg war in vollem Gang.

»Hallo, Bruder«, sagte ich, als Azrael nicht auf meine Ankunft reagierte.

»Vergiss es«, knurrte er.

»Ich hab doch noch gar nichts gesagt.«

»Nein. Aber ich weiß, weshalb du hier bist. Und meine Antwort lautet: vergiss es.«

Ein solcher Empfang war für Azraels Verhältnisse überschwänglich. Ich rechnete mir gute Chancen ein, meinen kleinen Bruder umstimmen zu können. Vorausgesetzt, ich wählte die richtige Vorgehensweise.

»Lust auf ein mentales Kraftduell?«

Azrael schenkte mir einen trägen Blick. Die wulstigen, lang gezogenen Narben auf seinen Wangen glänzten rötlich im Sonnenlicht.[1]

»Meinetwegen«, brummte er. »Aber glaub ja nicht, dass du mich damit umstimmen kannst.«

Wunderbar. Ich hatte den Sieg so gut wie in der Tasche.

Ohne Vorwarnung erhielt ich einen kraftvollen mentalen Stoß, der mein Schild durchdrang und mich taumeln ließ. Azrael war ein Meister des Mentalkampfes. Von uns Geschwistern besaß er das größte Potenzial – mit Ausnahme von mir vielleicht.

Ich revanchierte mich mit einem telekinetischen Fußläufer, der Azraels Stuhl in die Luft schleuderte und sei-

---

[1] Die Wunden hat sich Azrael vor Jahrtausenden selbst zugefügt und danach nicht mehr entfernt. Ich glaube, er will stets erinnert werden; erinnert an sie – seine erste und einzige Liebe. Arme Maureen.

nen Insassen hastig aufspringen ließ. Augenblicke später prallten unsere gedanklichen Klingen funkensprühend[1] aneinander. Ich sandte ein paar Schnapper aus, die Azrael gekonnt mit seinem Schwert parierte. Ein wenig eleganter Hüpfer zur Seite rettete mich davor, von einer telekinetischen Lanze durchbohrt zu werden. Mein multispektrales Lasso entdeckte Azrael erst im letzten Moment. Mit einem Zerbeißer durchtrennte er die mentalen Stricke und sandte mir eine hibbelnde Verwerfung entgegen, die ich mit einem Federschlag postwendend an den Absender retournierte.

So ging es eine Weile hin und her, ohne dass einer von uns die Oberhand gewinnen konnte. Nach einigen Minuten wankten wir beide und keuchten wie am Gipfel eines Achttausenders, obgleich wir uns kaum bewegten. Mentale Kämpfe sind furchtbar anstrengend und zehren an der Substanz.

Mir war klar, dass Azrael nicht aufgeben würde. Dafür war er viel zu stur. Es lag also an mir, die Situation zu retten.

»Was hältst du ... von einem Unentschieden?«, japste ich.

»Von mir aus«, schnaufte Azrael, zog seinen Stuhl herbei und ließ sich schwer atmend darauf nieder. »Aber ich hätte gewonnen. Du kannst kaum noch aufrecht stehen.«

Ich verkniff mir jeden Kommentar. Azrael hatte sicher nicht zufällig wieder Platz genommen.

»Also«, meinte mein Bruder gedehnt. »Was genau wollt ihr von mir?«

---

1 Quasi. Natürlich sind die Funken unsichtbar.

Bingo. Jetzt hatte ich ihn dort, wo ich ihn haben wollte.

»Wie du weißt«, begann ich, »hat uns Baal vor einigen Wochen ...«

»Yeah!«, unterbrach mich Azrael und richtete sich im Stuhl auf. »Hast du das gesehen?«

»Was gesehen?«

»Die Explosion. Ich tippe auf eine Scud R17.«

Irritiert folgte ich Azraels Blick. Mein Bruder war von dem Kampfgeschehen in der Ebene mehr angetan, als von meinem Bericht.

»Vermutlich«, meinte ich knapp. »Also, was ich sagen wollte ...«

»Ha!«, brüllte Azrael, ballte eine Hand zur Faust und schlug sie in die Handinnenfläche der anderen. »Den Panzer hat's zerfetzt.«

»Azrael, hättest du die Güte ...«

»Ich glaube, die Iraker wagen einen Vorstoß«, murmelte mein Bruder und tippte sich mit dem Zeigefinger auf die Nase. »Ob sie wohl die neuen ...«

»Azrael, verdammt, jetzt hör mir mal zu!«

Die Gesichtszüge meines Bruders verhärteten sich.

»Niemand schreit mich an«, fauchte er und Flammen züngelten um seine Fingerspitzen. »Auch du nicht, Bruder.«

Ehe ich zu einer Entschuldigung ansetzen konnte, waberte der erste Flammenball in meine Richtung. Ich beschwor einen Schutzschild, an der die Feuerkugel zerplatzte, wie eine reife Melone.

»Bitte, Azrael«, flehte ich. »So war das nicht gemeint. Versteh doch, dass wir uns Sorgen machen und zusammenhalten müssen, um ...«

»Verzieh dich!«, brauste Azrael auf. »Euch geht es doch überhaupt nicht um mich! Ihr wollt nur eure eigenen Ärsche retten.«

»Nein, das ist nicht wahr. Wir alle ...«

»Verschwinde!«, kreischte Azrael und fing an zu heulen wie ein Schlosshund.

Auch das noch. Meine Chancen, Azrael zu einer vernünftigen Handlung zu überreden, schmolzen dahin, gleich Eiswürfeln auf einer Herdplatte.

»Bruder«, appellierte ich an Azraels dahinschwindenden Verstand. »Ich liebe dich und würde nie ...«

»Du hasst mich – alle hassen mich!« Azrael sank in sich zusammen und verschloss im selben Moment seinen Geist mit einem Absorptionsband.

Ich seufzte ergeben. Das war's dann. Die ganze Mühe umsonst. Einmal in diesem Zustand gefangen, mochte es Tage dauern, bis Azrael wieder ansprechbar war. So lange wollte und konnte ich nicht warten. Besser, ich sah in einiger Zeit wieder vorbei.

Schweigend erhob ich mich in die Lüfte, schwenkte Richtung Westen – als ich eine Vibration des mentalen Gefüges verspürte. Sie hatte ihren Ursprung am Fuß der Hochebene. Ich glitt tiefer und erspähte einen mannsbreiten, gezackten Spalt im Gestein, in dem es verdächtig golden funkelte.

Ich überprüfte die Öffnung und die Auren der Umgebung. Keine Auffälligkeiten. Sicherheitshalber erneuerte ich den Schutzschild um meine Person und beschwor ein paar Jagdlichter. Erst danach landete ich vor dem Eingang der Grotte.

Wasser tropfte von den schroffen Felswänden, grünliche Flechten überwucherten das Gestein. Das Leuchten drang aus der Tiefe empor, schwoll an und verebbte, wie ein gigantischer Herzschlag. Noch immer konnte ich nicht sagen, womit ich es zu tun hatte. Vielleicht mit einem verirrten Irrlicht? Einem verwunschenen Feenschatz? Womöglich handelte es sich auch um Menschentechnik. Andernfalls hätte ich längst spüren müssen, was mich in der Finsternis erwartete.

Für einige Atemzüge erhoben sich Vernunft und Vorsicht gegen meinen Wissensdrang – aber die Neugierde siegte. Nervös und angespannt trat ich in den Spalt hinein.

Ein Gefühl elektrischer Kälte ließ meine Haare zu Berge stehen.

Meine Alarmsirenen schrillten auf, aber es war zu spät. Mit einem dumpfen *Zong!* umfing mich das bläulich funkelnde, multigravimetrische Fangnetz.

Ich grüße dich, Raphael, vernahm ich eine mentale Stimme. *Lange nicht gesehen.*

Eine mächtige, reptilienartige Fratze aus purer Energie wand sich wie ein gigantischer Wurm aus dem Berg und schenkte mir ein hämisches Grinsen.

Quetzal?, fragte ich. *Bist du das?*

Ein humorloses Lachen. *Du weißt genau, dass ich es bin.*

Das stimmte. Schlimmer noch. Ich wusste auch, weshalb mich Quetzal gefangen hatte. Die Sache in Kuba vor mehr als zwanzig Jahren. Kriegsdrachen waren ungemein nachtragend. Ausgerechnet heute hatte mich Quetzal drangekriegt, geschwächt durch das mentale Kraftduell mit Azrael. Sehr unangenehm.

Nun denn, meinte Quetzal, als ich stumm blieb. *Was stelle ich nun mit dir an? Du hast mir das Festessen meines Lebens verdorben.*

Jetzt mach mal halblang, konterte ich. *Es wäre auch deine letzte Mahlzeit gewesen.*

Wohl kaum. Vielleicht hätte es einen dritten Weltkrieg gegeben. Na und? Die Menschen hätten sich erholt, wären wieder erstarkt und neue Kriege und Konflikte hätten das energetische Gefüge durchzogen.

Ein Atomkrieg hätte den ganzen Planeten zerstören können!

Ach wohin. Ihr Wächter übertreibt, so wie immer. Ihr wolltet bloß eure Macht demonstrieren und den Menschen euren Willen aufzwingen. Aber mit mir hättest du dich nicht anlegen sollen.

Ich spürte ein unangenehmes Drücken an meinen Extremitäten. Quetzal zog die Schrauben des Fangnetzes an. Im Gegensatz zu Kuba hatte der Kriegsdrache durch den seit Jahren schwelenden Konflikt zwischen dem Irak und Iran reichlich Stärke gewinnen können. In meinem momentanen Zustand, gefangen im tückischsten und machtvollsten Energienetz das es gab, besaß ich keine Möglichkeit, mich zur Wehr zu setzen. Mir blieb nur eine Alternative: Diplomatie.

Du solltest nichts überstürzen, hob ich an. *Können wir uns nicht wie vernünftige Unsterbliche unterhalten? Ich biete dir einen Gefallen, den du irgendwann einlösen kannst. Was hältst du davon? Übrigens wären meine Geschwister nicht erfreut, wenn mir etwas zustoßen würde. Das könnte unangenehme Folgen für dich haben.*

Dazu müssten sie in Erfahrung bringen, dass ich es war.

Meine Gelenke knackten, als sich das Fangnetz weiter zusammenzog.

Quetzal! Was soll das? Willst du mich umbringen?

Ja.

Wie?

Ich habe beschlossen, dich zu töten. Ein Wächter weniger, der Ärger bereitet.

Aber das geht doch nicht. Laut dem Kodex von ...

Dem Kodex von Göbekli Tepe habe ich niemals zugestimmt. Davon abgesehen würde mich das auch nicht abhalten.

Meine Handgelenke und Fußknöchel brachen mit einem harten Knacken. Feuriger Schmerz loderte durch meinen Körper. So geschwächt wie ich war, konnte ich nicht einmal schmerzstillende Endorphine sublimieren. Ich schrie auf vor Pein.

Ich flehe dich an, jammerte ich. *Lass mich am Leben!*

Nun gut. Neben der Diplomatie gab es noch eine weitere Alternative. Beschämend aber wahr, dass ich mich auf die unterste Stufe der Verhandlungsoptionen stellen musste.

Der große Raphael fleht um sein Leben? Mentales, dröhnendes Gelächter fegte durch meinen Geist. *Entzückend. Aber leider wird dir das nichts nützen. Ich habe beschlossen, dich zu töten, und dabei bleibe ich.*

Elle und Speiche bogen sich zur Seite, rissen mein Fleisch auf. Ich kreischte wie am Spieß. Ein sehr unrühmliches Ende, das mir nun bevorstand. Falls Quetzal den Umgang mit multigravimetrischen, subelementaren Fangnetzen beherrschte, und ich zweifelte keinen Augenblick daran, würde es eine Weile dauern, bis ich starb. Überdies musste ich davon ausgehen, dass meine sterblichen Überreste materiell und energetisch derart entartet wurden, dass selbst Michaela nicht würde feststellen können, wer mir das angetan hatte. Es blieb mir also nicht einmal die Genugtuung, dass sich einer meiner

Geschwister für meinen Schmach und Tod rächen würde.

Gerade als mir die Sinne zu schwinden begannen, vernahm ich ein dumpfes Dröhnen. Zuerst dachte ich, es handelte sich um meinen Herzschlag. Doch das Geräusch wurde gleichmäßig lauter und kam von außerhalb meines Körpers, ja sogar von außerhalb der Höhle.

Quetzal wandte den Kopf. Er riss sein Maul auf, zog eine telekinetische Wolke um sein Haupt zusammen – aber was immer er vorhatte, es gelang ihm nicht.

Ein lang gestrecktes Etwas fauchte in den Felsspalt und explodierte einige Meter über meinem Kopf. Die Detonation der Rakete zerfetzte Quetzals Astralleib. Der Kriegsdrache brüllte, seine Trümmerstücke glommen auf wie Leuchtkäfer und verblassten.

Schlagartig gab mich das Fangnetz frei. Ich stürzte zu Boden, meine gebrochenen Glieder gaben unter mir nach. Felsen und Geröll prasselten auf mich herab. Ich übertrug sämtliche verbliebene Energie in meinen Schild und hoffte, dass er dem Aufprall der Geschosse standhalten würde.

Mit einem Mal verspürte ich eine wohlbekannte Aura, ganz in der Nähe. Bevor ich feststellen konnte, um wen oder was es sich handelte, umfing mich gnädige Ohnmacht.

Das Erste, das ich registrierte, war der verlockende Duft von frischem Menschenblut. Das Zweite, ein irritierendes schlagendes Geräusch, wie riesige Fledermausflügel. Das Dritte, ein übler Geschmack auf der Zunge, der an ranzige Butter erinnerte.

Ich riss die Augen auf und schnellte hoch. Ich ruhte auf einem Lager aus Tierfellen, hoch über der Ebene. Über mir war ein Stofftuch gespannt, das geräuschvoll im Wind flatterte und die tief stehende Sonne verdeckte. In Griffweite stand eine Karaffe mit rotem Lebenssaft. Das Blut musste noch vor wenigen Minuten durch die Adern einer jungen Frau geflossen sein. Ich zögerte nicht, denn mich erfasste ein solch intensives Verlangen, wie ich es seit Jahrhunderten nicht mehr verspürt hatte.

Mit tiefen Zügen leerte ich den Krug und leckte die übrig gebliebenen Blutstropfen von der rauen Oberfläche. Was für eine Wohltat! Ich genoss das Gefühl neuer, pulsierender Energie, die meinen Körper und Geist durchströmte.

»Na? Wieder halbwegs bei Kräften?«

Hinter mir stand Azrael. Er trug die Uniform eines Soldaten und hatte sich ein Maschinengewehr lässig über die Schulter geworfen. Der Sombrero auf seinem Kopf wirkte dadurch nicht eben stilvoller.

»Ich habe mir erlaubt, deine Knochenbrüche zu heilen«, fuhr Azrael fort. »Quetzal hat dich ordentlich zugerichtet.«

»Oh ... ähm, danke.«

»Keine Ursache. Du kannst gleich den anderen sagen, dass ich nicht der letzte Dreck bin und Geschwistern helfe, wenn sie in Not sind.«

»Wie hast du feststellen können, dass ich in Schwierigkeiten bin?«, wandte ich ein. »Dein Geist war doch versiegelt.«

»Ich lasse immer ein Schlupfloch.«

»Das geht nicht. Ein Absorptionsband ist entweder offen oder geschlossen.«

»Nicht unbedingt.« Azrael zwinkerte mir zu. »Ich habe einen Weg gefunden.«

Ich musterte meinen Bruder abschätzend. Prahlerei oder das Verbreiten von Lügen zählten nicht zu seinen negativen Eigenschaften. Azrael sagte immer die Wahrheit.

»Wenn das so ist ... Aber wie hast du ...«

»Hör auf, mich mit Fragen zu löchern. Ich muss los. Meine Begleiterin erwartet, dass ich ihr die nächsten Stunden die Seele aus dem Leib vögle.«

Erst jetzt entdeckte ich die Gestalt, die hinter Azrael im Schatten eines Felsen stand. Es war eine junge, dunkelhäutige Menschenfrau mit schwarzen Haaren und Zierreifen um die schlanken Glieder. Ihre Wangen wirkten eingefallen und etwas blass – ein Resultat des Blutverlusts, wie mir klar war. Doch in ihren Augen stand bloß eine Empfindung: sinnliches Verlangen.

Azrael hatte mir zweifelsfrei das Leben gerettet. Ich wollte ihn nicht länger bedrängen. Was Michaelas Auftrag anbelangte, würde ich ein andermal wiederkommen.

»Geht klar«, sagte ich nur. »Viel Spaß euch beiden.«

Azrael marschierte davon, ohne sich mit Worten des Abschieds aufzuhalten. Das war definitiv ein Fortschritt. Im Regelfall gab es von ihm Schimpftiraden und böse Sprüche zu hören.

Ich reckte meine Glieder und informierte meine übrigen Geschwister, was sich zugetragen hatte. Danach ließ ich mich im Schneidersitz auf den Fellen nieder und warf einen Blick hinab in die Ebene, aus der noch immer Gewehrschüsse und leise Explosionen empordrangen.

Mir war klar, dass die Detonation der Rakete Quetzal nicht getötet hatte. Ein Kriegsdrache war physisch und energetisch de facto unsterblich. Und damit meine ich wirklich unsterblich. Aber es würde ihn einiges an Kraft kosten und möglicherweise mehrere Tage dauern, bis er seine Gestalt wieder hergestellt hatte. Selbst dann konnte er mir nicht mehr gefährlich werden. Michaela und Luzifer hatten mir unabhängig voneinander versichert, dass sie sich dem Zwischenfall annehmen würden. Dies bedeutete, dass Quetzal einige unangenehme Begegnungen bevorstanden. Der Mordversuch an einem Wächter war keine Lappalie. Zwar musste Quetzal nicht um sein Leben fürchten, aber es gab Mittel und Wege, seine Folgsamkeit zu erzwingen.

War ich jemals so knapp dem Tod entronnen? Ja, sogar mehrmals. Die letzte heikle Situation hatte es vor vierhundert Jahren gegeben. Eine schwülwarme Sommernacht, im Wind rauschende Gräser, schummriges Mondlicht, der Duft nach verzehrender weiblicher Leidenschaft ... Aber das ist eine andere Geschichte.

(12)
Tschernobyl

Es währte einige Monate, bis ich Azrael so weit hatte, dass er sich dem Willen Michaelas beugte und das mentale Band des geschwisterlichen Netzwerkes akzeptierte. Für uns bedeutete das höchstmögliche Sicherheit, gleichzeitig aber eine Einschränkung der persönlichen Freiheit. Da mir meine Autonomie immer am Herzen gelegen ist, entwickelte ich gemeinsam mit Azrael eine Methode, das geschwisterliche Netzwerk zu kappen, sodass man sich vorübergehend abmelden konnte, wie bei einem Computerprogramm. Freilich wählte ich diese Technik nur, wenn es absolut notwendig war; etwa, wenn ich mir eine feenhafte Nymphomanin angelte. Ich hatte nicht die geringste Lust, dass Gabriel unser hemmungsloses Liebesspiel wahrnehmen und neidisch auf meine Libido werden könnte.

In den frühen Morgenstunden eines regenschweren Apriltages war ich in Versuchung, ebendiese geschwisterliche Verbindung zu trennen. Das heidnische Feuerritual einer ukrainischen Frauentruppe hatte es mir angetan. Doch bevor ich zur Tat schreiten konnte, verspürte ich eine Erschütterung des energetischen Gefüges. Ich konnte auch rasch die Ursache des mentalen Bebens lokalisieren. Im Kernkraftwerk Tschernobyl, nur wenige

Dutzend Kilometer Luftlinie entfernt, war es zu einem schwerwiegenden Zwischenfall gekommen.

Kernspaltung stellt für uns Erzvampire kein Fremdwort dar. Bereits siebentausend vor Christus, nach den ersten Untersuchungen der Kernfusion auf Atlantis, haben wir damit experimentiert. Es zeigte sich, dass Unsterbliche, die keine Macht über subelementare Prozesse besaßen – wie etwa Werwölfe –, empfindlich auf Radioaktivität reagierten und qualvoll starben. Andere Wesen, zum Beispiel Trolle, mutierten innerhalb kürzester Zeit.[1] Daneben gab es noch andere Probleme, weshalb wir die Versuche bald wieder einstellten.

Die ersten Kernspaltungsexperimente der Menschen, kurz vor Ausbruch des Zweiten Weltkriegs, stießen auf wenig Gegenliebe. Als man die beiden Atombomben für Hiroshima und Nagasaki vorbereitete, wäre um ein Haar die Charta von Atlantis gekippt worden. Dies hätte massive Eingriffe in das Geschick der Menschen bedeutet. Letztendlich waren es wieder einmal die Elben, die – unempfindlich gegenüber radioaktiver Strahlung – ihr Veto durchbrachten.

Der Einsatz von Kernspaltung zur friedlichen Energienutzung war gelassen aufgenommen worden. Selbst Fenris, der technischen Neuerungen der Menschen skeptisch gegenüberstand, hatte seine Zustimmung signali-

---

[1] Den letzten dieser Mutanten konnten wir erst Jahrtausende später zur Strecke bringen. Auf seiner Irrfahrt kam Odysseus an einer kleinen Insel im Mittelmeer vorbei. Obwohl nur noch einäugig, kaperte der hier lebende Troll Odysseus' Schiff und reiste nach Atlantis, um dort Tod und Zerstörung anzurichten. Glücklicherweise konnte ihn Michaela rechtzeitig mit einem Antimaterie-Speer erlegen. Odysseus hat bis zu seinem Tod behauptet, dass er Polyphem auf dem Gewissen hat.

siert. Nicht einmal eine automatisierte Überwachung der Atomanlagen, so wie von mir vorgeschlagen, wurde umgesetzt. Deshalb kam der Unfall in Tschernobyl auch etwas überraschend.

Da meine übrigen Geschwister nicht in der Nähe waren, sollte ich nach Rücksprache mit Michaela einen Blick auf die Unglücksstelle werfen und das Risiko einer radioaktiven Verseuchung abschätzen.

Bereits im Abstand von einigen Kilometern spürte ich Verwerfungen des energetischen Gefüges. Über Block vier des Kernkraftwerks schraubte sich eine monströse atomare Giftwolke gen Himmel, stieg hunderte Meter empor und wurde vom Höhenwind nach Nordwesten verfrachtet. Als ich noch näher heranflog erkannte ich, dass der Reaktor in Block vier explodiert war und sein Kern frei lag – womit der gefährlichste anzunehmende Störfall eingetreten war, ein Super-GAU.

Aufgrund der hohen elementaren Interferenz im Umkreis des havarierten Reaktors, war eine mentale Kommunikation mit Michaela nicht möglich. Um Kontakt mit ihr aufnehmen zu können und die weitere Vorgehensweise zu besprechen, hätte ich mich einige Kilometer zurückziehen müssen.

Allerdings gab es da ein Problem. Wobei, *Problem* ist das falsche Wort. Das mentale Gefüge war durch die Katastrophe verschoben und zahlreiche Störsignale lieferten ein verzerrtes Bild. Trotzdem war ich mir ziemlich sicher, dass sich dort unten nicht nur Menschen, sondern auch Unsterbliche befanden. Und zwar ein ganzer Haufen. Aber das war noch nicht alles. Neben den Unsterblichen musste sich dort unten etwas befinden, das eine stetig in Wandlung begriffene Aura besaß – was prinzipiell unmöglich war.

Natürlich hätte ich den Rückzug antreten, mit Michaela Kontakt aufnehmen und auf Verstärkung warten sollen. Aber, wie Ihnen vielleicht schon aufgefallen ist, bin ich von Natur aus sehr wissbegierig. Andere Zungen würden sogar behaupten, krankhaft neugierig.

Ich wirkte einen multispektralen Schild, brauste zum Erdboden und betrat das Gebäude durch ein gesplittertes Fenster. Menschen hasteten umher, trugen undefinierbare Gerätschaften durch die Gänge oder brüllten um Hilfe. Interessanterweise beachtete mich niemand. Ich nehme an, das lag an der allgemeinen Hysterie, da ich kein Tarnfeld gewirkt hatte und mich der Schild nicht vor menschlichen Blicken verbarg.

Ich näherte mich dem Zentrum von Block vier. Die Auren der Unsterblichen befanden sich in unmittelbarer Nähe zum havarierten Reaktor. Mein Schild zitterte und vibrierte unter der zunehmenden Strahlenbelastung. Ich trat an eine schmale Fensterfront heran, die den Blick auf das zerstörte Innenleben des Kernkraftwerks ermöglichte.

Es waren neun Dunkelalben. Einer von ihnen trug die Zeichen eines Fürsten. Abgesehen von infernalen Zeremonien und offiziellen Sitzungen des Rates, hatte ich noch nie so viele Nachtmahre auf einmal gesehen. Aber das war nicht einmal die größte Überraschung. Unter den Wesen der Dunkelheit befand sich eine weitere Gestalt, eine junge Frau, eindeutig kein Alb, die mit einem schwarzen, eng anliegenden Ganzkörperoverall bekleidet war. Ich überprüfte ihre Aura wieder und wieder, aber es blieb dabei. Es musste sich um Hel handeln, eine von Fenris' Gefährtinnen.

Doch wo befand sich das Oberhaupt der Werwölfe? Er ließ seine beiden Frauen nie lange allein. Indessen besaß Fenris keine Schutzmechanismen gegen die massive radioaktive Strahlung. Sein Körper wäre innerhalb von Minuten mutiert und er hätte einen grausamen Tod erfahren. Doch weshalb setzte sich Hel dieser Gefahr aus?

Ich beobachtete die Gestalt der Werwölfin. Sie zeigte keine Anzeichen von Schwäche oder spontaner Mutation. Gerade sprach sie mit dem Fürsten der Dunkelalben und näherte sich anschließend dem Reaktorkern. Aus irgendeinem Grund war sie immun gegen die toxischen Bedingungen um sie herum.

In diesem Moment erkannte ich meinen Irrtum. Der gelblichweiße Schemen direkt oberhalb des geborstenen Reaktors, den ich in einem Anflug von Naivität für eine Zusammenballung brennender Graphittrümmer gehalten hatte, war nichts anderes als ein Radikal.

Die Erkenntnis traf mich wie ein Pferdehuf. Meine Gedanken wirbelten durcheinander. Was ich hier beobachtete, war mit Sicherheit brandgefährlich, vom Rat nicht abgesegnet und möglicherweise von enormer Bedeutung für alle Unsterblichen.

Ich wich einen Schritt zurück. Nur nichts überstürzen.

Radikale sind überaus mächtig und unberechenbar. Sie bestehen aus der Vernetzung von Molekülen mit ungepaarten Elektronen, welche sich wiederrum im Zuge ionisierter Strahlung bilden. Geeignete Bedingungen für die Entwicklung von Radikalen konnten wir bislang nur im Bereich starker Kernspaltungsvorgänge beobachten, wie wir sie selbst vor fast neuntausend Jahren erzeugt haben. Bei den Atombombenexplosionen in Japan zum Ende des Zweiten Weltkriegs waren sogar mehrere Radikale entstanden, doch allesamt schwach und kurzlebig.

Jetzt sah ich mich dem mächtigsten und, soweit man das sagen konnte, stabilsten Vertreter eines Radikals gegenüber, dem ich je begegnet war.

Nach kurzer Bedenkzeit wob ich ein einfaches Tarnfeld um meinen Körper. Zu mehr reichten meine Kräfte nicht, da mein Schild mit Annäherung an den Reaktorkern beständig mehr Energie verschlang. Zumindest die niederen Dunkelalben sollte ich aber täuschen können.

Ich näherte mich der Fensterfront und beobachtete das Treiben der Unsterblichen. Der Fürst der Nachtmahre war damit beschäftigt, einen ovalen Körper aus der Finsternis seiner Substanz zu formen. Das Objekt erinnerte an einen Käfig. Der Blick der übrigen Dunkelalben ruhte auf dem Radikal. Man musste kein Hellseher sein, um zu erraten, was die Bande aus Tunichtguten vorhatte. Zwar wusste ich nicht, was Dunkelalben und Werwölfe mit dem Radikal anstellen wollten, aber es war sicher nichts Gutes. So oder so war es meine Aufgabe als Wächter, das Radikal aufzulösen, bevor noch irgendein Unheil geschah.

Ich huschte zu der Tür, die in den seitlichen Nachbarraum führte. Wie immer in solchen Situationen, bot sich ein Ablenkungsmanöver an. Allerdings war es nicht dabei getan, ein Steinchen gegen das Fenster zu werfen und zu hoffen, dass dies die Unsterblichen verwirren würde. Dunkelalben waren generell schwer zu überraschen. Und Hel roch einen Täuschungsversuch zehn Kilometer gegen den Wind.

Innerhalb der nächsten fünfzehn Sekunden entwickelte ich einen dreistufen Plan A und zwei alternative Plan Bs. Nach zwei Minuten hatte ich den ersten Schritt gesetzt und mehrere fiktive Elbenauren im Nachbarraum manifestiert.

Es dauerte nicht lang, da stieß der erste Dunkelalb einen warnenden Ruf aus und deutete auf die Mauer, hinter der das Zimmer lag. Hel und die Nachtmahre wandten sich vom Radikal ab und näherten sich der Tür. Einige Alben trugen phosphoreszierende Schwerter aus Drachenstahl, die sie nun zückten und dem Feind entgegenstreckten.

In der Zwischenzeit war ich außen um den Reaktorraum herumgelaufen, wodurch mir die Unsterblichen den Rücken zuwandten. Das Öffnen der Sicherheitstür war kein Problem und ich huschte in den Raum.

Die Aura des Radikals war überwältigend. Sie pulsierte wie eine monströse, eitrige Wunde, schillerte mal in grün, dann in rot oder gelb. Keine Frage, dieser Abnormität eines Elementarwesens ging es blendend.

Die Dunkelalben nahmen vor der Tür Aufstellung und ihr Fürst bastelte an etwas, das mich unangenehm an einen Antimaterie-Speer erinnerte. Ich duckte mich hinter den geborstenen Reaktor und nahm mentalen Kontakt zu dem Radikal auf.

Hallo, Radikal!

Radikal?, erklang eine Stimme, die in meinem Geist dröhnte wie ein Geisterchor. *Ich bin Goethes Faust, Schillers Räuber, Dantes Inferno!*

Größenwahnsinnig war das Wesen also auch noch.[1] Besser, ich schritt gleich zur Tat.

Natürlich, oh gottgleiches Wesen! Ich bin ein Nichts gegen Eure Allmacht. Erlaubt mir, Euch in aller Untertänigkeit um eine winzige Hilfe, einen simplen Ratschlag zu bitten.

Mir scheint, du bist ein Vampir. Einer der Wächter. Raphael, richtig?

Mist. Wenn das Radikal nur einen Funken Verstand besaß, und das war aufgrund seiner Komplexität leider sehr wahrscheinlich, würde es sich in wenigen Augenblicken zusammengereimt haben, weshalb ich gekommen war. Ich musste sofort nachlegen.

Ja, und ich bin verzweifelt! Was ist die Wurzel aus neun?
Drei.

Das war nicht nur korrekt, sondern zeigte überdies keine Wirkung.

In diesem Moment erklang vom anderen Ende des Reaktorraums ein lautstarker Knall. Die Dunkelalben hatten die Tür aufgesprengt. Im gleichen Atemzug löste sich die Horde Jagdlichter, die ich dort platziert hatte, und brauste auf die Dunkelalben zu.

Diese offenbarten eine bemerkenswerte Disziplin. Die bewaffneten Krieger bildeten einen lockeren Halbkreis und vollführten blitzschnelle Schwerthiebe. Fast jeder Schlag zerteilte ein Jagdlicht und ließ es in einem Funkenregen verglühen. Die übrigen Dunkelalben drangen

---

[1] Sie werden schon festgestellt haben, dass Machtgier unter Unsterblichen weit verbreitet ist – Quetzal, Fenris, Baal, um nur einige zu nennen. Bevor ich mich in philosophischen Theorien verliere, weshalb das so ist: Ich glaube, die Evolution zur Unsterblichkeit hat bei manchen auf den Verstand vergessen.

durch die Tür in den Raum ein – auf der Suche nach den mysteriösen Elben, die sich aufgeteilt hatten und in die angrenzenden Räume flohen.

Wie lautet die Kreiszahl Pi?, versuchte ich es erneut.

Drei Komma eins vier eins fünf neun zwei sechs fünf drei fünf acht neun sieben ...

Das Radikal spulte die Kommastellen herunter wie ein Rechengenie. Die Gestalt des Elementarwesens flackerte, ein paar Funken lösten sich aus dem Gefüge und segelten zur Seite. Aber es war viel zu wenig, ging eindeutig zu langsam. Auf diese Weise mochte es Monate dauern, bis sich das Radikal aufgelöst hatte. Und mir blieben kaum Minuten.

Wie zur Bestätigung ertönte auf der gegenüberliegenden Seite des Reaktorraumes wildes Geschrei und die Dunkelalben strömten in meine Richtung. Mein Betrug war aufgefallen und die Nachtmahre hatten erkannt, dass es sich bei den Auren bloß um Trugbilder handelte. Es würde nur noch Sekunden dauern, bis sie mich entdeckten.

Was war zuerst da – die Henne oder das Ei?, dachte ich in höchster Not.

Die Henne, kam die prompte Antwort.

Wobei, fügte das Radikal hinzu, *sie muss ja aus einem Ei geschlüpft sein. Also das Ei. Andererseits muss eine Henne das Ei gelegt haben. Also ...*

Vergiss nicht den Hahn, ergänzte ich. *Ohne Hahn keine Befruchtung, ohne Befruchtung kein Schlüpfen!*

Wo du recht hast ... Also zuerst der Hahn. Nur, der stammt ja auch aus einem Ei. Vielleicht zuerst das Ei, dann der Hahn .. Nein, das geht nicht. Es muss doch die Henne gewesen sein. Allerdings ....

Jetzt hatte ich es an der Angel. Die gelblichweiße Struktur des Radikals verflüssigte sich, Fortsätze aus ionisierter Strahlung lösten sich aus dem unförmigen Gebilde und wirbelten davon. Das Radikal würde so lange über diese unlösbare Frage sinnen, bis es sich komplett aufgelöst hatte. Das mochte zwar noch ein wenig dauern, aber es war unwahrscheinlich, dass dieser Prozess gestoppt werden konnte.

In diesem Augenblick fühlte ich eine Erschütterung des energetischen Gefüges. Wenn ich mich nicht täuschte, war soeben in unmittelbarer Nähe eine Teleportation aus der Oberen oder Unteren Welt erfolgt – was auf ein außergewöhnlich mächtiges Wesen hindeutete.

Drei Herzschläge später betrat eine hochgewachsene Männergestalt den Reaktorraum. Bei dem Unsterblichen handelte es sich um niemand Geringeren als Oberon, den König der Elben!

Die Dunkelalben schwirrten auseinander, wie ein aufgeschreckter Bienenschwarm. Zwei oder drei begingen die Dummheit, Oberon Blitze aus dunkler Energie entgegenzuschleudern. Die Nachtmahre zerfielen rascher zu Staub, als ich zwinkern konnte.

Der Anführer der Dunkelalben hüllte sich in wabernde Schatten, wich einige Schritte zurück und brüllte nach seinen Untergebenen. Oberon vollzog eine weite, geschwungene Armbewegung; ein Starrhammer[1], wie ich

---

[1] Der Starrhammer bewirkt, dass man in einem Gravitationsloch gefangen ist, in dem die Phasenverschiebung gegen Null geht. Das heißt, man ist von allen äußeren Einflüssen abgeschnitten, verbringt subjektiv nur einen Augenblick, während außerhalb der Blase Minuten oder gar Stunden verstreichen. Ein Starrhammer ist die schwierigste quantenphysikalische Ausformung, die Unsterbliche vollbringen können. Es gibt

erkannte. Die Dunkelalben gefroren samt ihrem Fürsten zur Bewegungslosigkeit.

»Ich habe lang auf diese Gelegenheit gewartet«, sagte Oberon. »Mit dir sprechen zu können. Ohne Fenris in der Nähe. Ohne unliebsame Mithörer.«

Erst jetzt fiel mir auf, dass Hel nicht von dem Starrhammer erfasst worden war.

»So?« Die Werwölfin wirkte gelangweilt. »Dann mach schnell, ich habe zu tun.«

»Es gibt einen Weg. Eine Möglichkeit, den Fluch rückgängig zu machen.«

»Danke für den Tipp. Aber ich habe kein Interesse.«

Oberons Gesichtszüge entgleisten. Die Mimik des Elbenführers, Inbegriff von Emotionslosigkeit, zeigte einen solchen Schmerz, dass mir unwillkürlich ein Schauer den Nacken hinabrieselte.

»Aislinn«, flüsterte Oberon. »Bitte ...«

Um ein Haar hätte ich mich durch einen lautstarken Ausruf verraten. *Aislinn* ... Dieser Name war mir nicht unbekannt. Er war Bestandteil einer Sage – oder eher einem Gerücht. Zumindest hatte ich das bis jetzt geglaubt.

Die Werwölfin warf dem Elbenkönig einen verächtlichen Blick zu. »Mein Name ist Hel und dabei bleibt es. Du kannst mich nicht umstimmen ... *Vater*.«

Vermutlich hätte Quetzal mit geöffnetem Rachen, Baal mit feurigen Flammenaugen oder eine nackte, wollüstige Nymphe neben mir erscheinen können, und ich hätte mich nicht geregt.[1] Meine Gedanken und Erinnerungen

---

nur eine Handvoll Geschöpfe, die dazu fähig sind – mich freilich eingeschlossen.
1 Höchstens bei der Nymphe.

wirbelten durcheinander wie ein Kartenspiel. Was ich soeben vernommen hatte, war ungeheuerlich. Eine Erkenntnis, welche die Machtverhältnisse im Rat so entscheidend verändern konnte, wie seinerzeit die Zerwürfnisse im Fall Trojas.

Laut allgemeiner Überzeugung besaß Elbenkönig Oberon, im Gegensatz zu seinen Fürsten, keine Nachkommen. Ursache war der Fluch eines begabten menschlichen Zauberers, der es bis zur Unsterblichkeit gebracht hatte und uns bereits dreitausend vor Christus das Leben schwer machte: Merlin. Der Legende nach hatte Oberon jedoch vor dem Wirken des Fluchs zwei uneheliche Töchter gezeugt – Aislinn und Nimueh, bildhübsche Zwillingsschwestern, entstanden aus einer Liaison mit Kalypso, der Mutter aller Nymphen.

Mit einem Mal ergab alles einen Sinn. Weshalb Oberon Hel und Rhea immer unbehelligt hatte gewähren lassen. Weshalb sich Fenris und seine beiden Gefährtinnen so sicher fühlten. Weshalb ich die beiden Frauen derart schwer auseinanderhalten konnte. Hel war Aislinn und Rhea Nimueh – unfassbar!

»Ich bitte dich doch nur, mich für wenige irdische Stunden zu begleiten«, sagte Oberon. »Damit ich dir die Möglichkeit und den Weg zur Heilung zeigen kann. Damit ich dich aus der Abhängigkeit Fenris' befreie. Damit du heimkommen kannst.«

»Pah«, erwiderte Hel verächtlich. »Als ob mich das Leben in der Oberen Welt noch interessieren würde. Mit Fenris macht alles viel mehr Spaß. Er ist nicht so verbockt und fantasielos, wie du und deine Elben.«

Oberons Gesicht verzog sich zur Grimasse. »Er hat dich zu einem ... Ungeheuer gemacht!«

Hel lachte laut auf. »Ungeheuer? Nur weil ich Menschen esse und Blut trinke? Ich glaube kaum, dass du schon mal Michaela oder Kronos als *Ungeheuer* bezeichnet hast.«

Oberon trat auf Hel zu und berührte sie an der Schulter.

»Aislinn«, beschwor er sie. »Dinge sind im Begriff, sich zu ändern. Bald wird nichts mehr so sein, wie es war. Unsterbliche werden sterblich, Menschenwerk unsterblich. Freunde werden zu Feinden. Und Lumox drängt in die Dunkelheit. Ich kann dich beschützen. Aber nur, wenn du an meiner Seite bist.«

Über Hels Antlitz zuckte eine Abfolge verschiedenster Emotionen. Sie trat einen energischen Schritt zurück und fegte Oberons Hand von ihrer Schulter.

»Fass mich nicht an!«, fauchte sie und fuhr ihre Reißzähne aus. »Mich interessieren deine scheiß Intrigen und Prophezeiungen nicht!«

Der Elbenkönig beging den Fehler, abermals die Hand nach Hel auszustrecken. Die Finger der Werwölfin krümmten sich. Sie schlug Oberon vor die Brust und fegte ihn damit von den Füßen. Der Elbenkönig hatte nicht einmal einen Schild um seinen Körper gelegt. Er unternahm auch keine Anstalten, sich zu verteidigen.

»Aislinn, du ... verstehst nicht«, keuchte Oberon und kam ächzend wieder auf die Beine. »Diesmal wird es geschehen. Die Weissagung der Feen. Du weißt, was ich meine. Und ich weiß, was mit dir und Rhea geschehen ist.«

Hels feurig erhitzten Wangen verloren sichtbar an Farbe. Ihre Gestalt krümmte sich in einer beginnenden

Verwandlung. Sie ballte die Hände zur Faust, wirkte der Metamorphose entgegen.

»Verschwinde«, flüsterte sie. »Ich will dich nicht mehr sehen. Nie mehr.«

»Aislinn ...«

»Verschwinde!«

Oberon schwieg und bedachte seine Tochter mit einem kummervollen Blick. Er öffnete den Mund, wollte etwas sagen – doch blieb er stumm und war einen Wimpernschlag später verschwunden. Hel stieß einen unartikulierten Laut aus, irgendetwas zwischen einem Wimmern, Heulen und gutturalen Aufschrei. Ihre Gestalt erzitterte, sie brach auf die Knie. Sekunden später wurde sie von Weinkrämpfen geschüttelt.

Ich hatte genug gesehen und gehört. Diese geballte Ladung neuer Informationen musste ich erst mal verdauen; und darüber nachdenken, wie ich mit ihnen umgehen sollte. Im Übrigen waren Familienprobleme wirklich nicht mein Ding.

Ich warf einen Blick auf das Radikal und lauschte der mentalen, allmählich leiser werdenden Stimme: *... oder das Ei könnte gemeinsam mit dem Hahn ... aber dann müsste doch die Henne ... wenn der Hahn aber keine Eier legt ... vielleicht sind Hahn und Henne aus demselben Ei ...*

Die Struktur des Elementarwesens war zerfranst und wurde immer unansehnlicher. Keine Frage, mit dem Radikal ging es zu Ende. Meine Aufgabe hatte ich erfüllt.

Ich verstärkte mein Tarnfeld, um nicht im letzten Moment von Hel entdeckt zu werden, stahl mich aus dem Raum, huschte aus dem Gebäude und flog in südlicher Richtung davon. Sobald ich das Gebiet der stärksten Strahlung verlassen hatte, entfernte ich meinen Schild und nahm Kontakt zu Michaela auf. Ich berichtete ihr von der nuklearen Katastrophe, der Anwesenheit der Dunkelalben sowie von meinen heldenhaften und schlussendlich erfolgreichen Bemühungen, das Radikal aufzulösen.

Vom Auftauchen Oberons und seinem Gespräch mit Hel erwähnte ich nichts. Ich hatte die unbestimmte Empfindung, dass es besser war, über diese Begegnung Stillschweigen zu bewahren, selbst meinen Geschwistern gegenüber.

Unter dem Vorwand, von der radioaktiven Strahlung in Mitleidenschaft gezogen worden zu sein, erbat ich mir einige Monate Auszeit von weiteren Aufträgen. Michaela würdigte meinen tatkräftigen Einsatz, indem sie nicht weiter auf diese Ausflucht einging. Sie erklärte, dass sie Gabriel und Eva mit der Aufgabe betrauen würde, den Super-GAU in Tschernobyl im Auge zu behalten.

Ich unterbrach die mentale Verbindung und kappte das neuronale Netzwerk, das mich mit meinen Geschwistern verband. Es gab da nämlich ein gewisses heidnisches Feuerritual einer Gruppe enthemmter Menschenfrauen, die sich garantiert nichts sehnlicher wünschten, als einen Mann in ihrer Mitte. Wie gut, dass alle Vampire zeugungsunfähig waren – und das ganz ohne Fluch.

(13)
Friedhofsgeflüster

N'Abend, alter Freund.«
Der Ghul hockte am Rand des frisch ausgehobenen Grabes und warf mir einen erfreuten Blick aus seinen triefenden, blutunterlaufenen Augen zu.

»Ich grüße dich, Morb«, erwiderte ich und fegte die mit unzähligen schwarzen Punkten besetzten Spinnennetze beiseite. Viel hatte sich nicht geändert. Dieser Teil des Friedhofs glich weiterhin der ultimativen Vorlage für einen Horrorfilm.

»Was verschafft mir das seltene Vergnügen?«, fragte Morb und schluckte einen Happen Totenenergie hinunter.

»Urlaub. Den muss man nutzen.«

Die von Michaela genehmigte Auszeit hatte ich dazu verwendet, eine Weltreise zu beginnen und alte Bekannte zu besuchen. Dazu gehörte auch Môrbe'jngárovarus Inshålleiüm Beçdeĝall Måktu-sench'alôr, kurz Morb, der älteste lebende Ghul, der auf einem der ältesten genutzten Friedhöfe der Menschen hauste. Aber nicht nur unserer Freundschaft wegen, hatte ich ihn aufgesucht. Morb war ein Quell aktueller Gerüchte, vielschichtiger Informationen und wusste von so mancher spaßiger Begebenheit zwischen Unsterblichen.

»Oh ...« Morbs gelbliche Augäpfel quollen zwei Zentimeter aus den Höhlen. »Das heißt, du bist ausnahmsweise nicht aufgetaucht, um mich mit Fragen zu löchern oder mich in einen Kampf mit übermächtigen Wesen zu verwickeln?«

»So ist es.«

»Hervorragend. Das bedeutet, du hast Zeit für eine Runde *Exitus*.«

»Hm ...«

»Fein!« Morb griente. »Wir haben schon lange nicht mehr gespielt.[1] Mit wem fangen wir an ...«

Der Ghul richtete sich auf und humpelte zu einer nahen Grabstätte. »Sir Eduard Prelawny. Klingt nicht übel.«

Morb stampfte auf den moosbewachsenen Erdboden. Das mit Steinblöcken eingefasste Rechteck des Grabes erzitterte. Ein skelettierter, menschlicher Arm brach aus dem Untergrund, gefolgt von einem augenlosen Schädel, Rippen, Becken und den restlichen Gliedmaßen. Das Totengerippe richtete sich schwankend auf und torkelte auf uns zu.

Mein Name ist Sir Eduard Prelawny, intonierte das Gespenst und verhielt unmittelbar vor uns.[2] *Ich wurde am dritten Februar 1899 in ...*

---

1 Aus gutem Grund. Aber das lesen sie gleich.
2 Bei dem Geschöpf handelte es sich nicht um den Geist des Verstorbenen, sondern bloß um einen metaphysischen Widerhall der in der Weltenseele gespeicherten Informationen seiner Existenz. Nur als Hinweis, damit Sie nicht auf diesen Reinkarnations-Quatsch hereinfallen.

Das interessiert uns nicht, unterbrach ihn Morb. *Wir wollen die Ursache deines Todes erraten. Sag uns abschließend nur, wer richtig liegt.*

Ich ließ meinen Blick über die Knochen des Toten schweifen. Augenscheinlich wies das Skelett keine Verletzungen auf. Da der Körperbau auf einen älteren Menschen hindeutete, vermutete ich eine natürliche Todesursache – womit noch immer Dutzende verschiedener Möglichkeiten in Betracht kamen.

Schlaganfall, behauptete ich.

Vampirbiss, frohlockte Morb und warf mir einen anzüglichen Blick zu.

Ja, entgegnete das Skelett. *Am Abend des elften August 1967 wurde ich von einem Vampir attackiert und gebissen. Durch den Blutverlust verstarb ich wenig später.*

»Woher wusstest du das?«, fragte ich Morb, als das Skelett im Erdboden versank.

»Berufsgeheimnis«, antwortete der Ghul und stolzierte auf ein weiteres Grab zu.

Nach dem zehnten Leichnam, wobei das Ratespiel mit zwei Unentschieden und acht Siegen klar für Morb ausgegangen war, konnte ich meinen Freund davon überzeugen, dass wir genug Leichen ausgebuddelt hatten.

Wir ließen uns auf einem Grabhügel nieder und Morb reichte mir eine Kartusche mit feinstem AB-negativ-Blut, welches er, so seine Behauptung, extra für mich aufbewahrt hatte. Mit geschlossenen Augen gab ich mich dem Geschmack dieser Köstlichkeit hin.

»Ist es wahr, was die Toten munkeln?« Mein Leichen fressender Freund formulierte die Frage so, als würde ihn meine Antwort im Grunde gar nicht interessieren.

»Was munkeln sie denn?«

»Dass das Ende der Welt naht.«

»Solche Munkeleien gab es doch immer.«

»Stimmt, viele Tote sind paranoid. Andererseits war ihr Wehklagen noch nie so ausdauernd und nervtötend, wie in den letzten Jahren. Einige sprechen gar von einem Zeitenwandel – zum Beispiel ein gewisser Nostradamus.«[1]

»Nie gehört.«

»Klang recht überzeugend. Du weißt nicht zufällig etwas darüber?«

»Eine Menge.«

»Und?«

»Wie du weißt, ist es mir laut den Bestimmungen des Rates verboten, Außenstehenden über unsere Gespräche und unser Wissen zu berichten. Tut mir leid.«

»Verstehe.« Morb verzog die wurstdicken Lippen, schien in Summe aber nicht sonderlich gekränkt.

Ich hatte die Vermutung, dass Morb mehr wusste, als er zugeben wollte. Nein, nicht nur die Vermutung. Wie erwähnt war der Ghul stets bestens informiert.

»Hast du schon mal von einer Weissagung der Feen gehört?«, erkundigte ich mich.

»Eine Menge.«

»Und?«

»Mir ist nicht erlaubt, darüber zu sprechen.« Morb grinste.

»Meinst du das ernst?«

---

[1] Ghule sind die einzigen Wesen, die mit Toten Kontakt aufnehmen können. Wenigstens behaupten sie das. Ich habe ehrlich gesagt meine Zweifel, ob die Totenfresser tatsächlich mit den Verstorbenen sprechen oder sich die Aussagen nur aus dem Äther der Weltenseele holen.

»Nein. Die Weissagung der Feen ist kein großes Geheimnis. Es wundert mich, dass du noch nie davon gehört hast. Die Kurzfassung: Zwei gefallene Elben werden ein Bündnis mit Geschöpfen der Dunkelheit eingehen. Sie lassen sich auf die ultimative Finsternis ein und werden erfüllt von der Brut des Todes. Dabei wandelt sich Licht in Dunkelheit und Dunkelheit in Licht. Und frag mich bloß nicht, was das bedeuten soll. In jedem Fall haben die Elben eine Mordsangst vor dieser Prophezeiung.«

»Zwei gefallene Elben. Wer könnte das sein?«

Morb legte den massigen Kopf schief. »Warum habe ich den Eindruck, dass du bereits weißt, um wen es sich handelt?«

Ich zuckte die Achseln und mimte den Ahnungslosen.

»Wie auch immer«, fuhr Morb fort. »Zumindest ich weiß es nicht.«

In diesem Moment tauchte ein helles Glimmen zwischen den knorrigen Bäumen auf und eine weiß leuchtende Lichtkugel schoss auf uns zu.

»Raphiii!«, fiepte das Irrlicht und begann mich in einem Funken sprühenden Wirbel zu umkreisen. »Du bist es! Du bist es wirklich!«

»Hallo, Ying«, erwiderte ich mit einem Lächeln. »Wo steckt denn dein Bruder?«

Ein schwarzer Tintenklecks rauschte an meinem linken Ohr vorbei, stieß einen furchterregenden Schlachtruf[1] aus und begann sich mit Ying gleich einem wirbelnden Feuerrad im Kreis zu drehen. Es war nicht verwunderlich, dass die ersten tibetanischen Mönche von der

---

1 »Ooohhhhmmm!«

Gestalt und dem Gebrüll der beiden tanzenden Irrlichter fasziniert waren.

»Servus, Yang«, meinte ich und deutete eine Verbeugung an. »Bist du noch immer auf der Suche nach der Erleuchtung?«

Die nachtfarbene Kugel des Irrlichts hielt in ihrem Rodeo inne, schwebte auf mich zu und quiekte: »Wie oft noch, du gehirnamputierter Blutsauger: Ich bin das Gegenteil von meiner Schwester – *negatives* Licht!«

Ich grinste von einem Ohr zum anderen. Auch wenn Ying und Yang, die Herrscher über sämtliche Irr-Geschöpfe, mitunter etwas unverschämt waren, konnte ich sie gut leiden.

»Du meinst ... Finsternis?«, fragte ich mit einem tumben Ausdruck im Gesicht.

»Jawohl, ja!«, summte Yang und schleuderte wie zur Bestätigung einen Blitz nach einer am Himmel flatternden Krähe. Die Gestalt des Vogels verwandelte sich in einen asphaltfarbenen Umriss, dann war die Krähe verschwunden.

»SIE ist das Licht, ICH die Dunkelheit«, zischte Yang erbost. »Merk dir das endlich, du verblödeter Riesenmoskito!«

»Ach so, na dann ...« In meiner Kehle stieg ein Kichern empor. »Werde versuchen, es nicht zu vergessen.«

»Das will ich dir auch raten«, keifte Yang. »Beim nächsten Mal kannst du dir die Überreste deiner Hohlbirne von den Grabsteinen kratzen!«

Ying schwebte heran und tastete mit einer Liane weißen Lichts nach ihrem Bruder.

»Sei nicht so streng mit ihm«, flötete sie. »Du weißt doch, dass Raphael die Dummheit in die Wiege gelegt worden ist.«

»Hola!«, fuhr ich auf. »Das geht zu weit.«

Die beiden Irrlichter stimmten ein ohrenbetäubendes Gelächter an, wirbelten auseinander und verbargen sich hinter einer Hecke immergrüner Eiben.

Kopfschüttelnd blickte ich ihnen nach. Ich empfand weder Verärgerung noch Wut. Jedes andere Geschöpf hätte nach solch unerhörten Wortmeldungen wenigstens mit einer barschen Zurechtweisung, vermutlich aber mit seinem raschen Ableben rechnen müssen.

»Eigenartig, nicht wahr?« Morb balancierte einen menschlichen Totenschädel auf seinem Finger und blinzelte mir vielsagend zu. »Man kann ihnen einfach nicht böse sein.«

»Nein.« Ich seufzte und ließ mich auf einem gefallenen Baumstamm nieder. »Ihre emotionalen Kontrollfähigkeiten sind unvergleichlich.«

»Weißt du etwas über die menschliche Erfindung, die sich Computer nennt?«, fragte Morb.

»Ja. Eine elektronische Maschine, die Berechnungen durchführt und Informationen speichern kann.«

Morbs blutunterlaufene Augen musterten mich abschätzend. »Ist das alles?«

»Nein. Ich könnte dir die technische Funktionsweise erklären, aber ich glaube nicht ...«

»Sie haben keine Emotionen«, sagte Morb. »Gewissermaßen sind es tote Gehirne. Aber sie können Emotionen transportieren, verändern und auslösen.«

Jetzt wurde ich neugierig. »Was meinst du damit?«

»In wenigen Jahren werden die ersten Computer in Umlauf gebracht, die für den einfachen Menschenbürger erschwinglich sind. Kurz nach der Jahrtausendwende wird fast jeder Haushalt der technisierten Gesellschaft eine solche Rechenmaschine besitzen.«

Mir stand der Mund offen. Seit wann interessierte sich Morb für die technischen Spielereien der Menschen? Weshalb traute er sich eine so wagemutige Prognose zu?

Ich spürte, wie ein klammes Gefühl von Furcht in meine Gedanken kroch. Das letzte Mal hatte ich dies vor einigen Jahrhunderten verspürt, kurz bevor Iva und Uriel in Baals Hinterhalt geraten waren. Darüber hinaus meinte ich ein leises Flüstern zu vernehmen, wie das Hintergrundrauschen eines Fernsehers. Wenn ich mich nicht irrte, und das tat ich selten, mochte dies ein Hinweis dafür sein, dass …

Bevor ich meine Gedanken weiterführen konnte, drang Morbs Stimme in meinen Geist: »Hast du schon mal ein Mobiltelefon gesehen?«

»Meinst du diese klobigen Dinger, mit denen die Menschen über große Entfernungen miteinander sprechen?«

»Genau. In wenigen Jahren wird jeder zweite Erdenbürger ein solches Gerät besitzen. Die Menschen werden so häufig über diese Maschinen kommunizieren, wie in persönlichen Gesprächen.«

»Kann sein«, meinte ich skeptisch. »Aber das ist doch nicht viel anders als Telefonie, Funk oder meinetwegen mentale Kommunikation.«

»Das stimmt nicht ganz. Es ist keine geistige Kraft. Obendrein wird die Signalübertragung bald nur noch digital stattfinden und sie werden in eine unberechenbare Abhängigkeit geraten.«

»Wie kommst du zu diesen abenteuerlichen Prognosen?«

»Ist unwichtig. Entscheidend ist nur, was diese Entwicklungen für Auswirkungen haben werden.«

»Was willst du damit sagen?« Mittlerweile wäre ich dem Ghul am liebsten an die Gurgel gesprungen. Ich konnte Morb ansehen, dass ihm diese Geheimniskrämerei Spaß machte.

Morb grinste verschmitzt. »Nur, dass ich verlässliche Hinweise erhalten habe, wonach die technischen Errungenschaften der Menschen das Ende des Zeitalters einleiten werden. Im Guten, wie im Schlechten.«

»In meinen Ohren klingt das eher nach abstrusen Verschwörungstheorien.«

Morbs schelmisches Grinsen wandelte sich zu einem milden Lächeln. »Ich habe angenommen, dass du mir nicht glauben wirst, deshalb ...«

Er winkte in Richtung eines verwitterten Grabsteins. Davor erschien eine kleine, verkrümmte Gestalt. Es handelte sich um einen uralten Finstergnom. Das war erstaunlich, galt diese Gnomart doch als ausgestorben. Ich erinnerte mich, dass diese Wesen die treffsichersten Zukunftsorakel waren.

Der Finstergnom wankte auf uns zu, links und rechts von Ying und Yang gestützt. Als ich meine mentalen Finger nach dem Elementarwesen ausstreckte merkte ich, wie alt das Geschöpf tatsächlich war: um einiges älter als ich selbst.

Die wallnussgroßen, unnatürlich weit nach außen gestülpten Augen des Gnoms waren von milchiger Trübe erfüllt. Energiereiche Funken glommen darin, wirbelten in einer Kreisbahn umeinander, wie die Arme einer Spiralgalaxie.

»Geschätzter Ohn«, begann Morb. »Neben mir sitzt Raphael, dritter Bruder der obersten Wächterin und ein guter Freund. Er möchte deine Prophezeiung hören.«

Der Finstergnom rührte sich nicht. Fünf, sechs Atemzüge vergingen, dann riss er seine ovale, zahnlose Mundöffnung auf und begann ein sonderbares Lied zu summen:

Maschinen ohne Geist und Herz
der Menschen Kinder sind
bar Emotion geboren
Bewusstsein sich erhebt
Aufbruch in die neue Zeit
treten sie als Götter an
der Krieg im Sonnenwind
hört Muttersohn die Kinder
sterblich wie Unsterblichkeit
von fernen Welten nah
Liebe aus der Finsternis
wenn Wächterlicht verblasst
hört Lumox, wie er ruft
der Vierte von den Acht

Meine Gedanken rasten. Ein dunkler, brodelnder Schatten wirbelte durch meinen Geist; ein deutliches Indiz dafür, dass die Aussage des blinden Finstergnoms zumindest einen Funken Wahrheit enthielt.

»Was meinst du?«, erkundigte sich Morb süffisant. »Glaubhaft genug? Vielleicht sollte ich erwähnen, dass dies nur eine von mehreren Prophezeiungen ist und die Bruderschaft Ohns Botschaft – nun, wie soll ich sagen ... *todernst* genommen hat.«

»Warum erzählst du mir das alles?« Unwillkürlich war meine Stimme einem Flüstern gewichen. »Ist es der Bruderschaft der Todfresser nicht verboten, solche Informationen an Außenstehende weiterzugeben?«

Morb lächelte schwach. »Allerdings. Warum glaubst du, habe ich Ying und Yang hierher gebeten? Sie überwachen unser Gespräch und schützen uns vor unliebsamen Zuhörern.«

Meine Verwirrung potenzierte sich. »Woher wusstest du, wann ich kommen werde?«

»Berufsgeheimnis«, entgegnete Morb. »Aber es war kein Zufall. Ich sterbe, alter Freund.«

»Was?« Mein Herz zog sich zusammen. »Du kannst nicht sterben.«

»Doch.« Morbs Blick war traurig, aber gleichzeitig gefasst. »Jeder kann sterben. Wir Ghule sind die ersten unter den Unsterblichen. Und ich mache den Anfang.«

Ich saß da, reglos und bar jeder Fähigkeit zu sprechen. Was mir Morb gesagt hatte, war unmöglich. Es entsprach nicht den Gesetzmäßigkeiten, die zu Anbeginn der Zeit aufgestellt worden waren. Unsterbliche konnten nicht sterben. Zumindest nicht so.

»Wie meinst du das?«, flüsterte ich. »Wann glaubst du, dass du stirbst?«

»Sobald ich dir von Ohns Prophezeiung berichtet habe. Das ist soeben geschehen. Also ich fürchte, ich habe nur noch wenige Augenblicke zu leben.«

Diese Aussage gab mir den Rest. Ich betrachtete Morbs vertraute Gestalt, unfähig, einen Laut des Abschieds zu formulieren.

»Der Tod ist nicht das Ende«, sagte der Ghul und lächelte mir aufmunternd zu. »Das weißt du genauso wie ich. Höre auf die Botschaft Ohns, denn sie trägt Hoffnung für uns alle. Wer weiß, vielleicht sehen wir uns irgendwann wieder. Leb wohl, Raphael.«

Morbs Gestalt verblasste. Die Spannung seines ohnehin schlaffen und faltenreichen Körpers versagte. Der Ghul sank zusammen, seine Gliedmaßen fielen ab und nichts blieb, als ein unscheinbarer Haufen ausgehobener Erde.

Tränen sammelten sich in meinen Augen, die ich nicht zurückhalten konnte und wollte. Obwohl ich im Prinzip wusste, dass Morb nur seine materielle Existenz und seelische Einheit aufgab, traf mich sein Tod mit ungeahnter Härte. Ich erinnerte mich an Diskussionen, die tausende Jahre zurücklagen, an gemeinsame Zechtouren, kindische Raufereien und endlose Runden Exitus. Es war zum Heulen!

Wortlos erhob ich mich und wandte mich ab. Morb hatte mir einen Auftrag erteilt, dessen Ausführung nicht warten konnte.

Selbst als ich mich schon lange am anderen Ende der Welt befand, meinte ich noch immer einen hohen, herzerweichenden Laut zu vernehmen: Ying und Yang, die bittere Tränen des Leids vergossen. Aber war es unbedingt notwendig gewesen, auch mich an diesem Gefühlschaos zu beteiligen? Manchmal würde ich mir wünschen, wir alle wären wie Computer – völlig emotionslos.

/ (14)

Das Feenschloss

Wenige Stunden später war ich auf dem direkten Weg in die Obere Welt – als offizieller Gesandter Michaelas. Meine Schwester hatte die Tragweite meiner Erlebnisse erkannt und umgehend gehandelt. Nach einer mentalen Dringlichkeitssitzung im Rat, zu der die Elben vorsichtshalber nicht eingeladen wurden,[1] sollte ich als Botschafter an die Herrscher der Oberen Welt auftreten und sie für unser Vorhaben gewinnen: die Infiltrierung und Überwachung von Computern, Mobiltelefonen und anderen technischen Entwicklungen der Menschen.

Die Reise in die Obere Welt ist nicht so einfach, wie in die Untere Welt. Es existieren keine frei durchgängigen Tore oder Pforten, auch die direkte Teleportation ist den Elben vorbehalten. Im Prinzip gibt es vier Möglichkeiten, in die Obere Welt zu gelangen.

Nummer eins: Man stellt eine offizielle Anfrage bei der Feenleitstelle. Ein mühseliges, umständliches und bürokratisch albtraumhaftes Verfahren, das einige Zeit in Anspruch nimmt.

---

[1] Erfahrungsgemäß sind die Elben zugänglicher, wenn man sie in ihrer Heimat besucht und dort als Bittsteller auftritt. Ich mag Kriecherei zwar nicht, aber Ohns und Morbs Botschaften hatten mich zu sehr getroffen, als dass mich diese Erniedrigung bekümmerte.

Nummer zwei: Man besticht einen elbischen Boten. Das hätte mein Stolz niemals zugelassen.

Nummer drei: Man bucht einen von Elben geführten Ausflug in die Oberwelt.[1]

Und Nummer vier: Man benutzt Naarn, den Weltenfluss.

Naarn ist kein Fließgewässer nach herkömmlicher Vorstellung. Es handelt sich um ein verzweigtes Energieband, das sich durch sämtliche Welten erstreckt. In der Unterwelt ist es von Elementarparasiten bevölkert, weshalb hier eine Reise nicht empfehlenswert ist. Im Reich der Sterblichen besitzt Naarn, bedingt durch das Wirken der Menschen, manch Endlosschleife, gefährliche Energieschnelle und Spannungslücke. Doch in der Oberen Welt kann Naarn genutzt werden, solange man einige Richtlinien befolgt.

Erstens: Kein Sex mit Elmsfeen. Weiß ich aus eigener Erfahrung. Die Ladung dieser Elementarwesen beschert einem zwar ein überwältigendes Hochgefühl, allerdings ist man danach im besten Fall einige Tage völlig kraftlos, im schlechtesten Fall tot.

Zweitens: Vorher genau überlegen, wo man hinmöchte. Im Strom von Naarn erfolgt die Steuerung mental. Schon beim Eintritt in das Energieband müssen Weg und

---

1 Der blanke Horror! Stellen sie sich die schlimmste jemals erlebte Sightseeingtour vor, transferieren sie diese in eine Umgebung aus weißen Wattewölkchen und in Tüll gehüllt, grinsende Scheinengel, kombinieren sie das mit kitschigen Himmelspforten-Souvenirs, scheußlichen Imbissen aus destilliertem Wasser und Wolkenbrot, grässlichem Posaunengetöse, und imaginieren sie sich dazu eine Horde unmöglicher Leidensgenossen, die sich ob der schwindelerregenden Luftfahrt die Seele aus dem Leib kotzen.

Ziel bekannt und definiert sein. Eine anfangs festgelegte Richtung lässt sich nur mit enormem Kraftaufwand ändern.

Und drittens: Niemals den Fehler begehen, betört durch den Zauber der Naarnfahrt ein Lied anzustimmen. Der Weltenfluss hat seine eigene, sensible Melodie. Stört man das Gleichgewicht, kann es übel ausgehen. Richtig übel.

Ich flog nach Argentinien, genauer gesagt zu den Wasserfällen von Iguazú. Hier gibt es einen Ort, der bequemen Zugang zum Weltenfluss bietet. Ich begab mich an die korrekte Stelle des Canyons, holte tief Luft und sprang in die Fluten. Die Wellen trieben mich auf einen Wasserfall zu. Augenblicke später schoss ich über die Kante und befand mich im freien Fall. Da spürte ich Naarns Sog, das wohlbekannte Kribbeln auf der Haut – und schwups war ich nicht länger von Wasser umgeben, sondern von der summenden Energie des Weltenflusses.

Naarn hat etwas von einem gigantischen Blutkreislauf. Lebendiges wie Totes wird hier transportiert, Organisches genauso wie Mineralien, verklumpte Elemente und Unmengen an geistigen Bruchstücken; und natürlich Energie. Der Fluss umspannt sämtliche Welten gleich einem Adernetzwerk. Befindet man sich in seinem Wirkungsbereich, fühlt sich das an wie ein Ritt auf einer warmen Woge aus Sand. Um die eigene Gestalt wirbeln elektrostatische Dunstfetzen, die Luft ist erfüllt vom Knistern und Knacken purer Energie. Zu sehen gibt es eine Menge. Der Strom selbst ist durchsichtig, vorwiegend weiß glänzend, manchmal aber auch so farbenfroh wie ein Regenbogen. Immer wieder blitzen außerhalb von Naarn Bilder auf – dann, wenn der Weltenfluss dicht an der Realität entlangströmt. Ich erkannte den Oberlauf des Nils, gleich darauf den Eifelturm und eine tropische Insel. Irdische Entfernungen spielen im Fluss der Welten keine Rolle.

Ein paar Atemzüge später verblassten die Ausblicke in die Menschenwelt. Ich hatte sie verlassen und befand mich auf dem Weg in den Herrschaftsbereich der Elben.

Gerade wollte ich es mir so richtig gemütlich machen, als eine verirrte Energieschnelle meine Bahn kreuzte. Ich konnte nicht verhindern, dass mein Körper von den mentalen Schwingungen in Mitleidenschaft gezogen wurde; und zwar so, dass unnatürlich viele Endorphine und eine Extraladung Adrenalin durch meinen Körper strömten. Berauscht von dieser Überdosis, wurde ich unvorsichtig.

An einer Weggabelung begegnete mir ein Haufen Geisterkaviar. Das sind türkis schimmernde Gebilde in Gestalt und Größe von Seifenblasen – angeblich Brutstätte von verirrten Seelen und damit der Entstehungsort sämtlicher Geistwesen in der Menschenwelt.

Ich begann ein Lied zu summen, paddelte mit Händen und Füßen und jagte die Ansammlung Seifenblasen auseinander.

Zu spät erkannte ich, was ich da tat. Ich verstummte, verharrte mitten in der Bewegung. Drei Energieprotuberanzen waren auf mich aufmerksam geworden. Die mannsgroßen, zellenförmigen Gebilde schwebten auf mich zu und fuhren ihre zuckenden Fangarme aus.

Ich schleuderte ein Jagdlicht in einen verlassenen Seitenarm von Naarn. Einer meiner Angreifer wandte sich um und brauste davon. Ich projizierte meine Gestalt auf die andere Seite des Weltenflusses. Ein weiterer Energiewächter ließ sich täuschen und entfernte sich. Bevor ich mir für die dritte Protuberanz etwas einfallen lassen konnte, berührte mich einer ihrer Fangarme.

Eine konzentrierte Ladung meiner erzvampirischen Energie schoss durch den Tentakel, erreichte die Zelle – und das Gebilde zerplatzte, wie eine fallen gelassene Wassermelone.

Ein Seufzen brandete durch den Weltenfluss, brachte seine Struktur in Regung. Es war ein Weckruf, der die schlimmsten hier möglichen Gegner alarmierte: Nullwürmer.

Nullwürmer sind lang gezogene, an Naarn gekoppelte Energielöcher mit unersättlichem Appetit. Sie fressen alles, egal ob die Nahrung organisch oder mineralisch, psychisch, energetisch, drei-, vier- oder mehrdimensional ist. Übrig bleibt nichts. Man könnte Nullwürmer auch als primitiv behirnte und mobile Schwarze Löcher bezeichnen. Für jeden Astrophysiker eine albtraumhafte Vorstellung.

Wie man sich gegen Nullwürmer zur Wehr setzen kann? Gar nicht. Jede physische Handlung, aber auch mentale Maßnahmen wie Starrhammer und Fangnetz, bleiben gegen diese Geschöpfe wirkungslos. Die einzige Überlebenschance: Flucht, respektive Verlassen des Weltenflusses. Unter normalen Umständen wäre das kein Problem gewesen, doch musste ich feststellen, dass die vorherige Energieschnelle Teile meines Gehirns beeinträchtigt hatte. Mir wollte nicht einfallen, wie man sich aus dem Weltenfluss lösen konnte.

Vor mir erschien ein mächtiger, schlangenförmiger Umriss. Der Nullwurm peilte meine Position an, wand sich durch den Weltenfluss wie eine Anakonda. Von außen erinnerte das Wesen an einen farblosen Regenwurm. Sobald es sein Maul aufriss, was in eben diesem Moment geschah, verblasste dieser Eindruck. Hinter der ovalen Mundöffnung tat sich die vollkommenste Schwärze auf, die man sich vorstellen konnte. Nirgends sonst auf den Welten war eine derartige Finsternis zu finden. Die saugende, plastische Leere war mit Blicken nicht zu erfassen und hinterließ noch lange nach dem Abwenden einen dunklen Fleck im Auge des Betrachters; etwa so, wie wenn man zu lange in die Sonne sieht – nur eben nicht strahlend hell, sondern kohlrabenschwarz.

Die Finsternis übte einen enormen Sog aus, erschütterte meinen Körper und Geist. Es war nur eine Frage von Augenblicken, bis sich meine Gestalt in die Länge ziehen würde und meine sterblichen Überreste im Nichts verschwanden.

Erfreulicherweise blieb mir das sang- und klanglose Dahinscheiden in einem Schwarzen Loch erspart. Kurz bevor mich der Nullwurm erreichte, fühlte ich mich von einer fremden Kraft gepackt und emporgezogen. Alles andere als behutsam wurde ich durch Naarns Grenzen gedrückt, wirbelte mehrmals um die eigene Achse und landete unsanft auf einer blühenden Sommerwiese. Zunächst dachte ich, in die Menschenwelt zurückgekehrt zu sein. Doch dann erkannte ich die Gestalt, die mir gegenüberstand.

Leandra, die jüngste Tochter des Elbenfürsten Gladwin, hatte die Hände in die Hüften gestemmt, die Augenbrauen zusammengezogen und warf mir einen grimmigen Blick zu. Ich musste sofort an Luzifers Hochzeit denken. Sie sah verdammt süß aus, wenn sie das böse Mädchen herauskehrte.

»Was willst du hier, Raphael?«, fragte Leandra barsch. »Außer den Weltenfluss so in Aufruhr zu versetzen, dass ich dir den Hintern retten muss?«

Immerhin überschüttete sie mich nicht mit erbosten Wortmeldungen und Anschuldigungen, so wie sie es nach meinem Eingreifen in Moskau getan hatte.

»Mit dir reden«, log ich.

»Mit mir? Wüsste nicht, dass wir uns etwas zu sagen haben.«

Ich registrierte, dass ihre Wut nicht halb so groß war, wie sie mir weismachen wollte. Wenn ich die Schwingungen richtig deutete, war ihr Ärger über mein Verhalten längst verraucht. Mehr noch: Ich glaubte sogar erneutes Interesse wahrzunehmen. Offenbar waren ihr die lustvollen Stunden in den Katakomben der Unterwelt in Erinnerung geblieben.

»Ich wollte mich entschuldigen«, hob ich an. »Und mich bedanken. Für die wunderbare gemeinsame Zeit und dafür, dass du mir gerade das Leben gerettet hast.«

Leandras Augenbrauen wanderten nach oben. »Versuchst du deine Demutsmaske? Damit kannst du mich nicht beeindrucken. Höchstens mit der Wahrheit. Verrate mir den tatsächlichen Grund, weshalb du gekommen bist.«

Ich hatte Leandras scharfen Verstand unterschätzt. Die Töchter der Elbenfürsten waren nun mal Geschöpfe höchster Perfektion, die uns Erzvampiren in nichts nachstanden. Erst vor wenigen Wochen hatte Luzifer behauptet, die Beziehung mit Yvaine verlief nach wie vor wie auf Wolke sieben. Dabei waren sie seit mehr als zwanzig Jahren verheiratet. Für Luzifers Verhältnisse außergewöhnlich lang und ein Hinweis darauf, wie vollkommen Yvaine sein musste.

Ich musste grinsen, als ich fortfuhr: »Erwischt. Ich bin im Auftrag von Michaela hier.«

»Steht uns die nächste Katastrophe bevor?«

»Vielleicht. Wir konnten einen wesentlichen Faktor für den bevorstehenden Zeitenwandel identifizieren: die Technik der Menschen.«

»Soso.« Leandra fuhr sich durch ihre brustlangen Haare. Sie flatterten wie ein Vorhang aus Seide um ihre zarten Gesichtszüge, die süße Stupsnase und die hellroten, sinnlich geschwungenen Lippen.

»Also bist du gekommen, um für die Überwachung der Menschentechnik zu werben?«

»So ist es.«

»Was sagen die anderen Stimmen im Rat?«

Ich zögerte. Gewöhnlich waren solche Informationen nicht für Außenstehende bestimmt. Auch hatte es sich um keine offizielle Sitzung des Rates gehandelt, sonst hätte Michaela die Lichtwesen ebenfalls einladen müssen. Aber es war ein offenes Geheimnis, dass die Elbenfürsten die Inhalte der Ratsgespräche nicht vor ihren Kindern verbargen. Zudem wusste ich, dass mich Leandra nicht verraten würde. Und natürlich: Sie hatte mir vorhin das Leben gerettet.

»Die Trolle sind dagegen«, sagte ich. »Sie haben eine Abneigung gegen jede Art von Technik entwickelt und wollen am liebsten nichts damit zu tun haben. Ebenfalls dagegen sind die Dunkelalben. Zustimmung kam vonseiten Fenris'. Die Dämonen haben sich mal wieder der Stimme enthalten. Das heißt, wir brauchen eure Unterstützung, oder zumindest einen Vetoverzicht, um Maßnahmen setzen zu können.«

Leandra nickte. »Also wieder eine Dringlichkeitssitzung ohne uns. Wird meinem Vater nicht gefallen. Noch weniger begeistert dürfte Oberon sein.«

Ich zuckte die Achseln. »Es war Michaelas Entscheidung, nicht meine. Ich nehme an, sie hat gehofft, dass wir ohne euch eine Mehrheit zustande bringen und ich Oberon überzeugen kann, kein Veto einzulegen.«

»Tja, das wird nicht leicht. Dein Charme hat in den letzten Jahrzehnten an Raffinesse eingebüßt.« Sie schenkte mir ein breites Lächeln. »Verrätst du mir, weshalb ihr die Menschentechnik infiltrieren wollt?«

Einem solchen Lächeln konnte Vampir nicht widerstehen. Ich berichtete Leandra von Morb, seinem Ableben und der Botschaft des Finstergnoms. Die Elbin warf mir einen nachdenklichen Blick zu.

»Ist dir in den Sinn gekommen, dass …« Sie brach ab und schüttelte den Kopf.

»Ja?« Ich musterte sie aufmerksam. Elben waren dafür bekannt, dass sie Rätsel und geheime Botschaften – wie jene des Finstergnoms – besonders gut deuten konnten.

»Egal. Ich würde dir nur empfehlen, den genauen Wortlaut des Orakelspruchs nicht an Oberon und seine Fürsten zu verraten.«

»Warum nicht?«

»Vertrau mir einfach. Es wird nichts an der Entscheidung der Fürsten ändern. Meinen Vater kann ich dazu bringen, euer Vorhaben nicht zu blockieren. Vielleicht gelingt es auch bei Lêyron. Aber Taranis und vor allem Oberon werden keinen weiteren Eingriff in die Menschenwelt dulden.«

»Mal sehen«, sagte ich und plusterte mich auf wie ein Gockel vor dem Hahnenkampf. »Ein klein bisschen meines verblichenen Charmes ist noch übrig.«

Wir verließen die blühende Sommerwiese und marschierten geradewegs in das Herz der Oberen Welt.

Im Gegensatz zur Unteren Welt, die keinen fixen Mittelpunkt aufweist, kreist im Land der Lichtwesen alles um ein definiertes Zentrum. Manche Menschen bezeichnen diesen Mittelpunkt als Himmel, Asgard oder Paradies. Tatsächlich handelt es sich um eine Stadt, die von den Elben als *Weltenherz* bezeichnet wird. Sie erhebt sich am Fuße des Ewigen Donnerturms und ist nur über eine gläserne Brücke zu erreichen. Diese Brücke, der *Weltenbogen*, von Menschen auch Bifröst oder Himmelsstiege genannt, hat die Besonderheit, an mehreren Orten zugleich sein zu können. Breit wie eine Autobahn, schwingt sie sich über einen bodenlosen Abgrund. Die Brücke ist durchsichtig, wirkt gleichzeitig aber wie ein Spiegel und ist von regenbogenfarbenen Schlieren durchzogen. Jeder Schritt erzeugt einen dezenten, klingenden Laut. Bei vielen Besuchern hört sich das an, als würde ein prachtvoll musizierendes Symphonieorchester spielen.

Wer auf dem Weltenbogen dahinschreitet, bewegt sich am Rande von Raum und Zeit. Je nach persönlicher Gesinnung, mentalen Fluktuationen und elbischem Einfluss kann die Brücke hundert Meter oder Kilometer lang sein, die Reise Minuten oder Tage dauern. Für jeden Wanderer gilt ein individueller Pfad. So kann es passieren, dass man mit wenigen Schritten eine größere Strecke zurücklegt, als andere an einem ganzen Tag. Erkennbar wird das an verzerrten Schatten, die an der eigenen Person vorbeiwischen, wie Sträucher bei einer Bahnfahrt. Deshalb hat es auch keinen Zweck zu laufen. Geschwindigkeit ist am Weltenbogen bedeutungslos.

Während man sich auf das Zentrum der Oberen Welt zubewegt, tauchen rechts und links belebte Wattewölkchen auf, manchmal auch geflügelte Scheinheilige, etwa Souvenirhändler, Gaukler oder Verkäufer von Wolkenbrot. Der beste Rat hier lautet: Alles ignorieren, mag das Angebot auch noch so verlockend klingen. Lug und Betrug[1] liegen hier näher als der Abgrund[2] zu beiden Seiten des Weges.

Das Erste, das man von der Stadt sieht, ist ihr Funkeln. Dieses Glitzern und Glänzen erinnert mich immer an frisch gefallenen Pulverschnee in der Sonne. Man könnte es aber auch mit dem nächtlichen Leuchten der Milchstraße vergleichen. So oder so ist der Anblick atemberaubend.

Kommt man näher, zerfällt der Funkenhaufen in große und kleine, runde und eckige Gebäude verschiedenster Gestalt, die alle aus dem glasartigen Material des Weltenbogens bestehen. In der Stadt leben mehr als ein-

---

1 In dieser Hinsicht bevorzuge ich die Untere Welt: Da wird nicht lange getäuscht, gefackelt und debattiert, sondern die Wahrheit eiskalt mit dem Messer – beispielsweise an der Kehle – serviert. Eine solche Ehrlichkeit lob ich mir!
2 Der Abgrund ist übrigens gar nicht bodenlos. Er beinhaltet bloß eine Endlosschleife, wodurch jeder, der den Fehler begeht, neben den Weg zu treten und brüllend in der Tiefe verschwindet, irgendwann von oben wieder herabfällt. Das dauert allerdings eine Weile, meist ein paar Tage oder Wochen. Ein großer Teil der Unglücksraben ist dann bereits tot. Gelegentlich kommt es vor, dass man eine solche Leiche im freien Fall vorbeirauschen sieht. Ein Räumungskommando der Elben sorgt dafür, dass die Anzahl der fallenden Körper nicht überhandnimmt.

hunderttausend Bewohner der verschiedensten Arten und Gattungen, vornehmlich Lichtwesen. Damit ist Weltenherz die größte von übersinnlichen Wesen bevölkerte Siedlung – was die Elben nicht müde werden zu betonen.

Im Zentrum der Stadt befindet sich das wohl beeindruckendste Gebäude aller Welten: das Feenschloss, von den Elben nicht gerade unprätentiös *Götterburg* genannt.

Ich muss zugeben, in diesem Fall kommt das Lob nicht von ungefähr. Das Schloss, welches ebenfalls aus Glas[1] besteht, strahlt und glitzert wie ein hochkarätig geschliffener Diamant. Seine Türmchen, Erker, Giebel, Fenster, fein modellierten Stuckarbeiten und Balustraden sind so geschickt angeordnet, dass man fortwährend optischen Täuschungen unterliegt und bewegte, riesenhafte Gestalten zu erkennen glaubt. Bunte Farbmuster wandern über die Oberfläche, gleiten durch Wände und huschen Fußböden entlang. Die Burg wirkt lebendig und das nicht nur aufgrund der geheimnisvollen Farbspiele. Sie ist von einer summenden Aura umgeben, einer Kulisse aus an- und abklingenden Tönen, welche niemals eine Disharmonie bilden.

In der Götterburg hausen Oberon, seine Fürsten, Verwandten und Gefolge. Durch die zahlreiche Dienerschaft, die angereisten Bittsteller sowie erwünschten und unerwünschten Gäste, ist immer etwas los. Das Feen-

---

1 Dieses Glas ist aber nicht mit dem menschlichen Siliziumprodukt zu vergleichen. Es ähnelt äußerlich gefrorenem Wasser, strahlt aber Wärme ab und kann mal durchscheinend und einen Augenblick später wie ein Spiegel wirken. Seine Bearbeitung ist aufwendig und mühsam. Hut ab vor den Baumeistern, die das Feenschloss vor mehr als achttausend Jahren errichtet haben.

schloss kommt niemals zur Ruhe, selbst in den späten Nachtstunden herrscht ein beständiges Trappeln und Murmeln in den Gängen der Burg. Ich persönlich fühle mich hier nicht allzu wohl. Mir fehlen Stille, Abgeschiedenheit, dunkle Schatten, Menschenblut – und das beständige Funkeln und Flimmern ist mit der Zeit ziemlich nervtötend.

Soviel zu Weltenherz und Feenschloss. Leider, so muss ich ganz ehrlich gestehen, behielt Leandra recht. Obwohl sie und ihre Schwester Morgain, die ich seinerzeit aus Fenris' Klauen befreit hatte, ihren Vater, Fürst Gladwin, überzeugen konnten, uns zu unterstützen, pochten Taranis und König Oberon darauf, dass die Charta von Atlantis eingehalten wurde. Besonders Oberon steigerte sich in die Sache hinein und wurde schlussendlich geradezu ausfallend.

»Das kommt überhaupt nicht in Frage!«, polterte er und seine Stimme hallte durch den Empfangssaal wie das Gebrüll eines Löwen. »Die Sache mit Kuba war schon grenzwertig und nur deshalb akzeptabel, weil ein Atomkrieg im Raum gestanden ist.«

»Ich darf zu bedenken geben«, hob ich an, »dass der Zeitenwandel noch mehr Auswirkungen haben wird. Wenn wir Morbs Schicksal berücksichtigen und …«

»Was interessiert mich das Ableben eines Ghuls«, schnaufte Oberon. »Ich will gar nicht wissen, mit welchen Mächten sich die Bruderschaft der Todfresser eingelassen hat. Môrbe'jngárovarus musste sicher als Opferlamm herhalten. Was die angebliche Botschaft des Finstergnoms angeht: Ohne Gegenüberstellung kannst du mir alles erzählen. Solange ich die Prophezeiung nicht selbst vernommen habe, bleibt es dabei: vergiss es! Das kannst du Michaela gern wortwörtlich ausrichten. Das nächste Mal soll sie gefälligst persönlich vorbeikommen und erklären, weshalb sie eine Dringlichkeitssitzung ohne uns einberuft.«

Ich hatte eine sehr genaue Vorstellung davon, weshalb Oberon so emotional auf das Thema reagierte. Vermutlich kreisten seine Gedanken um Hel und Rhea, seine verlorenen Töchter. Zugegeben: Ich hatte Mitleid mit ihm. Als Oberhaupt der Elben trug er eine enorme Verantwortung, musste Entscheidungen treffen, um die ich ihn nicht beneidete. Dazu kamen sein Kummer und seine Verbitterung, die ich erst seit wenigen Monaten verstand. Oberon musste sehr einsam sein. Ohne Frau, ohne Kinder und ohne lebende Verwandte. Das war mit Sicherheit nicht leicht, vor allem, da er von seinen Fürsten das Familienleben vorgeführt bekam.

»Ich kann gern versuchen, Ohn zu einer Reise in die Obere Welt zu bewegen«, lenkte ich ein. »Das wird allerdings nicht einfach. Bekanntlich sind …«

»Erspar dir dein Geschwätz«, unterbrach mich Oberon. »Ich pfeif drauf, den Gnom einzuladen. Meine Entscheidung ist gefallen. Die Menschentechnik wird nicht angefasst!«

Die Fürsten und das Gefolge warfen ihrem Herrscher verunsicherte Blicke zu. Sie waren es nicht gewohnt – ich übrigens auch nicht –, dass ihr Anführer solch unzivilisierte und wenig eloquente Reden schwang.

»Bedenke deine eigenen Beobachtungen«, versuchte ich es erneut. »Die Menschen werden das Ende des Zeitalters entscheidend beeinflussen. Möglicherweise sind ihre Computer und Maschinen ausschlaggebend für den

Tod von Millionen, vielleicht auch von Unsterblichen. Wenn wir jetzt nicht ...«

»Hypothesen, nichts weiter«, fiel mir Oberon ins Wort. »Ich habe genug gehört. Die Audienz ist beendet.«

Er wandte sich ab und schickte sich an, den Saal zu verlassen. In diesem Moment der diplomatischen Endstation beging ich einen verhängnisvollen Fehler.

»Denk an deine Untergebenen!«, rief ich aus. »Den Fluch! Deine Töchter!«

Oberon wirbelte herum. Seine Augen traten in ungeschminkter Fassungslosigkeit aus ihren Höhlen. Schlagartig wusste ich, dass er es wusste; und ich wusste, dass er wusste, dass ich von seiner Erkenntnis wusste: Oberons Töchter, Fenris' Gefährtinnen – welch ein Skandal!

»Verschwinde!«, brüllte Oberon, dessen Kopf sich hochrot verfärbt hatte. »Ich will weder dich noch einen deiner blutsaugenden Geschwister jemals wieder in der Oberen Welt sehen!«

Totenstille herrschte im Saal. Die Fürsten und niederen Elben starrten Oberon an, als würden sie ein Gespenst sehen. Niemals zuvor hatten sie von ihrem Oberhaupt einen solch emotionalen Ausbruch erlebt.

»Ich bitte vielmals um Entschuldigung«, sagte ich mit bemüht zerknirschter Stimme und senkte mein Haupt. »Ich wollte nicht ...«

»Hinfort mit dir!«, donnerte Oberon.

Ich fühlte mich von einer unsichtbaren Faust gepackt und quer durch die Welten geschleudert. Bevor ich Gegenmaßnahmen setzen konnte, landete ich in einem dichten Hain aus Wüstenkakteen, irgendwo in der afrikanischen Steppe. Meine spitzen Schreie hallten durch die Kalahari, wie die Rufe einer Rotte verlauster Hyänen.

Soviel zu meinem diplomatischen Geschick – und meinem viel gerühmten Charme.

(15)
Das 10te Millennium

Aus zwei Kilometer Höhe wirkt die Erde ganz anders. Ein Mosaik aus Farbflecken, dunklen Strichen und winzigen Punkten, durchzogen von unsichtbaren, metaphysischen Zusammenhängen. Die sternenklare Vollmondnacht verwandelte die schneebedeckte Landschaft in ein verzweigtes Netzwerk, erfüllt von Milliarden und Abermilliarden funkelnder Edelsteine.

Mit einem gedämpften *Plopp* entfaltete sich wenige hundert Meter unter mir eine sprühende, farbenprächtige Sternenkugel. Sie blieb nicht die einzige. Weitere Feuerwerkskörper stiegen in den eisig kalten Nachthimmel, verbanden sich zu einem Crescendo verwirrender Muster aus Feuerbahnen und wirbelnder, rauchender Schlieren.[1]

Fünfzehn Jahre waren seit dem Vorfall in der Oberen Welt vergangen. Normalerweise keine Zeitspanne für Unsterbliche. Doch mir waren diese wenigen Sonnenzyklen wie Jahrhunderte vorgekommen.

---

1 Ich habe nie verstanden, weshalb die Menschen den Beginn eines neuen Sonnenzyklus mit Pomp, Gesöff und Geschrei feiern müssen. Anstatt im Zuge des Jahreswechsels einen derartigen Zirkus aufzuführen, sollten sie die zügellosen Feiern bei würdigen Ereignissen – etwa der Geburt eines Kindes – abhalten. Aber hier geht es meist sehr gesittet zu; viel zu gesittet, für meinen Geschmack.

Unmittelbar nach der abrupten Beendigung unseres Treffens, hatte Oberon eine Ausgangssperre für alle Elben verhängt und gleichzeitig verfügt, dass Reisende nur noch mit Sondergenehmigung die Obere Welt besuchen durften. Der mentale Kontakt zwischen den Welten wurde verboten; besser gesagt, er war unmöglich, da Oberon eine psychosomatische Mauer errichtete. Diese restriktiven und völlig ungewohnten Maßnahmen schlugen in der Welt der übersinnlichen Wesen hohe Wellen. Manche waren der Ansicht, Oberon sei verrückt geworden. Andere hielten die Entwicklungen für die Vorboten großen Unheils. Einige wollten sogar wissen, dass unter den in der Menschenwelt lebenden Unsterblichen eine Seuche ausgebrochen war und Oberon seine Untergebenen schützen wollte. In jedem Fall wurden viele übersinnliche Geschöpfe eigenbrötlerisch und verschwiegen, was es nicht einfach machte, Gesprächspartner zu finden und in einer gemütlichen Runde zusammenzusitzen.

Ein weiterer Grund, weshalb die Zeit subjektiv so langsam verstrich, waren meine Geschwister. Michaela war von meinem Misserfolg in der Oberen Welt wenig begeistert. Zwar vermied sie Anschuldigungen oder Zurechtweisungen, aber mir war natürlich klar, dass ich Mist gebaut hatte. Michaela erteilte mir auch keine Aufträge mehr und reduzierte unseren Kontakt auf ein Minimum. Selbiges galt für Luzifer, der kaum noch aus der Unteren Welt herauskam. Wie gemunkelt wurde, lief die Ehe mit Yvaine nicht mehr so rosig wie bisher. Selbst Eva meldete sich nur sporadisch bei mir, von Gabriel und Azrael ganz zu schweigen. Mit Uriel und Israfil hielt ich zwar losen Kontakt, doch waren der Inhalt und die Qualität der Gespräche bescheiden, da es in Uriels Fall meist um Essen ging und ich bei Israfil als Psychiater agieren musste.

Das geschwisterliche Netzwerk, das wir nach Baals Virenattacke eingerichtet hatten, war hier auch keine große Hilfe. Zwar wussten wir, wo sich die anderen befanden und dass alle gesund und mehr oder weniger munter waren, zu einer Verbesserung der zwischenvampirischen Beziehungen trug es nicht bei.

Der dritte Grund für die scheinbare Dehnung der Zeit war meine mangelnde Begeisterung. Gewöhnlich fand ich immer etwas, dem ich mich widmen konnte, sei es ein kreatives Hobby, ein Menschenberuf oder eine wissenschaftliche Studie. Doch in den letzten Jahren hielt mich eine undefinierbare Lustlosigkeit gefangen. Die meiste Zeit verbrachte ich an abgeschiedenen Orten, grübelte über mein Leben und starrte ins Nichts. Es war keine wirkliche Depression, mehr eine stille Melancholie.

Ein positives Ereignis gab es einige Jahre nach dem Vorfall in der Oberen Welt. An einem milden Frühlingsmorgen wurde ich unvermittelt von Leandra kontaktiert.

Weshalb hast du Oberons Töchter erwähnt?

Im ersten Moment war ich perplex und überrascht. Mir war schleierhaft, wie Leandra Oberons mentale Blockade umgehen konnte. Darüber hinaus spielte ihre Frage auf den kritischen Punkt in meinem Gespräch mit dem Oberhaupt der Elben an.

Ich hatte gehofft, dies könnte ihn umstimmen, erwiderte ich.

Du weißt also, dass Oberon zwei Töchter hatte?

Natürlich. Ist ja kein großes Geheimnis.

Nein, das meine ich nicht. Woher weißt du, dass er zwei Töchter HATTE?

Leandras Betonung lag ohne Zweifel auf dem *hatte*. Also wusste auch sie, dass Aislinn und Nimueh nicht tot waren. Ich vermutete sogar, dass sie ihr wahres Schicksal kannte; und damit meinen Fauxpas sowie Oberons Reaktion verstand.

Ich habe es durch ein belauschtes Gespräch erfahren, meinte ich.

Hast du es jemandem erzählt?

Nein.

Behalte es für dich. Leandras mentale Stimme klang gehetzt. *Es wissen die Wenigsten. Nicht einmal die Fürsten. Je mehr davon erfahren, desto größer ist das Risiko. Bitte.*

Konnte ich einen solchen Wunsch ausschlagen?

In Ordnung. Ich werde es nicht verraten.

Danke. Noch etwas anderes: Ohns Botschaft. Ich glaube, sie enthält eine Wahrheit, die ihr Vampire noch nicht begriffen habt.

Ach so? Was denn?

Das kann ich dir auf diesem Weg nicht übermitteln, es wäre zu gefährlich. Wenn wir uns das nächste Mal sehen, erzähle ich es dir.

Ist Oberons Ausgangssperre weiter aufrecht?

Ja. Er wird sie in nächster Zeit nicht lockern. Sobald ich einen Weg gefunden habe, in die Menschenwelt zu gelangen, melde ich mich.

Gut. Ich würde mich freuen.

Ein feines, mentales Lachen. *Ich mich auch. Ist ganz schön langweilig mit den Spießern hier oben.*

Hier unten ist es ganz schön langweilig ohne dich.

Wie ich höre, musst du weiter an deinem Charme arbeiten.

Ich werde üben. Täglich.
Das erwarte ich auch. Bis bald, lieber Raphael.
Bis bald, Aphrodite.

Gladwins Tochter lachte erneut, dann verklang ihre Stimme im Äther.

Leider blieb dies ihre einzige Nachricht. In den folgenden Jahren bemühte ich mich immer wieder um eine Kontaktaufnahme. Vergeblich. Aber zumindest gaben mir die Erinnerungen an unser Gespräch Kraft; besonders in jenen Momenten, in denen ich von trüben Gedanken beherrscht durch die Einsamkeit wandelte – oder, so wie jetzt, durch eine sternenklare Neujahrsnacht flog.

Ich seufzte tief und zwinkerte, als der eisige Wind meine Augen zu Tränen rührte. Mein Blick streifte die schneebedeckte Bergkette im Süden. Bei dem Radau und den diskoartigen Lichtexplosionen zu meinen Füßen, verlangte es mich nach Ruhe und Abgeschiedenheit.

Ich flog in Richtung des mächtigen Gebirgszugs, der von den Menschen Alpen genannt wurde. Auf dem Weg dorthin überlegte ich, wann ich das letzte Mal Blut getrunken hatte. Dies musste bereits zwei Wochen her sein. Körperlich ging es mir ganz gut, aber mein Energielevel lag deutlich unter dem Normalwert.

Gerade als ich überlegte, ob ich nicht einen kurzen Zwischenstopp bei einer kinderreichen Bauernfamilie einlegen sollte, spürte ich es. Das Energienetz um mich herum fühlte sich nicht so an, wie ich es von meiner mitternächtlichen Position über einem alpinen Vorgebirge vermutet hätte. Dazu kamen drei Dutzend Krähen, die viel zu hoch flogen und viel zu regelmäßig um meine Person angeordnet waren. Ein Blick hinter die Tarnfelder offenbarte mir ihre tatsächliche Natur: Es waren Schwarzalben.

Ein anderer, wie Gabriel zum Beispiel, wäre mit Sicherheit in Panik geraten. In meinem Fall trat eher das Gegenteil ein: Meine trüben Gedanken verschwanden, mein Verstand kombinierte wie seit Jahren nicht mehr und meine Muskeln sowie energetischen Kräfte zogen sich in grimmiger Erwartung zusammen.

Die Sache war die: Dunkelalben pflegten gewöhnlich keinen Umgang mit anderen Unsterblichen, höchstens mit Werwölfen. Die Gemeinschaft der Schwarzalben, auch als Nachtmahre bezeichnet, war ein verschrobenes Völkchen, das am liebsten unter sich blieb und düsteren Gelüsten frönte. Zu diesen Gelüsten zählte die Ernährungsweise der Dunkelwesen, die darin bestand, die Energie von Menschen zu absorbieren, bevorzugt, wenn diese schliefen. Es kam nicht von ungefähr, dass die Sterblichen grausige nächtliche Visionen als *Alb*träume bezeichneten.

Nachtmahre waren niemandem Freund. Gleichzeitig mieden sie offene Konflikte und hatten nur selten – etwa zu Zeiten der Trojanischen Kriege – in die Auseinandersetzungen anderer Unsterblicher eingegriffen. Ein großes Mysterium war ihre Herkunft, auch wenn es eine Menge Theorien gab.[1]

---

1 Als wahrscheinlichste These stufe ich jene ein, wonach die Dunkelalben aus den Elben, auch Lichtalben genannt, entstanden sind. Ich bin der Ansicht, dass Oberon im jugendlichen Übermut einen Eimer Wasser aus dem Schwarzen See der Unterwelt geschöpft und über seinen Kopf geleert hat – mit einem ebenso dramatischen wie einschneidenden Ergebnis. Aber natürlich bestreiten die Elben jede Beteiligung an der Entstehung ihrer Namensvetter.

Dunkelalben sind also konfliktscheu, meiden die Öffentlichkeit und den Kontakt zu anderen Unsterblichen. Daneben sind sie meist allein unterwegs, selten in Gruppen von mehr als fünf oder sechs Individuen. Doch jetzt sah ich mich einer kleinen Armee aus mehr als dreißig Schwarzalben gegenüber. Nur ein infernales Ritual bot einen vergleichbaren Anblick. Dazu kam, dass vier der Krähengestalten die Auren von Fürsten aufwiesen. Sollten mich die Dunkelalben angreifen, würde ich unterliegen, soviel war sicher. Auch wenn ich keine Anzeichen von Aggression erkennen konnte, beschloss ich, Michaela und Luzifer über meine Situation zu informieren.

Es klappte nicht. So oft ich es auch versuchte, mein mentales Stimmband kam nicht weiter als einige Dutzend Schritte. Die Schwarzalben hatten eine psychosomatische Mauer errichtet. Auf diese Weise war auch das geschwisterliche Netzwerk unterbrochen.

Ich begriff, dass ich ganz schön tief in der Scheiße steckte. Was immer die Schwarzalben vorhatten, es war mit Sicherheit von langer Hand geplant und nichts Gutes. Ich musste schleunigst Kontakt zu ihren Fürsten aufnehmen.

Einen schönen guten Abend, grüßte ich in Richtung zweier besonders fetter und hässlicher Krähen. *Was verschafft mir das Vergnügen eurer Eskorte?*

Die Raben wandten nicht einmal den Kopf, obwohl sie mich ohne Zweifel verstanden hatten. Die psychosomatische Mauer begann erst außerhalb der Vogelarmee.

Hättet ihr die Güte mir zu sagen, was ihr vorhabt? Auch wäre es sehr freundlich, wenn ihr die mentale Blockade aufhebt. So fühle ich mich, ehrlich gesagt, ein wenig beengt.

Schweigen folgte auf Schweigen.

Ich will ja nicht lästig wirken, versuchte ich es erneut, *aber ich würde es sehr zu schätzen wissen, wenn ihr euch zu einer Erwiderung bequemt. So könnte nämlich der Eindruck entstehen, dass euer Vorhaben nicht reinen Gewissens ist und ich ...*

HALT'S MAUL!

Gut, das war eindeutig. Mit Süßholzraspeln kam ich nicht weiter.

MEIN NAME IST RAPHAEL!, donnerte ich und sandte eine telekinetische Druckwelle nach allen Seiten. Mehrere Krähen strauchelten, zwei oder drei verloren auch an Höhe und entschwanden aus meinem Blickfeld. Leider blieb der Effekt unter meinen Erwartungen. Ich hatte die unerfreuliche Ahnung, dass die psychosomatische Mauer nicht die einzige Maßnahme war, welche die Dunkelalben getroffen hatten.

Gebt mich frei und ich verspreche, euch zu verschonen!

Klar, das war eine leere Drohung. Angesichts der Übermacht und meines geschwächten Zustands, rechnete ich mir kaum Chancen aus, einen offenen Konflikt lebendig zu überstehen. Doch vielleicht konnte ich einige Nachtmahre verunsichern und damit die psychosomatische Mauer schwächen.

Erneut keine Antwort oder Reaktion. Kurzerhand stoppte ich meinen Flug Richtung Süden und verharrte in der Luft. Niemand konnte mich zu etwas bewegen, das ich nicht wollte!

Anscheinend konnten sie doch.

Ich erhielt einen mächtigen Schlag in den Rücken und wurde vorwärts gedrückt. Wie von der Hand eines Riesen erfasst, schob mich eine unbekannte Kraft in derselben Geschwindigkeit voran, in der ich mich zuvor bewegt hatte.

Ein Fangnetz, na toll. Rund fünf Meter im Durchmesser, fein gewebt und ohne Schlupfloch, wie ich feststellen musste. Die Dunkelalben mussten für meine Gefangennahme und Isolation so viel Energie aufgewendet haben, wie für ein infernales Ritual.

Ich fluchte ungehalten, vor allem über mich selbst. Wie hatte mir entgehen können, dass die Nachtmahre eine mentale und telekinetische Mauer um meinen Körper errichteten? Auf keinen Fall wollte ich abwarten, bis wir unser Ziel erreichten und ich eine gefühlsmäßig todbringende Aufgabe zugeteilt bekam.

Ich inspizierte das Fangnetz. Sämtliche Elementarebenen waren blockiert: die Wasserebene, die Luftsphäre, der Erdraum, das mentale Quantum ... Aber ja doch! Ein subelementares Fangnetz basierte immer auf einem Kernelement, im Fall der Schwarzalben auf dem Feuerkosmos. Dies bedeutete, dass es hier einen Durchlass geben musste. Freilich zu klein, um daraus zu entkommen – aber statt hinauszuschlüpfen, konnte man ja etwas hineinholen.

Schweißperlen bildeten sich auf meiner Stirn, als ich die folgende Beschwörung ausführte. Jede Bewegung, jeder Energieimpuls musste so präzise sein wie eine Atomuhr. Dazu kam die Gefahr, dass die Dunkelalben mein Vorhaben entdeckten. Mit einem einzigen mentalen oder telekinetischen Stoß würden sie alles zunichtemachen.

Ein helles Flämmchen züngelte von der Innenseite des Fangnetzes. Es zischte und stank erbärmlich, als das Gebilde größer wurde, sich ausdehnte und vor mir in der

Luft hängen blieb. Eine Gestalt bildete sich aus dem Flammenmeer, beginnend mit rot aufleuchtenden Augen. Es folgten zwei O-Beine, Arme mit krallenbewehrten Klauen, ein dünner Körper mit karminroter, schwarz gesprenkelter Haut, scharfe Reißzähne und die unvermeidlichen Spitzohren.

Tyrann, der Feuerkobold, den ich zuletzt während der Kubakrise beschworen hatte, grinste von einem Ohr zum anderen.

»Mir scheint, der große Raphael steckt in Schwierigkeiten«, sagte er, noch bevor sich seine Gestalt vollständig von den Flammen gelöst hatte.

»Du schwirrst sofort los und benachrichtigst Luzifer, wo ich mich befinde und was mit mir geschehen ist!«, kommandierte ich.

Die Dunkelalben hatten meinen Gast bemerkt und gerieten in Unruhe. Zwei fette, abstoßend hässliche Krähen – eindeutig Fürsten – näherten sich dem Fangnetz und bereiteten eine Gegenmaßnahme vor.[1]

»Was ist, wenn ich es nicht tu?« Tyranns Gesichtsausdruck glich einem pausbäckigen Babylächeln.

»Dann hast du dein Leben verwirkt!«

»Ach wirklich? Wenn die Energievampire mit dir fertig sind, bist du tot. Wer soll mich da denn bestrafen?«

»Mach, was ich dir befehle!«

»Sorry, keinen Bock.« Tyrann wedelte mit seinen Spitzohren. »Ich kann mich noch gut erinnern, dass mich deinetwegen um ein Haar Quetzal verschlungen hätte.«

---

[1] An ihrer Stelle hätte ich einen Antimaterie-Speer gefertigt, da dieser weder von Fangnetzen noch sonstigen materiellen oder energetischen Schutzmaßnahmen abgehalten werden kann.

So ein Mist. Der Kobold besaß ein verteufelt gutes Gedächtnis.

»Du erhältst eine Belohnung!«, rief ich aus. »Ich werde ... Feuerwürmer! Fünf Stück!«

Tyrann zog eine Grimasse. »Netter Versuch. Aber ich kauf dir nicht ab, dass du in die Gräben von Gomorrha steigst.«

»Ich werde dich niemals wieder beschwören, Ehrenwort!«

»Pah! Seit wann ist das Versprechen eines Wächters etwas wert? Ich bin fertig mit dir. Tschau mit au.«

Unfassbar. Da wollte sich dieser Nichtsnutz von Kobold tatsächlich aus dem Staub machen. Aber nicht mit mir.

Ich packte den entschwindenden Tyrann an seinen O-Beinen und trommelte ihn in die Unterseite des subelementaren Fangnetzes. Der Kobold fauchte, spie Flammen und Feuerbälle, versengte mein Gesicht und Haar. Aber ich ließ nicht los und drückte ihn stattdessen noch tiefer ins Kraftfeld. Das Fangnetz vibrierte, schlug Wellen, wurde dünner – Tyrann quiekte kurz auf, als die gebundenen Elemente die Oberhand bekamen und seinen Körper zerquetschten. Eine letzte, energische Flammenzunge schoss an meinem Ohr vorbei, dann war der Feuerkobold nur noch Schall und Rauch.

Das Fangnetz wogte unruhig hin und her, bildete Blasen und Schlieren, verzerrte die nächtliche Menschenwelt zu meinen Füßen.

Ich handelte instinktiv. Ein Schutzschild umhüllte meinen Körper, als ich meine telekinetische Klinge in die schwächste Stelle des Fangnetzes schlug. Die Kraftlinien ziepten, bogen sich nach außen, zerrten an meinem Arm.

Sie rissen mit einem Laut, der auf sämtlichen Elementarebenen wie ein Donnerschlag widerhallte. Ich drängte nach vorn, zwängte mich durch die entstandene Öffnung, die aufging, wie eine platzende Papiertüte.

Mit einem Mal befand ich mich im freien Fall. Aufgeschreckte, schwarze Schemen fegten an mir vorbei, wütende Rufe wurden laut. Ich registrierte, wie einige der Krähen ihre Gestalt änderten, länger und massiger wurden. Angetrieben von den Befehlen ihrer Fürsten, warfen die Nachtmahre ihre Tarnfelder ab und nahmen die Verfolgung auf.

Nur mit Mühe konnte ich meinen Sturz bremsen und ging in eine halbwegs geordnete Notlandung über. Ich musste mir eingestehen, dass meine Kraftreserven erschöpft waren – von kaum mehr als einer Beschwörung, einem Schild und einer billigen Manifestation.

Es hagelte dunkle Blitze, die mein Schild mehr schlecht als recht auffing. In einer taumelnden Spirale ging ich tiefer, verstreute Jagdlichter und pulverisierte einen Dunkelalb, der mir sein Hinterteil sehr bereitwillig für einen gezielten Impuls anbot.

Ich befand mich nach wie vor über den Ausläufern der Alpen. Direkt unter mir lagen eine größere Waldfläche, eine Menschensiedlung – und eine majestätische, düster zum Himmel ragende Burg.

Es war diese Burg, die mich anzog wie ein Magnet. Ich hatte die Gewissheit, dass ich dort Schutz finden würde, so unwahrscheinlich diese Annahme auch sein mochte.

Ich trudelte auf die Zinnen der Festung zu, überflog die vorgelagerten Basteien und die von Efeu überwucherte Burgmauer. Als ich durch eines der glaslosen

Fenster ins Innere der Burg vordrang, spürte ich, wie ich eine verborgene Barriere durchstieß. Sie brannte glühend heiß, von außen wie innen, als würde frisch geriebener Ingwer meine Körperzellen in Flammen setzen.

Ich verlor die Kontrolle, kippte zur Seite und knallte rücklings auf felsigen Untergrund. Einen Moment lang wurde mir schwarz vor Augen.

Die ersten Empfindungen, die in meinen Geist drangen, waren meinem Gehörsinn zuzuschreiben: aufgeregte Schreie in einer fremden Sprache, brausendes Geflatter, wie von einer Tausendschaft an Fledermäusen.

Die Schwarzalben kreisten vor den Fenstern der Burg, fegten von einer Öffnung zur nächsten. Doch sobald sie sich einem Fenster näherten, wurden sie zurückgeworfen – genauso wie die dunklen Blitze, welche sie in meine Richtung feuerten.

Mit dröhnendem Schädel richtete ich mich auf. Ich hatte das Gefühl, auf einem schwankenden Schiffsdeck zu stehen, so sehr hatte mich der Sturz mitgenommen. Meine Gedanken gingen schleppend und ich merkte erst, dass ich nicht allein im Saal war, als ich hinter mir ein dezentes Hüsteln vernahm.

Ein kleines Menschenkind, ein Mädchen, vielleicht acht Jahre alt. Blonde Locken, Gesichtszüge wie eine Plastik Michelangelos, bekleidet mit einer hellen, bestickten Hose und einem weiten, bis zu den Knöcheln reichenden Übergewand.

Augen so weiß wie Schnee.

Es war unmöglich, den Blick abzuwenden. Bei diesem Wesen bekam das Wort *Augenlicht* eine völlig neue Bedeutung. Der Anblick hielt mich gefangen. Es war, als würde ich in die Unendlichkeit blicken. In diesen weiß glühenden Augen lag ein solches Alter, eine solche Weisheit und Macht, dass ich um ein Haar auf die Knie gesunken wäre.

Ich bin Raphael, rief ich mir in Erinnerung, *ein oberster Wächter!*

Mein Blick löste sich von den hypnotischen Augen des Kindes und ich sah mich im Saal um. Keine Anzeichen weiterer Geschöpfe. Die Aura des mit Sicherheit nicht menschlichen Wesens war überwältigend. Etwas Derartiges hatte ich noch nie gesehen oder gefühlt. Selbst Michaelas Ausstrahlung musste daneben verblassen.

Jäh erfasste mich Misstrauen. Ein solches Wesen gab es nicht. Weder hier bei den Menschen, noch in der Oberen oder Unteren Welt. Womöglich eine raffinierte Illusion der Dunkelalben? Eine wahnwitzige Vision, ausgelöst durch meinen geschwächten und überforderten Geist? Eine Falle Baals?

»Nein«, erklang eine Stimme. »Du irrst dich.«

Es war das Mädchen, das gesprochen hatte; oder auch nicht. Die Stimme war nicht mental, drang aber von allen Seiten auf mich ein. Der sonore, tiefe Bariton konnte nicht aus dem Mund der Kleinen stammen. Indessen war mir klar, dass die Gestalt nur eine körperliche Ausformung war und nichts mit der Wesenheit zu tun hatte, die tatsächlich dahinter stand.

»Ach so?«, erwiderte ich. »Wer oder was bist du dann?«

»Eine Freundin.«

Beinahe hätte ich laut aufgelacht. Doch der Blick dieser weiß glühenden Augen ließ mich jeden Laut hinunterschlucken. Egal, womit ich es zu tun hatte, aber es war mit Sicherheit nicht ratsam, den Unbekannten zu reizen.

»Hat die *Freundin* auch einen Namen?«

»Du könntest mich Hunabka nennen, Raphael.«

Meine geistigen Alarmglocken schrillten. Laut Michaela war Hunabka – oder hieß es Hunabku? – niemand anderer als Baal. Doch das entsprach nicht meinen Empfindungen und der Aura, der ich mich gegenübersah.

Mir fiel die Stille auf. Ich wandte mich den Fenstern des Saals zu. Sie waren strahlend weiß. Statt des Nachthimmels und der umherschwirrenden Schemen der Dunkelalben, war bloß eine einheitlich farblose Fläche zu erkennen. Fast so, als hätte jemand in Windeseile die Welt mit weißer Flüssigkeit übertüncht.

»Was willst du von mir?«, presste ich hervor und konzentrierte mich auf mein Gegenüber.

»Wie wäre es zunächst mit einem: ›Herzlichen Dank, dass du meinen Allerwertesten gerettet hast!‹?«

»Äh ...« Der nächste Moment der Verwirrung. Diesmal war es die Ausdrucksweise des Kindes, die mich irritierte. Andererseits: Wir Erzvampire lebten seit Jahrtausenden unter den Menschen und benutzten ebenfalls ihren lockeren Umgangston. Weshalb also nicht auch ein Geschöpf, das von den alten Mayas als Göttervater verehrt worden war?

»Danke«, murmelte ich.

»Na bitte, geht doch.«

Die Stimmlage und Gesichtszüge des Mädchens blieben völlig regungslos. Ich beschloss, vorerst nicht in meiner gewohnt eloquenten Weise auf seine Aussage zu reagieren.

»Ich wollte mit dir sprechen«, hob das Wesen an, »weil der bevorstehende Zeitenwandel eng an deine Person geknüpft ist.«

Ich schluckte, blieb aber stumm.

»Leider habe ich nicht so viel Zeit wie gehofft. Die Sonne ist unruhig und mein Sohn weiß, was geschieht. Zudem sind die Anderen nicht mehr fern. Ich werde mich kurz fassen.«

Ich verstand nur Bahnhof. Egal. Erst mal reden lassen.

»Bringe dich mehr in die Menschenwelt ein. Lerne von ihnen. Vor allem aber: lerne, sie zu lieben.«

Das war schon mal etwas, was ich definitiv nicht machen würde. Die Menschen lieben? Dieses selbstzerstörerische, blinde, dumme, egoistische und emotional instabile Volk? Wir Erzvampire galten zwar als Beschützer der Sterblichen, aber das hieß noch lange nicht, dass man sie auch gernhaben musste.[1]

»Du wirst es lernen«, sagte Hunabka, als hätte sie meine Gedanken gelesen. »Die Menschen sind wichtig. Sie und ihre Technik müssen unbehelligt bleiben. Hier sind die Elben im Recht und ihr Wächter im Irrtum. Bemüht euch um Versöhnung, zumindest mit den Fürsten. Konzentriert euch nicht nur auf die Geschehnisse in den Welten. Erweitert euren Horizont. Richtet eure Aufmerksamkeit in die Ferne, über die atmosphärischen Grenzen hinweg. Dort liegen manch Antworten auf eure Fragen.«

Genau diese Fragen brannten mittlerweile auf meiner Zunge. Es war ja schön und gut, was Hunabka alles wusste und welch tolle Ratschläge sie für uns hatte. Aber was wirklich dahintersteckte, um was es eigentlich ging, das hatte sie bisher verschwiegen.

---

[1] Ich finde, die Menschen können in erster Linie als Blutkonserven und gelegentliche Studien- oder Lustobjekte punkten.

»Weil es mir nicht möglich ist, darüber zu sprechen«, sagte Hunabka.

Diesmal war ich mir absolut sicher, dass sie meine Gedanken las.

»Ihr müsst die Antworten und Lösungen selbst finden. Ihr seid die Wächter der Menschenwelt. Ihr besitzt alles, was dafür nötig ist.«

»Trotzdem wäre es hilfreich, einen Anhaltspunkt zu haben«, ergriff ich das Wort. »Einen roten Faden, wenn du so willst.«

Hunabka blickte mich aus ihren unergründlichen, hypnotischen Augen an. »Richte Michaela aus, dass der dritte Teil im Kern verborgen liegt. Das sollte genügen.«

»Der dritte Teil? Welcher Kern? Ich dachte mehr an einen konkreten Tipp – zum Beispiel, wo sich Baal ...«

»Es ist so weit«, unterbrach mich Hunabka. »Ich kann nicht länger bleiben. Erinnere dich an meine Worte. Du bist derjenige, der über den Ausgang des Zeitenwandels entscheiden wird. Wähle weise.«

Das letzte Wort war noch nicht verklungen, als die Gestalt Hunabkas verschwand; von einem Augenblick auf den anderen und ohne, dass die Elemente Anzeichen einer Erschütterung verspürten.

Eine geraume Zeit stand ich einfach nur da und schüttelte ungläubig den Kopf. Hatte das Gespräch wahrhaftig stattgefunden? War ich tatsächlich mit einem Wesen zusammengetroffen, das mächtiger war, als alle Erzvampire zusammen?

Das Weiß vor den Fenstern des Saals löste sich auf. Die Morgensonne schien herein, warf lange Lichtbögen auf die rauen Marmorplatten. Ein warmer Windhauch strich durch den Raum, brachte den Geruch von Frühling mit sich. Vogelgezwitscher hob an, irgendwo plätscherte ein Bach und in der Ferne erklang helles Glockenläuten.

Moment mal ... Frühling? Hier in den Alpen musste gerade Hochwinter sein! Ich eilte zum nächsten Fenster und warf einen Blick nach draußen. Direkt davor stand ein Kirschbaum. Er war in Vollblüte, wurde von unzähligen summenden Insekten umkreist. Ich schickte meinen Geist hinaus in den Äther. Kurz darauf erhielt ich die Gewissheit: Es waren fünf Monate vergangen. Einfach so.

Gedankenverloren kratzte ich mich am Hinterkopf. Musste ich nun doch damit beginnen, an Gott zu glauben?

Es war eindeutig an der Zeit, dass die zwischenvampirische Funkstille beendet wurde.

(16) Ratlos

»Das ist ... bedenklich«, presste Michaela hervor, als ich meinen Bericht abgeschlossen hatte.

»Ja«, meinte Gabriel. »Besonders bedenklich wäre es, wenn das Schicksal der Welt wirklich von Raphael abhängt.«

Diesmal bekümmerte mich Gabriels Wortmeldung nicht. Wie meine übrigen Geschwister war er sehr erleichtert gewesen, als ich mich gemeldet hatte. Kein Wunder, galt ich doch fünf Monate lang als verschollen.

»Wir konnten nicht herausfinden, was die Nachtmahre mit dir vorhatten«, fuhr Michaela fort. »Geplant war ein infernales Ritual, das lässt sich aus den Befragungen ableiten. Welchen Hintergrund diese Zeremonie hatte und ob vielleicht andere Wesen ihre Finger im Spiel hatten ... wir wissen es nicht.«

»Was mir am meisten Kopfzerbrechen bereitet«, hob Luzifer an. »Wie konnte sich diese Hunabka manifestieren und mit dir sprechen, ohne dass wir es erfahren haben? Laut den Dunkelalben bist du in der Burg verschwunden und warst wie vom Erdboden verschluckt. Es gab keine Anzeichen einer elementaren oder energetischen Ausformung.«

»Wie gesagt«, meinte ich. »Mir ist niemals zuvor eine solch mächtige Wesenheit begegnet. Vielleicht stehen diesem Geschöpf Fähigkeiten zur Verfügung, die wir uns nicht vorstellen können.«

»Ich finde es ungeheuerlich, dass ein so mächtiges Wesen existiert«, flüsterte Israfil und blickte sich furchtsam nach allen Seiten um. »Was ist, wenn es uns schaden will?«

»Das glaube ich nicht«, wandte Eva ein. »Nach Raphaels Bericht würde ich eher das Gegenteil vermuten.«

»Sehe ich auch so«, sagte Michaela. »Für mich ist entscheidend: Nach den bisherigen Vorzeichen gibt es eine weitere Botschaft, welche die Bedeutung der Menschentechnik hervorhebt. Bleibt die Frage, wie wir damit umgehen.«

»Hey, Leute.« Uriel grinste in die Runde. »Wie wäre es mit einem kleinen Imbiss? Nicht weit von hier ist ein Dorf, wo ...«

»Hunabka meinte, wir sollen die Menschen gewähren lassen«, gab ich zu bedenken.

»Gewähren, ja«, bestätigte Michaela. »Es geht mir darum, auf dem aktuellen Stand der Entwicklung zu bleiben. Falls sich ihre Technik radikal verändert oder sich etwas anderes daraus entwickelt, möchte ich nicht überrascht werden.«

»Was ist mit diesem Sohn? Hunabkas Sohn?« Israfils Stimme zitterte. »Was ist, wenn er uns Böses will?«

»Dann werden wir damit fertig«, meinte Gabriel. »Wenn es ihn überhaupt gibt. Ehrlich gesagt bin ich vom Auftauchen dieser Hunabka nicht überzeugt. Sollte es nicht Hunabku heißen, also eine männliche Gottheit sein? Und wäre es nicht vorstellbar, dass du einem Trugbild oder einer Täuschung erlegen bist?«

Es war klar, dass diese Spitze von Gabriel kommen musste. Aber er war sicher nicht der Einzige, der Zweifel hegte.

»Diese Fragen habe ich mir auch gestellt«, erwiderte ich. »Die Bezeichnung Hunabka oder Hunabku könnte mit der Erscheinungsform des Wesens zusammenhängen. Vielleicht ist es in Wahrheit geschlechtslos? Was meine Erlebnisse angeht: Ich glaube nicht an einen Irrtum. Das Bild und die Empfindungen waren makellos, weder Verzerrungen noch Echos traten auf. In den Stunden davor habe ich keine Substanzen zu mir genommen, die meine Wahrnehmung hätten beeinträchtigen können. Außerdem habe ich meine Erinnerungen überprüft. Keine Anzeichen für Manipulation, Risse oder Überlagerungen.«

»Wir können also davon ausgehen, dass es sich tatsächlich so zugetragen hat«, stellte Michaela fest. »Wie ihr wisst, ist es ein Ding der Unmöglichkeit, unsere Wahrnehmung und Erinnerungen zu täuschen.«

Gabriel war von Michaelas Schlussfolgerung nicht überzeugt. »Es ist auch unmöglich, sich ohne Beeinflussung des Weltengefüges zu manifestieren.«

Luzifer ergriff das Wort. »Du hast gemeint, Hunabka ist einfach verschwunden. Gab es hier irgendwelche Anzeichen oder Auswirkungen?«

»Nein«, entgegnete ich. »Keine Regung der Elemente. Nichts.«

»Interessant.« Luzifers Augenbrauen zogen sich zusammen. »Ich habe gerade an Quetzal denken müssen.«

»Wieso?«

»Wie du weißt, wollten wir nach dem Angriff auf dich ein ernstes Wort mit ihm reden. Unlängst habe ich dir erzählt, dass wir ihn noch nicht finden konnten. Faktum ist, dass Quetzal als verschollen gilt. Seit Azrael seinen Astralleib zerstört hat, ist er nicht wieder aufgetaucht.«

»Was soll das heißen?«

»Er ist de facto nicht mehr existent.«

»Hä?«

»Erinnerst du dich an die letzten großen Konflikte der Menschheit? Irakkrieg zum Beispiel?«

»Natürlich.«

»Bei keiner dieser Auseinandersetzungen hat er eingegriffen. Seine energetische Signatur ist nicht mehr aufzufinden.«

»Azrael kann ihn nicht getötet haben«, wandte ich ein.

»Stimmt.« Luzifer nickte. »Dennoch sieht alles danach aus. Aber er ist nicht der Einzige. Morb zum Beispiel ...«

»Was ist mit ihm?«

»Auch er, also die Bestandteile seines Informationskörpers, sind nicht mehr vorhanden. Als hätte ihn jemand aus dem Weltengefüge getilgt.«

»Das ist unmöglich! Alles bleibt in der Weltenseele gespeichert.«

»Trotzdem. Es gibt keinen Hinweis auf Morbs Dasein.«

Luzifer seufzte und strich sich über den Nacken. »Das waren noch nicht alle Vorfälle. Bulgan zum Beispiel. Der Trollhäuptling hat sich mitten in einer festlichen Veranstaltung in Stein verwandelt. Er war also in Gesellschaft, als es passiert ist. Sein Tod hätte prinzipiell nicht möglich sein dürfen.«

Einmal mehr wirbelten meine Gedanken durcheinander. Diese Entwicklungen und neuen Erkenntnisse behagten mir gar nicht.

»Habt ihr keine Idee, wie so etwas möglich ist?«

Es war Michaela, die mir antwortete. »Nein. Natürlich gibt es Gerüchte; dass irgendeine fremde Macht die Seelen der Unsterblichen sammelt; dass es die ersten Anzeichen des Zeitenwandels sind; dass sich das Gefüge des Universums ändert, die informative Grundsubstanz aufgelöst wird. In Wahrheit sind wir ratlos. Man könnte annehmen, dass wir Unsterblichen nicht länger unsterblich sind.«

»Also hatte Morb recht«, murmelte ich mehr zu mir als zu Michaela.

»So sieht es aus. Bisher war mir kein Fall bekannt, bei dem ein Unsterblicher ohne äußere Einflüsse sein Lebensende erreicht hätte. Auch habe ich noch nie gehört, dass die Essenz eines Verstorbenen aus der Weltenseele verschwinden kann.«

»Das klingt alles sehr motivierend. Habt ihr sonst noch Hiobsbotschaften für mich?«

»Sind das nicht genug?« Gabriel hatte die Arme verschränkt und einen verdrossenen Gesichtsausdruck aufgesetzt. »Ich habe so schon den Eindruck, als wären wir ein Haufen seniler Feen und nicht die obersten Wächter der Welt.«

»Wir können uns zumindest wie Wächter verhalten«, sagte Michaela streng. »Wenn du keine konstruktiven Vorschläge hast, wie wir den neuen Mysterien und Herausforderungen begegnen können, dann behalte dein Gejammer für dich.«

Gabriel knirschte mit den Zähnen, blieb jedoch eine Erwiderung schuldig.

Michaela wandte sich mir zu. »Um auf dein Erlebnis zurückzukommen: Wenn wir davon ausgehen, dass

Hunabka die Wahrheit gesprochen hat – und ich sehe momentan keinen Anlass, daran zu zweifeln –, schlage ich folgende Maßnahmen vor ...«

»Moment«, unterbrach sie Luzifer. »Können und sollen wir diese Entscheidung allein treffen? Was ist mit dem Rat?«

»Den werden wir nicht einberufen. Weder eine Dringlichkeitssitzung, noch ein reguläres Treffen.«

»Weshalb?«

»Aus drei Gründen: Die Elben werden nicht dabei sein, da wir sie nicht einmal kontaktieren können. Auch halte ich es für wenig sinnvoll, die anderen Ratsmitglieder in unser neues Wissen einzuweihen. Sie können oder werden uns nicht helfen und es würde Tumulte geben, wenn bekannt wird, dass ein übermächtiges Wesen Raphael kontaktiert hat. Darüber hinaus plane ich keine großen Änderungen zur letzten Ratssitzung.«

»Dann ist ja alles in Ordnung.«

Die Ironie in Luzifers Stimme blieb auch Michaela nicht verborgen. Sie warf ihm einen scharfen Blick zu. »Bist du anderer Meinung?«

»Nein.« Luzifer schüttelte den Kopf. »Deine Argumentation ist schlüssig.«

»Ich will ja nicht lästig wirken«, hob Uriel an. »Aber ich habe schon ziemlichen Kohldampf und es wäre nett, wenn wir ...«

Michaela ignorierte ihn und fuhr fort: »Gut. Hier meine Vorschläge: Wir werden uns ab sofort intensiv mit der Menschentechnik auseinandersetzen. Also keine Überwachung und Kontrolle, aber ein stetes Aufarbeiten der menschlichen Errungenschaften. Darüber hinaus werde ich mich mit dieser Hunabka und ihrem Sohn befassen.

Sobald ich neue Erkenntnisse habe, melde ich mich. Ihr seid herzlich eingeladen, euch bei der Suche nach Antworten zu beteiligen. Eva, würdest du den Kontakt zu den Elbenfürsten suchen? Zwar glaube ich nicht, dass es eine Möglichkeit gibt, Oberons mentale Barriere zu umgehen, aber vielleicht findest du einen Weg. Was dich angeht, Raphael: Ich schlage vor, dass du einen Menschenberuf annimmst; bevorzugt einen, der dich den Sterblichen näherbringt.«

Ich verzog die Lippen. »Letztens war ich Zahnarzt. Genug Menschennähe für Jahrzehnte. Aber wie wäre es, wenn ich mich an Hunabkas andere Botschaft halte. Wir sollen unseren Horizont erweitern und unsere Aufmerksamkeit auf die Dinge jenseits der Atmosphäre richten. Ich denke, ich werde mich mit Astronomie beschäftigen.«

»Wenn du glaubst, dass das unsere Ratlosigkeit mindern kann.« Michaela seufzte. »Eine Frage haben wir noch nicht angesprochen. Was wollte uns Hunabka mit *Die Anderen sind nicht mehr fern* sagen. Jemand eine Idee?«

Stille, Kopfschütteln, Däumchen drehen.

»Vielleicht lässt sich das über Hunabkas Botschaft klären, die sie an dich gerichtet hat«, sagte Gabriel. »*Der dritte Teil liegt im Kern verborgen*, das waren ihre Worte. Für mich ist das nichtssagend.«

Sämtliche Blicke wandten sich meiner großen Schwester zu. Michaela regte sich nicht.

»Ich habe eine Vermutung. Aber das wäre ... kaum vorstellbar.«

Ihr Blick suchte den Luzifers. Für einen Moment war mir, als würde zwischen den beiden ein stummer Austausch stattfinden. Nicht auf mentalem Weg, sondern tiefer gehend, eine wortlose Verständigung, die niemand von uns anderen nachvollziehen konnte.

Luzifer presste die Lippen zusammen. »Du weißt, wie unwahrscheinlich das ist.«

»Ja.« Michaela nickte langsam. »Trotzdem. Wir müssen es überprüfen.«

»Hättet ihr die Güte uns zu verraten, worüber ihr sprecht?« Gabriels Tonfall klang gereizt.

»Nein.« Michaelas Chakra blitzte hell auf. »Das geht euch nichts an.«

»Es geht uns nichts an?« Gabriels Augenbrauen wanderten nach oben. »Meinst du das ernst?«

»Ja.« Michaelas Stimme war schneidend und ihr Chakra erglühte so hell, wie ich es schon lange nicht mehr gesehen hatte. »Es ist ein persönlicher Hinweis, der ausschließlich Luzifer und mich betrifft. Sollte Hunabkas Hinweis einen Funken Wahrheit enthalten, gehen wir dem auf den Grund. Danach werden wir euch berichten.«

Michaela erhob selten die Stimme. Wenn sie es tat, verhieß das nichts Gutes. Was immer Hunabkas Botschaft bedeutete, sie musste an etwas rühren, das ich mir nicht im Entferntesten vorstellen konnte.

»Ich denke, unsere weitere Vorgehensweise ist geklärt«, sagte Michaela. »Gibt es sonst noch Fragen?«

»Ja.« Uriel grinste. »Wann gehen wir essen?«

(17)

Sonnenwind

»Wer von Ihnen kann mir erklären, worum es sich beim Sonnenwind handelt?«

Ich ließ meinen Blick durch den Hörsaal schweifen. Ein hübsches, blondes Mädchen meldete sich zu Wort.

»Als Sonnenwind bezeichnet man den Strom geladener Teilchen, der von unserem Zentralgestirn in den Weltraum abgegeben wird.«

»Korrekt. Können Sie mir sagen, woraus der Teilchenstrom besteht?«

»Hauptsächlich aus Protonen, Elektronen und Heliumkernen. Es sind kaum elektrisch neutrale Atome enthalten, weshalb der Sonnenwind ein Plasma darstellt.«

»Sehr gut. Wer weiß, warum die Vorhersage des Sonnenwinds für uns auf der Erde von großer Bedeutung ist?

Zahlreiche Hände wanderten nach oben, auch Klopfgeräusche wurden laut.

Ein schwaches Lächeln stahl sich auf meine Lippen. Ich hatte nicht vor, einen der Studenten die Lösung hinausposaunen zu lassen, war der Sonnenwind doch eines meiner Lieblingsthemen.

»Der Grund ist der, dass die elektrisch geladenen Teilchen des Sonnenwinds das Magnetfeld der Erde verformen und bei geeigneten Bedingungen in die Atmosphäre eindringen können. Dabei entsteht etwas, das die Menschen seit Jahrtausenden fasziniert und Einfluss auf elektromagnetische Strahlung wie Funkwellen haben kann: die Aurora borealis auf der Nordhalbkugel und die Aurora australis auf der Südhalbkugel, gemeinhin als Polarlichter bezeichnet.«

Ich fuhr fort über die Entstehung und Ausbreitung von Sonnenwind und Polarlichtern zu referieren, bis sich die Vorlesung seinem Ende zuneigte. Sobald ich meinen Vortrag abgeschlossen hatte, leerte sich der Unterrichtsraum und ich blieb allein zurück – zusammen mit der hübschen, blonden Frau, die sich in der Stunde wiederholt eifrig zu Wort gemeldet hatte.

»Ich hätte noch eine Frage, Herr Professor«, wandte sie sich an mich.

»Nur zu.«

»Laden Sie mich zum Essen ein?«

Es geschah selten, dass ich, ein Jahrtausende alter Vampir, überrascht wurde. Dies war so ein Fall. Vor allem deshalb, weil ich normalerweise den Blick einsetzen musste, um mit solch einer Verhaltensweise rechnen zu können.

»Darf ich fragen, wie alt Sie sind?«

»Dreiundzwanzig.«

Demnach bescheidene zehntausenddreihundertsiebenundzwanzig Jahre jünger, als meine Wenigkeit. Nun, damit konnte ich leben.

»In Ordnung. Wie wäre es heute um achtzehn Uhr im Linos?«

»Perfekt.« Sie lächelte. »Dann bis später!«

Sie griff nach ihrer Tasche und schwebte aus dem Raum. Ich sah ihr nach, bis die Tür hinter ihr ins Schloss fiel.

Ungewöhnlich ... Das war der erste Gedanke, der mir durch den Kopf ging. Damit meinte ich nicht die plumpe Anmache, sondern ihre außergewöhnliche Aura. Wir Unsterbliche wissen, dass der persönliche Körperschein mit der Sonnenaktivität zusammenhängt. Der stete Materiestrom unseres Zentralgestirns interagiert mit dem eigenen Selbst, der Seele und den Körperzellen, und ist Ursache für die Auren-Ausformung jeder Lebensform. Nur in besonderen Fällen, wie etwa bei der Entstehung von Radikalen, können andere Gründe dafür verantwortlich sein. Es verwunderte mich, dass mir die Aura der jungen Frau noch nicht aufgefallen war. Sie strahlte überdurchschnittliche Selbstsicherheit, Lebensweisheit und Freude am Dasein aus, bezeugte aber auch eine weitere, seltene Eigenschaft: Die junge Frau gehörte zu den wenigen Menschen, die die Anlage dazu besaßen, Vampir zu werden.

Mehr als zehn Jahre waren vergangen, seit ich mit meinen Geschwistern die Begegnung mit Hunabka aufgearbeitet hatte. In der Zwischenzeit war in der Menschenwelt einiges geschehen. Terroranschläge führten zu einer verstärkten Überwachung der Bevölkerung. Die Politik verkam immer mehr zum Spielball der Wirtschaft. In der Wissenschaft und Technik häuften sich neue Erkenntnisse und Erfindungen. Die Schere zwischen Arm und Reich klaffte beständig weiter auf. Flüchtlingsströme brachten die westlichen Staaten ins Wanken. Der Klimawandel schritt ungebremst voran –

und die Menschen wurden immer unzufriedener. Alles in allem waren wir uns einig, dass die Zeichen auf Sturm standen. Lange würde das System nicht mehr weiterexistieren, ein Wandel war unvermeidlich und nur eine Frage der Zeit.

Zu den Fragen und Rätseln, die uns beschäftigten, gab es keine neuen Erkenntnisse. Die Technik der Menschen blieb unauffällig, der Kontakt zu den Elben war weiterhin nicht möglich. Trotz großer Anstrengungen konnten wir keine hilfreichen Informationen zum Geschöpf der Hunabka finden. Zwar wussten manche Unsterbliche Geschichten zu erzählen, hilfreich waren diese märchenhaft angehauchten Anekdoten aber nicht.

Wie ich es mir vorgenommen hatte, ging ich in die Wissenschaft, genauer gesagt in das Forschungsfeld der Astrophysik. Um Hunabkas Wunsch nach Menschennähe gerecht zu werden, ließ ich mich als Professor an der Universität anstellen. Im Nachhinein betrachtet war das ein wahrer Glücksgriff, bekam ich doch auf diesem Weg beständig junges Gemüse[1] wie auf dem Silbertablett serviert. Als neue Gestalt wählte ich das Aussehen eines durchtrainierten End-Dreißigers, den ich mit kurzen, schwarz gelockten Haaren, einer markanten Nase, dominanten Lippen sowie asiatisch wirkenden Gesichtszügen ausstattete. In Summe keine nach den aktuellen Schönheitsidealen überragend hübsche Gestalt. Umso mehr verwunderte es mich, dass mir die junge Studentin derart offensiv den Hof gemacht hatte.

---

[1] Ich meine natürlich junge Menschen. Aber ich mag auch Gemüse. Probieren Sie mal im Studentenblut geschmorten Brokkoli. Eine Delikatesse!

Punkt achtzehn Uhr betrat ich das Linos – ein kleines, italienisches Restaurant, in dem man vorzüglich speisen konnte. Die junge Frau hatte sich bereits an einem freien Tisch niedergelassen. Ihrem Gehabe nach war sie unsicher, ob sie vorhin in der Universität das Richtige getan hatte. Da ich das Mädchen nicht noch mehr verunsichern wollte, zauberte ich ein einnehmendes Lächeln auf mein Gesicht.

»Schönen guten Abend, junges Fräulein«, sagte ich, bevor ich ihr links und rechts einen zarten Kuss auf die Wangen hauchte.

»Hallo, Raphael«, entgegnete sie und wechselte damit bereits im ersten Satz zum vertrauten Du. Das störte mich nicht, auch wenn andere von uns – etwa Gabriel – das Mädchen für diese Respektlosigkeit gepfählt hätten. Die junge Frau duftete nach einem feinen, asiatischen Parfum, das selbst in meiner empfindlichen Vampirnase einen angenehmen Nachhall hinterließ. Bekleidet war sie mit modischen, eng anliegenden Jeans, die ihre weibliche Gestalt betonten, sowie mit einer zimtfarbenen Bluse, die hervorragend zu ihren langen, blonden Haaren passte. Ihre grünen Augen leuchteten wie Smaragde.

Gebe es noch Engel, schoss es mir durch den Kopf, *müsste sie einer sein.*

Ich ließ mich am Tisch nieder. Sofort trat ein Kellner heran und nahm unsere Bestellung entgegen. Ich wählte einen großen Blutorangensaft, eine Minestrone sowie Pasta rabiata mit Salat.[1]

---

[1] Einer der zahlreichen Irrglauben über uns Vampire besagt, dass wir uns allein von Blut ernähren. Das ist falsch. Zumindest wir Ältesten können jede Speise verdauen und in Energie umwandeln.

»Ich glaube, Sie haben mir noch nicht Ihren Namen verraten«, sagte ich, als der Kellner gegangen war.

»Das ist richtig. Ich heiße Natascha. Und bitte: Sag Du zu mir.«

Da sie mich bereits geduzt hatte, konnte ich ihr diesen Wunsch schwer abschlagen.

»Darf ich erfahren, weshalb du, eine junge, attraktive, eloquente Frau, ausgerechnet Astrophysik studierst? Ist nicht unbedingt ein Studienzweig mit hohem Frauenanteil.«

Natascha strich sich in einer beiläufigen Bewegung eine Strähne ihres Haares aus dem Gesicht. Ich erkannte in dieser simplen Geste überwältigende Anmut und Grazie. Natascha war zweifelsohne ein außergewöhnlicher Mensch.

»Ich denke es liegt daran«, sagte sie, »dass ich Neues entdecken will, unbekannte Welten erforschen möchte. Glaubt man der Allgemeinheit, dann gibt es hier auf der Erde keine großen Geheimnisse mehr.«

Wenn du wüsstest, dachte ich, nickte aber zustimmend.

»Außerdem«, fuhr Natascha fort, »liebe ich die Sonne und den nächtlichen Sternenhimmel. Der Anblick spendet mir Trost und Hoffnung, erfüllt mich mit Kraft und Energie. Außerdem ist es das Licht, das die Dinge dazu bringt, etwas zu sein. Ich will einfach mehr darüber erfahren, wissen, wie alles zusammenhängt.«

Natascha verstummte und senkte den Blick. Ich registrierte, dass sich ihre Wangen rosa färbten. Ehrlich gesagt verwunderte mich ihre Offenheit. Ich hatte keinen mentalen Einfluss auf sie genommen.

»Interessant«, erwiderte ich. »Mir geht es ähnlich. Auch mich fasziniert die Sonne. Man könnte sogar sagen, ich bin ein Sonnengeborener.«

Ich lächelte, weil ich Natascha soeben mehr verraten hatte, als den meisten Sterblichen zuvor.

»Weshalb wolltest du mit mir essen gehen?«, fuhr ich fort.

Als Natascha aufsah, stand ein verdächtiges Glimmen in ihren Augen.

»Du hast eine unglaubliche Ausstrahlung«, sagte sie. »Ich wollte den Mann kennenlernen, der hinter dieser Mauer aus geballtem Charisma steht.«

Ich war beeindruckt. Nur wenige Menschen konnten unsere wahre Natur erkennen.

»Ach so«, entgegnete ich und hob die Augenbrauen. »Dann hoffe ich nur, ich enttäusche dich nicht.«

»Das glaube ich nicht.« Sie lächelte und sah mir tief in die Augen, sodass ich bis auf den Grund ihrer makellos strahlenden Seele blicken konnte. Neben dem Gen der Wandlung erkannte ich noch etwas anderes. Ein rötliches Glimmen, einen unsteten Funken, den ich nicht so recht einordnen konnte. Mir wurde bewusst, dass mich diese Menschenfrau faszinierte. Das erste Mal seit vielen hundert Jahren war es ein sterbliches, weibliches Geschöpf, das mich in den Bann zog.

Drei Stunden lang plauderten wir in heiterer Unbeschwertheit über dies und jenes, lachten und scherzten. Jede von Nataschas Wortmeldungen führte mir vor Augen, dass sie ein inneres Feuer aus Leidenschaft, Lebensmut und Wissen besaß, das in der Menschenwelt seinesgleichen suchte. Ich konnte beinahe von Glück reden, dass ich sie getroffen hatte.[1]

»Glaubst du an Vampire?«, fragte ich unvermittelt, mehr aus einer Laune heraus, als infolge kühler Berechnung.

»Vampire?« Sie lachte. »Wieso? Bist du einer?«

»Allerdings.«

Ihr Lachen erstarb. Einen Moment lang wirkte sie verunsichert, dann aber kehrte ihr Grinsen zurück.

»Glaub ich dir nicht«, sagte sie. »Draußen scheint die Sonne.«

Wenn du wüsstest, dachte ich, entgegnete jedoch nur: »Oh, das habe ich wohl übersehen.«

»Also um ehrlich zu sein«, ergänzte Natascha. »Ich würde die Existenz von Vampiren nicht ausschließen.«

Die nächste Überraschung. Natascha gehörte nicht zu denjenigen, die sich durch die Erkenntnisse der Wissenschaft in ihren tief verwurzelten Empfindungen täuschen ließen.

»Ich glaube nämlich nicht«, bemerkte sie, »dass wir bereits alles über unsere Welt wissen, auch wenn es so aussieht. Oder, ich sollte sagen: Ich hoffe, dass es nicht so ist. Vielleicht gibt es Dinge, direkt vor unserer Haustür, die im Verborgenen liegen. Das ist mehr eine unbestimmte Ahnung, als erworbenes Wissen. Aber ich könnte mir die Existenz von Wesen vorstellen, die sich nicht so ohne Weiteres in unsere naturwissenschaftlichen Vorstellungen eingliedern lassen.«

---

1 Aber nur beinahe, da Glück, ebenso wie Pech, nicht existiert. Alles beruht auf Zufällen; Zufälle, die gar keine sind. Paradox? Nicht ganz, aber dazu ein andermal.

Natascha wurde rot und senkte den Blick. »Sorry für diese Ausuferung. Jetzt musst du mich für verrückt halten.«

»Nein, überhaupt nicht. Eine sehr verständliche Anschauung, wie ich finde.«

Es wurde Zeit, dass ich mir Klarheit verschaffte. Ich sah sie an und ließ den Blick sprechen, der ihr suggerierte, sie müsse dringend auf die Toilette. Nataschas Mundwinkel zuckten, ansonsten tat sich nichts.

Umsichtig steigerte ich die Intensität des Blicks. Natascha griff sich an die Stirn, verzog das Gesicht. Doch sie unternahm weiter keine Anstalten, sich zu erheben. Ich verstärkte meinen geistigen Einfluss ein weiteres Mal. Nataschas grüne Augen wurden glasig, sie fing an zu zittern, ballte ihre Hände zu Fäusten – um ein Haar wäre sie ohnmächtig vornüber gekippt.

Ich brach ab. Das genügte. Der Test hatte das bestätigt, was ich seit geraumer Zeit vermutete: Natascha war äußerst willensstark und ließ sich nicht kontrollieren. Einen Menschen, der die soeben angewandte Intensität des Blicks überwinden konnte, hatte ich zuletzt vor mehr als fünfzig Jahren getroffen.

»Alles in Ordnung?«, fragte ich und betrachtete ihr aschfahles Gesicht.

»Ja«, flüsterte sie. »Es ... geht schon wieder.«

Das tat es auch. Innerhalb weniger Minuten strömten Kraft und Energie in ihren so zart wirkenden Körper zurück. Natascha besaß nicht nur die bereits genannten Qualitäten, sondern obendrein ein beachtliches Regenerationsvermögen.

»Hast du in den nächsten Stunden noch etwas vor?«, fragte ich, als sich ihr Geist vollständig von meinem Eingriff erholt hatte.

»Nichts Wichtiges.« Sie fuhr sich spielerisch durch ihre glänzende Haarmähne. »Wieso?«

»Ich wollte dich fragen, ob du Interesse an einer privaten Unterrichtsstunde bei mir daheim hast.«

Okay, ein ziemlich plumper Versuch. Aber ich wollte einfach wissen, wie weit ich gehen konnte und ob sich unsere Wünsche und Empfindungen auch in dieser Hinsicht ähnlich waren.

Ihre Antwort kam sofort. »Liebend gern.« Ein schelmisches Grinsen umspielte ihre Lippen, als sie ergänzte: »Aber nur unter einer Bedingung.«

»Und die wäre?«

»Kein Gerede mehr – nur Sex.«

Erneut hatte ich ihre Offenheit unterschätzt. Nach all den bisherigen Erkenntnissen war dies das Tüpfelchen auf dem i: Natascha wusste genau, was sie wollte und sorgte dafür, dass sie es bekam.

Nach der ersten Verblüffung musste ich lachen. »Das ist Erpressung.«

Natascha verzog die Lippen zu einem süßen Schmollmund. »Wenn Sie das so sehen, Herr Professor … Sie dürfen beim Sex auch sprechen, solange es unartig ist.«

Ich gab mich geschlagen. Eine Frau, die sich mir so offensichtlich anbot und noch dazu eine derart geistige Schönheit war, konnte ich nicht verschmähen.

Wir fuhren zu mir nach Hause, rissen uns die Kleider vom Leib und fielen wie nymphomanische Nymphen übereinander her. Stundenlang jagten wir Höhepunkt auf Höhepunkt, bis Natascha in einen erschöpften Schlummer fiel. Als ich merkte, dass sie nicht mehr bei Bewusstsein war, erhob ich mich und trat ans Fenster.

Draußen war der Mond aufgegangen und bestrich die Vorstadtsiedlung mit seinem betörenden, silbrig glänzenden Licht. Wären die Fahrzeuge und Laternen nicht gewesen, hätten die Villen auch aus dem achtzehnten oder neunzehnten Jahrhundert stammen können. Drei Jahrhunderte, die für mich nicht viel mehr als ein Wimpernschlag gewesen waren und dennoch die meisten weltlichen Veränderungen mit sich gebracht hatten.

Ich erinnerte mich an meine derzeitige Rolle als Professor der Astrophysik. Wir Erzvampire waren die Kinder des Sonnenwinds. Sternengeborene Schattenwesen, ausgestattet mit unermesslicher Macht und der Fähigkeit, Menschen zu knechten, zu verwandeln und mit einem beiläufigen Fingerschnippen zu vernichten. Entstanden damals, als die vom Sonnenwind angefachten Polarlichter weit Richtung Äquator vordrangen und die Erdoberfläche mit ihrem wandelnden Hauch berührten. Damals, in den dunkelsten Nächten, lange bevor die großen Pharaonen an die Macht kamen. Damals, in einer gewaltigen, von dichtem Dschungel umrahmten Tempelanlage des heutigen Ägyptens.

Ich verdrängte meine trübseligen Gedanken und konzentrierte mich auf das Hier und Jetzt. Seit langem hatte ich eine Partnerin gefunden, die meinen hohen Ansprüchen in einer Beziehung gerecht wurde. Eine Gefährtin, welche alle Eigenschaften besaß, die wir Erzvampire so schätzten.

Ich wandte mich um und trat zu Natascha ans Bett heran. In den ersten Jahren ihrer neuen Existenz würde ich sie hüten wie meinen Augapfel. Gleichzeitig war ich mir sicher, dass sie deutlich rascher mit den Problemen unserer Spezies zurechtkommen würde, als die meisten anderen. Und danach ... konnte ich sie meinen Geschwistern vorstellen und alle in Erstaunen versetzen. Natascha war der untrügliche Beweis, dass Sterbliche existierten, die sich zu machtvollen Wunderkindern unserer Spezies mausern konnten.

»Mein Engel«, murmelte ich und strich Natascha über ihren makellosen, zur Seite geneigten Hals. »Ich habe ein ganz besonderes Geschenk an dich.«

»Nein«, flüsterte Natascha verschlafen.

Ich verharrte, nur einen Zentimeter von ihrem nackten, verlockend weiß schimmernden Hals entfernt. Meine Reißzähne blitzten, verlangten danach, ihr duftendes Blut zu kosten.

»Nein«, hauchte Natascha erneut und kicherte leise. »Zu früh.«

Ich riss die Augen auf und zuckte zurück. Was zum Henker ging hier vor? Ich näherte mich ihrer pulsierenden Halsschlagader ein weiteres Mal.

»Nein.« Diesmal noch leiser, kaum mehr als ein Raunen an meinem Ohr. »Warte.«

Fünf Stunden später wartete ich noch immer. Ich saß auf einem Stuhl am Bettrand und betrachtete Nataschas schlafende Gestalt. Vor den Fenstern zog der erste Schimmer der aufbrechenden Dämmerung heran, eine Nachtigall sang von Liebe und Leid und irgendwo rief ein Käuzchen.

Es war unheimlich. Ich konnte mir nicht erklären, wie Natascha meine Absicht erraten hatte und weshalb sie –

zumindest unbewusst – die Verwandlung verschmähte. Eine weitere Alternative, die mir nicht sonderlich gut gefiel, war, dass eine fremde Macht, ein anderes Geschöpf, Einfluss auf ihren Geist nahm. Aber daran wollte ich lieber nicht denken.

Während der fünf Stunden, in denen ich reglos am Stuhl saß, traf ich mehrere Entscheidungen. Seit langem wollte ich mich wieder in einer festen Beziehung versuchen. Natascha schien für dieses Unterfangen geeigneter, als jedes andere weibliche Geschöpf, das ich zuvor getroffen hatte. Darüber hinaus würde ich meinen derzeitigen Beruf des Astrophysikprofessors beibehalten – einerseits aus Tarnung, andererseits aus Interesse und drittens, weil ich mir damit gute Chancen ausrechnete, von Michaela nicht mit spontanen Aufträgen belästigt zu werden. Solange es keine neuen Erkenntnisse oder dramatischen Entwicklungen gab, würde meine volle Konzentration der Aufgabe gelten, die mir Hunabka zugedacht hatte: Ich wollte lernen, die Menschen zu lieben.

(18)
Knoblauchgulasch

Drei Jahre später waren Natascha und ich zusammengezogen. Sie hatte ihr Studium abgeschlossen und war dank meiner Fürsprache in der ESA, der Europäischen Weltraumorganisation, untergekommen. Weder hatte ich meine Geschwister über meine neue Partnerin und ihre Qualitäten informiert, noch war ich dem Drang erlegen, von ihrem Blut zu trinken und sie damit zu verwandeln. Mehrere Male geriet ich in Versuchung, aber stets hielt mich ihr Unterbewusstsein davon ab.

Natascha gelang ein kometenhafter Aufstieg innerhalb der ESA. In nur einem Jahr avancierte sie von der Praktikantin zur ernsthaften Wissenschaftlerin.

Eines Tages kam sie heim, strahlte übers ganze Gesicht und warf sich mir in die Arme.

»Ich darf zum ELT«, sagte sie und küsste mich auf die Lippen. »Zum *Extremely Large Telescope* in die Atacama Wüste!«

»Wow. Das ist ... toll.«

In Wahrheit fand ich es gar nicht toll. Ich hatte mich an Nataschas Nähe gewöhnt, mehr noch: Ich vermisste sie, jedes Mal, wenn sie sich an einem anderen Ort befand. Meine Gedanken kreisten vermehrt um uns und unsere Zukunft. Ich konnte mir ein Leben ohne Natascha nicht mehr vorstellen. Nach nur drei Jahren. Drei Jahre, die für ein Wesen wie mich keine Zeit darstellten, und dennoch … Solche Empfindungen waren mir fremd. Noch nie hatte ich so für ein anderes Wesen empfunden. Noch nie hatte ich mich dermaßen nach der Nähe meiner Partnerin gesehnt. Noch nie war ich bereit gewesen, alles für sie zu geben – selbst meine Unsterblichkeit. Konnte das Liebe sein?

»Du klingst nicht so begeistert«, stellte Natascha fest.

»Ich bin nur traurig, dass wir getrennt sein werden. Wie lange bist du dort?«

»Fürs Erste drei Monate. In vier Wochen geht es los. Du kannst mich ja besuchen kommen. Nein, du MUSST mich besuchen kommen! Glaubst du allen Ernstes, ich werde dich nicht vermissen? Ich verlange, dass du nach spätestens zwei Wochen vorbeischaust, mich zum Lachen bringst, mir ein Vier-Gänge-Menü kochst und mir anschließend multiple Orgasmen besorgst!«

Ich legte meine Arme um Nataschas Körper, zog sie an mich und küsste sie heiß und leidenschaftlich.

»Worauf du dich verlassen kannst«, knurrte ich.

»Noch etwas«, keuchte Natascha, deren Atem sich merklich beschleunigt hatte. »Wir haben Satellitentelefone bekommen, weil in der Wüste der Empfang so schlecht ist. Ich will, dass du eines immer bei dir trägst – Tag und Nacht, verstanden?«

»Geht klar.« Ich riss Natascha die Bluse herunter und umfasste mit meinen Lippen ihre harte Brustwarze, die sich überdeutlich unter ihrem Spitzen-BH abzeichnete.

»Du wirst mich … anrufen«, stöhnte Natascha und machte sich an der Gürtelschnalle meiner Jeans zu schaffen. »Täglich.«

»Ja«, stieß ich hervor, hob sie hoch und trug sie zum Bett.

Diesmal war der Sex mit Natascha besonders intensiv. So intensiv, dass ich, der große Raphael, nach unserem zweiten gemeinsamen Höhepunkt in einen seligen Schlummer fiel.[1]

Vier Wochen später war es so weit. Unter Tränen verabschiedeten wir uns am Flughafen und Natascha verschwand in der Menge. Ich wusste, dass es mich nur wenige irdische Stunden gekostet hätte, um zu ihr ans andere Ende der Welt zu gelangen. Doch genau das konnte – oder eher sollte – ich nicht tun. Noch war meine Tarnung aufrecht, noch war ich in Nataschas Augen nichts weiter als ein sterblicher Mensch.

Nachdem wir uns getrennt hatten, nahm ich das erste Mal seit Monaten mentalen Kontakt zu Michaela auf.

Gut, dass du dich meldest, sagte sie statt einer Begrüßung. *Hier ist die Hölle los.*

Wieso? Bist du in der Unterwelt?

Luzifer und ich haben etwas herausgefunden. Michaela überging meinen, wie ich fand sehr witzigen Kommentar. *Hunabka hat die Wahrheit gesprochen. Der sogenannte Kern ist nichts anderes als Lumox, das Herz von Atlantis. Wir haben eine innere Frequenz festgestellt, ein wiederkehrendes Muster. Der Takt von Lumox ändert sich. Womöglich ist es ein Countdown. Und: Der dritte Teil befindet sich wirklich dort.*

Welcher dritte Teil?

---

[1] Ich muss ausdrücklich betonen: So etwas passiert mir normalerweise nicht!

Nicht jetzt. Wichtiger ist: Es gibt auch Neuigkeiten zur Menschentechnik. Seit einigen Monaten registriere ich ungewöhnliche Signale aus verschiedenen Laboren und Forschungseinrichtungen. Was immer dort produziert wird, ist anders als bisher, aber ich kann momentan nicht fort von Atlantis. Einige der Gerätschaften werden von den Menschen für einen Einsatz in Rumänien vorbereitet. Ich möchte, dass du dich an diesem Unternehmen beteiligst und herausfindest, welche Veränderungen mit der Menschentechnik vor sich gehen.

Geht klar.

Noch etwas: Eva ist es vor Kurzem gelungen, Kontakt zu Gladwin aufzunehmen.

Sofort musste ich an Leandra denken. Wie es ihr in den letzten Jahren wohl ergangen war?

Offenbar gibt es auch in der Oberen Welt tiefgreifende Umwälzungen. Oberon lässt sich kaum noch unter seinesgleichen blicken. Gladwin meint, der Elbenkönig bereitet eine Reise vor, aber niemand weiß Näheres. Gemunkelt wird, dass er in eine Depression gefallen ist und die Stadt zerstören will, weshalb die Einwohner in Scharen über den Weltenbogen flüchten.

Das klingt dramatisch, meinte ich.

Ist es auch. Der Exodus war nichts dagegen.

Wohin gehen die Flüchtlinge? In andere Orte der Oberen Welt?

Viele versuchen in die Menschenwelt zu gelangen, nach Atlantis. Die Torwächter haben von Oberon die Anweisung erhalten, niemanden passieren zu lassen. Noch halten sie ihm die Treue, auch wenn es Anzeichen gibt, dass der Unmut über sein Verhalten wächst. Flüchtlinge, die den Weltenfluss benutzt haben behaupten, dass auch Naarn sich verändert. Die

Energiewächter attackieren alles Lebendige. Die meisten, die diesen Weg gewählt haben, sind tot.
Mir scheint, du behältst wieder einmal recht.
Inwiefern?
Mit dem Zeitenwandel und seinen dramatischen Entwicklungen. Wenn das so weitergeht, wird es bald schlimmer als zu Zeiten Trojas.
Hoffentlich nicht. Michaelas Seufzen drang durch den Äther wie ein verlöschender Windhauch. *Diesmal würde ich mich wirklich gern irren.*

Bei der Angelegenheit in Rumänien, von der Michaela gesprochen hatte, handelte es sich um einen US-amerikanischen Einsatz, an dem Wissenschaftler, Soldaten und IT-Spezialisten beteiligt waren. Ich fand heraus, dass ein Spionagesatellit ungewöhnliche Energiesignaturen im Siebenbürgischen Hochland, gemeinhin Transsilvanien genannt, registriert hatte. Persönlich hatte ich keine besondere Beziehung zu diesem Landstrich. Aber seit ein verrückter Schriftsteller behauptet hatte, dass dort der Ursprung des Vampirismus zu finden war, entbehrte diese Gegend, zumindest für die jüngere Generation, nicht einer gewissen Anziehungskraft.

So verwunderte es mich nicht, ausgerechnet hier auf die größte Ansammlung an Blutsaugern zu treffen, der ich seit Jahrhunderten begegnet war. Rund ein Dutzend Vampire hatten sich in einer alten Burg häuslich eingerichtet. Das Rätsel um die Energiesignaturen war rasch gelöst. Die Halbmenschen vertrieben sich die Zeit mit niederen Beschwörungen wie Lichtschleiern, einfachen Kraftfeldern und Schildmanifestationen. Das deutete darauf hin, dass unter ihnen zumindest ein routinierter

Vampir sein musste, vielleicht ein paar Jahrzehnte alt. Allerdings wusste er augenscheinlich nichts über die Bedeutung und Anwendung von Tarnfeldern. Da die Beschwörungen immer am gleichen Ort stattfanden, war es nur eine Frage der Zeit, bis die Ortungstechnik der Menschen energetische Signaturen auffing.

Von den Amerikanern wurde ein Untersuchungsteam zusammengestellt, dem ich mich kurzerhand anschloss. Als ausgewiesener Experte für Strahlung und Quantenphänomene, sollte ich bei der Klärung der ungewöhnlichen Geschehnisse helfen.

Es war eine illustre Runde aus fünfzig Personen, die sich im Team zusammenfand. Von den Soldaten ist mir Raul, unser Anführer, ein latent paranoider Mexikaner, in Erinnerung geblieben. Unter den Wissenschaftlern stach vor allem Henry, ein Molekularbiologe, hervor. Der beleibte Mittfünfziger besaß nicht nur einen hervorragenden Sinn für Humor, sondern war durch sein offenes Wesen auch in wissenschaftlichen Belangen ein angenehmer Gesprächspartner. Schließlich war da noch Jacques, unser Koch – ein richtiges französisches Original mit Schnurrbart, Baskenmütze und einem stets freundlichen »Qui, qui.« auf den Lippen. Aus einer Handvoll Zutaten zauberte er köstlichen Quiche, saftige Braten oder flaumige Crêpes. Zehn Tage lang versorgte er unsere Gaumen mit einer erlesenen Vielfalt an Speisen, sodass sich kein einziges Mal mein Blutdurst unangenehm bemerkbar machte.

Ich gebe zu: Es war eines der wenigen Male, dass ich mich in einer Gruppe Sterblicher so richtig wohlfühlte.

Am letzten Abend, bevor wir in die verlassen wirkende Burg eindringen wollten, rief uns Jacques zusammen und verkündete mit seinem witzigen französischen Akzent: »Heute gibt'sch etwas ganz Besonderesch, für die Gesundheit und dasch persönlische Wohlbefinden.«

»Was ist das?«, fragte ich und schnupperte interessiert an dem riesigen Pott, der über dem Lagerfeuer hing.

»Knoblauchgulasch!«, erwiderte Jacques triumphierend. »Damit morg'n jeder von euch heil zurüschkommt.«

»Warum sollten wir nicht heil zurückkommen?« Raul warf dem Franzosen einen lauernden Blick zu.

Jacques zuckte die Achseln. »Wir sind hier in Transschilvanien. Da weisch man nie.«

»Oho!« Henry ließ seine kleinen Schweinsäuglein kreisen. »Da glaubt wohl jemand an Vampire.«

»Man kann nie wissen«, wiederholte Jacques und fing an, in dem riesigen Pott zu rühren. »Los jetschst, Essen ist fertisch!«

Das Knoblauchgulasch war köstlich. Statt Rindfleisch hatte Jacques Lamm verwendet, Kartoffeln hineingeschnitten und den Eintopf mit lokalen Kräutern gewürzt. Außerdem war ordentlich Pfeffer, Paprika und natürlich jede Menge Knoblauch enthalten. Es war ein Glück, dass wir alle davon aßen, sonst wären es für die Verweigerer schlaflose Stunden in einer knoblauchgeschwängerten Zeltluft geworden.

Nach dem Essen rief Raul die IT-Spezialisten und Wissenschaftler zu sich.

»Es wird Zeit, dass wir die Konfiguration der Einsatzgeräte abschließen«, sagte er.

Damit wurde es auch für mich interessant. Ich schloss mich der Gruppe an, obgleich meine Strahlungsdetektoren längst fertig eingerichtet waren.

Raul verteilte die Gerätschaften: Netbooks, Tablets, verschiedenartige Messeinheiten, Aufnahmegeräte und Sensoren. Wirklich spannend aber waren die drei streng gehüteten Mitbringsel, die rund um die Uhr von Soldaten bewacht wurden. Es handelte sich um zwei flugfähige Drohnen, frisch aus dem Geheimlabor, und einen achtbeinigen Roboter.

Die Drohnen erinnerten an eine Mischung aus Käfer und Libelle, waren schwarz lackiert, mit allen möglichen Sensoren ausgestattet, besaßen Scheinwerfer, Kameras und waren so groß wie Schäferhunde. Der Roboter, von den Konstrukteuren liebevoll *Aurobin*[1] getauft, war noch massiger und annähernd zwei Meter lang. Mit seinen zahlreichen Gliedmaßen, dem gedrungenen Körperbau und den borstig abstehenden Messsonden erinnerte er frappant an eine Tarantel. In seinem Inneren arbeitete ein Quantencomputer, einer der ersten weltweit. Angetrieben wurde die Maschine von Solarpanelen und neuartigen, langlebigen Brennstoffzellen, wodurch das Gerät de facto energieautark lief. Wie mir der leitende Wissenschaftler stolz erklärte, war die Energieversorgung des Roboters darauf ausgerichtet, das System zehn Jahre lang mit Strom zu versorgen.

Als die Geräte und Maschinen fertig eingerichtet waren, ging es an die Einsatzbesprechung. Raul postierte sich vor den lodernden Flammen des Feuers, sodass ihn die einbrechende Nacht in einen dunklen, bedrohlich aufragenden Schatten verwandelte.

»Offiziell steht das Gebäude leer«, sagte Raul. »Die Satellitenbilder zeigen aber deutliche Wärmesignaturen.

---

1 Autonomes Roboter-Individuum

Wir gehen derzeit von etwa zehn Personen aus. Der Einsatz wird in vier Wellen ablaufen. Mit der Morgendämmerung werden sich meine Männer in Schussweite um die Burg postieren. Sofern alles ruhig ist, starten Aurobin und die Drohnen zu einer Aufklärungsmission. Abhängig von den gewonnenen Erkenntnissen wird entweder eine Einheit in die Burg vordringen oder wir warten ab und halten Rücksprache mit der Zentrale. Erst wenn das Gebäude gesichert ist, kommen die Wissenschaftler unter Begleitschutz nach.«

»Na toll«, brummte Henry. »Ein paar unerklärliche Energieimpulse und alle rechnen mit einer Alieninvasion. Wenn die Marines vorgehen, bleibt von der Strahlungsquelle nur zertrampelter Boden.«

»Irgendwelche Einwände?«, fragte Raul scharf.

»Jaa«, meinte Henry gedehnt. »Ich möchte von Anfang an dabei sein.«

»Nein. Der Befehl lautet, dass eurem Schutz höchste Priorität beizumessen ist. Ihr folgt, wenn keine Gefahr droht.«

»Dämliche Hosenscheißer«, grummelte Henry und warf mir einen genervten Blick zu. Ich nickte bestätigend. Für mich stellte dies alles schließlich kein Problem dar.

»Wir wissen nicht, was uns im Inneren der Burg erwartet«, fügte Raul mit dramatischer Stimme hinzu. »Aber wir müssen auf alles vorbereitet sein. Sollte es feindliche Aktivität geben, haben meine Männer Feuererlaubnis. Ein weiterer Grund, weshalb ich keine Zivilisten dabeihaben will.«

Dieser Plan gefiel mir nicht. Falls einer der Vampire hungrig war, würde er sich auf den erstbesten Soldaten stürzen – und ein Blutbad wäre auf beiden Seiten unvermeidlich. Andererseits sollte ich mich ja nicht um die Menschen oder Vampire kümmern, sondern die neuartigen Maschinen in Augenschein nehmen. Was lag daher näher, als sie bei ihrer Aufklärungsmission zu begleiten?

Gesagt, getan. Mit dem ersten Dämmerlicht des anbrechenden Morgens bezogen die Soldaten ihre Positionen rund um die Burg. Da alles ruhig blieb, wurden die Maschinen aktiviert. Von je einem Operator gesteuert, erhoben sich die Drohnen nahezu geräuschlos in die Luft und flogen im Schutz der Baumwipfel auf die äußere Burgmauer zu. Der Roboter folgte auf seinen acht Spinnenbeinen; auch dies kaum lauter, als ein trabendes Pferd. Ich hüllte mich in ein Tarnfeld und folgte Aurobin zu Fuß.

Wir erreichten die Außenmauer und wandten uns dem offen stehenden Burgtor zu. Der Vorhof war verlassen und mit Unrat gefüllt. Aurobin stolzierte über die Hindernisse, als befände er sich auf ebenem Boden. Ich empfand ein gewisses Maß an Unwohlsein, als ich erkannte, wie weit fortgeschritten die technischen Fähigkeiten der Sterblichen waren.

Ein mentaler Blick in das Innere der Burg zeigte mir, dass die Vampire unser Eindringen noch nicht bemerkt hatten. Je länger es so blieb, desto eher konnte ich meinen Plan in die Tat umsetzen. Dieser sah vor, beim Zusammentreffen mit meinen niederen Verwandten die Kameras und Sensoren der Maschinen zu blockieren, den Vampiren die Leviten zu lesen und sie davonzujagen, bevor es zu einem Gemetzel zwischen Menschen und Blutsaugern kommen konnte.

Wir gelangten an ein Holztor. Aurobin hob zwei seiner Metallbeine und drückte gegen das Türblatt, das knirschend aufschwang. Unterdessen flogen die beiden Drohnen über die Mauerzinnen und näherten sich dem Innenhof. Hier flanierten gerade zwei Vampire im trüben Licht der Dämmerung, weshalb ich einen elektromagnetischen Impuls aussandte, der die Sensoren und Kameras der Fluggeräte durch Störsignale ersetzte. Aurobin und ich betraten einen hohen Gang, der auf den freien Platz in der Mitte der Burg führte. Ein gedämpfter Aufschrei zeigte mir, dass die beiden Vampire die Drohnen entdeckt hatten.

Unvermittelt fühlte ich es. Was ich bisher für atmosphärische Interferenzen gehalten hatte, war mentale Kommunikation – eine Kommunikation, nicht etwa zwischen den Vampiren vor uns, sondern zwischen Aurobin und den Drohnen![1]

Keine ... Menschen, vernahm ich Aurobins Gedanken. *Anders*.

Meine Zehennägel verdrehten sich wie Schneckenhäuser. Zwischen Vampiren und Sterblichen gab es keine offensichtlichen körperlichen Unterschiede. Die große Abweichung bestand in den verschiedenartigen Auren.

---

[1] Zur Verdeutlichung: Sämtliche Lebensformen können sich verständigen. Während Tiere und Menschen in erster Linie über Lautäußerungen, Mimik und Gestik kommunizieren, sind Pflanzen auf den olfaktorischen oder chemischen Austausch angewiesen, besitzen aber auch eingeschränkte telepathische Fähigkeiten. Wir übersinnlichen Wesen interagieren auf jede mögliche Weise, mit einem Schwerpunkt auf gedanklicher Kommunikation. Dass ich eine solch mentale Verständigung, mochte sie auch noch so primitiv sein, zwischen von Menschenhand geschaffenen Maschinen feststellen konnte, war ... ungeheuerlich.

Doch um dieses Anderssein auszumachen, benötigte es mehr als Sensoren und Kameras. Die Grundvoraussetzungen waren Lebendigkeit, Bewusstsein und ein sechster Sinn.

Näher, konnte ich eine weitere mentale Stimme vernehmen. Es musste sich um eine der beiden Drohnen handeln.

Inzwischen hatten Aurobin und ich das Ende des Ganges erreicht. Vor uns öffnete sich der Tunnel zu einem unbefestigten Innenhof, in dem eine mächtige Eiche wuchs und fast die gesamte Fläche mit ihren ausladenden Ästen beschattete. Dort, wo noch etwas dunkelblauer Morgenhimmel zu erkennen war, surrte die Drohne heran und näherte sich den beiden Blutsaugern, die furchtsam zurückwichen.

Am anderen Ende des Hofes flog eine Tür auf und acht, neun weitere Unsterbliche stürmten nach draußen. Ich erkannte, dass sich unter ihnen ein älterer Vampir mit dem Körperbau eines Bodybuilders befand, möglicherweise der Anführer. Dieser zögerte nicht und schleuderte dem nachtfarbenen Fluggerät eine Verwerfung entgegen.

Die Drohne taumelte. Sie geriet in Schräglage, Rauch drang aus ihrem Rumpf, dann verlor sie an Höhe und krachte auf den Schotterboden. Der Anführer der Vampire ging in die Hocke und hob das Fluggerät vom Boden.

»Was bist du für ein Ding?«, knurrte er und wand die Drohne in seinen Händen. »Mal sehen, wie es in deinem Inneren aussieht.«

Damit schickte er sich an, das Fluggerät mit roher Gewalt in seine Einzelteile zu zerlegen.

Hilfe!, drang es in meinen Geist.

Konnte das die gefangene Drohne sein?

Ich komme, erwiderte Aurobin und setzte sich in Bewegung.

Es war unmöglich. Und dennoch: Aurobins Entscheidung war von dem Roboter selbst getroffen worden, das konnte ich so deutlich spüren, als wären es meine eigenen Gedanken. Es waren nicht die Menschen gewesen, die in einigen hundert Metern Entfernung vor der Steuerkonsole saßen, und die durch die gestörte Signalübertragung nichts von dem Drama hier mitbekamen. Die Maschine setzte sich in Bewegung, *weil sie es so wollte!*

Aurobin verließ den Gang und stapfte über den Hof. Auch diesmal war es der Muskelprotz-Vampir, der zur Tat schritt. Ein telekinetischer Stoß fegte den Spinnenroboter von seinen acht Beinen und er fiel auf den Rücken. Sogleich verrenkten sich seine Gliedmaßen in dem Bemühen, seinen Körper umzudrehen. Es wäre ihm auch gelungen, wenn nicht der Obervampir einen kürbisgroßen Felsen aus dem Gemäuer gerissen und auf Aurobins zuckenden Körper geworfen hätte.

Ein Gefühl von Schmerz berührte meine Empfindungen. Es gab keinen Zweifel, wessen Gedanken dies waren. Aber wie konnte ein Roboter, der weder Nerven noch eigentliche Wahrnehmung besaß, Schmerzen empfinden?

Obgleich ich keinen Grund hatte, mich auf die Seite der Maschinen zu stellen, wurde ich von dem Bedürfnis erfasst, ihnen beizustehen. Ich entfernte das Tarnfeld um meinen Körper und ließ meine Aura hell aufleuchten.

»Halt!«, donnerte ich. »Rührt die Maschinen nicht an!«

Die Vampire schraken auf. Der Anführer ließ die Drohne fallen und eine steile Falte erschien auf seiner Stirn. Er wirkte weder überrascht noch beunruhigt.

»Sieh an«, sagte er gedehnt. »Noch ein ungebetener Gast. Zieh Leine und such dir eine andere Clique!«

Jetzt war es an mir, verwirrt zu sein. Erkannte dieses minderbelichtete Geschöpf nicht, wen es vor sich sah? Meine Aura erstrahlte wie ein Feuerwerk. Seltsamerweise wirkten die Unsterblichen völlig unbeeindruckt.

»Los, hau ab! Sonst reiß ich dich persönlich in Stücke!«

Ich rührte mich nicht von der Stelle. Eine solche Ignoranz war schlichtweg …

Ohne weitere Vorwarnung schleuderte mir der Vampir eine telekinetische Lanze entgegen. Sie zerplatzte wirkungslos an meinem Schutzschild. Der Anführer blinzelte, doch er erfasste nicht den Ernst der Lage.

»Tötet ihn«, sagte er an seine Begleiter gewandt.

Das war zu viel. Eine solche Unverschämtheit konnte ich nicht dulden. Ich manifestierte zwei telekinetische Klingen und fegte auf die Vampire zu. Die Halbmenschen waren viel zu verblüfft, um meinen Angriff abzuwehren. Elf wohlgezielte Hiebe und ebenso viele Köpfe kollerten über den Schotterboden. Nur den Anführer verschonte ich. Der stand da, als hätte er sich in eine Statue verwandelt.

»Du armseliger Tor!«, fuhr ich ihn an. »Hast du wirklich geglaubt, mich herausfordern zu können? Ich bin Raphael, ein oberster Wächter!«

»Wächter?« Die Kinnlade des Vampirs klappte nach unten. »Was für Wächter?«

Meine Vermutung wurde zur Gewissheit: Weder hatten mich die Vampire erkannt, noch wussten sie, dass wir Erzvampire existierten. Mir dämmerte, dass ich kein einziges Mal mentalen Kontakt zwischen den Vampiren vernommen hatte. Vielleicht wussten sie gar nicht, wie das funktionierte.

Ich schwang meine Schwerter und der Körper des letzten Vampirs klappte zusammen wie ein Schweizer Taschenmesser. Momentan hatte ich keinen Sinn für Barmherzigkeit. Ich war erschüttert. Zu viele Neuigkeiten, zu viel Unglaubliches.

Aus der Ferne drangen Hilferufe an mein Ohr; menschliche Hilferufe.

Ich wandte mich um, hob beim Vorbeigehen den Felsen von Aurobins Körper und sprintete zum Eingang der Burg. Von mir unbemerkt, hatten sich drei Vampire abgesetzt, den Ring aus Soldaten durchbrochen und waren im Wald auf die Gruppe Wissenschaftler gestoßen.

Lerne, die Menschen zu lieben, drangen Hunabkas Worte in meinen Geist.

Nun, *Liebe* war definitiv übertrieben, aber durch die vergangenen Tage hatte ich zu den Menschen eine engere Beziehung aufgebaut, als zu diesen Blutsaugern, bei deren Entstehung ganz offensichtlich einiges schiefgelaufen war.

Ich erneuerte mein Tarnfeld, brauste in geringer Höhe über den Waldboden und war nach wenigen Sekunden am Ort des Geschehens. Glücklicherweise hatten die Vampire noch keinen der Wissenschaftler getötet. Bislang hatten sie sich damit begnügt, die Sterblichen durch den Blick gefügig zu machen. Wie ein Haufen hirnloser Zombies standen die Menschen nach vorn gebeugt und ließen die Arme herabhängen. Ihre Gesichter schienen aus Wachs geformt. Mit einer Ausnahme: Henry.

Auf dem Antlitz des Molekularbiologen zuckten ein paar Nerven, seine Lippen waren zusammengepresst, die Augenlider flatterten. Henry versuchte dem Blick Widerstand zu leisten. Offenbar besaß er einen ungewöhnlich starken Willen.

»Auf die Knie!«, kreischte einer der Vampire. Die Forscher folgten dem Befehl – bis auf Henry, der zwar schlotterte wie Espenlaub, aber aufrecht stehenblieb.

Der Vampir trat näher und verzog hämisch die Lippen. Ich erkannte, dass sich auf der Stirn des Blutsaugers Schweißperlen gebildet hatten. Die Anwendung des Blicks war beinahe mehr, als seine energetischen Reserven zuließen.

»Du wirst schon noch tun, was ich dir sage«, flüsterte der Vampir, das Gesicht nur noch wenige Zentimeter von Henrys Nase entfernt. »Du wirst im Staub kriechen und mich um Gnade …«

Der Unsterbliche verdrehte die Augen, stolperte einen Schritt rückwärts und brach lautlos zusammen.

Ich hob die Augenbrauen. Mir war nicht bekannt, dass die Anwendung des Blicks eine solche Reaktion hervorrufen konnte.

Der zweite Vampir wirbelte herum, schrie auf, hechtete auf Henry zu und packte ihn an der Gurgel. »Was hast du mit …?!«

Der Halbmensch riss die Augen auf. Er schnüffelte prüfend, verlor das Gleichgewicht und fiel neben seinem Kollegen ins Gras. Mühsam kam er wieder hoch, weißlicher Sabber rann aus seinem Mundwinkel.

»Knoblauch«, gurgelte er. »Ihr Schweine habt Knoblauch gegessen!«

Ich hatte bislang nicht eingegriffen, da ich einerseits wusste, den Vampiren jederzeit zuvorkommen zu können und andererseits das Gefühl verspürte, dass der heutige Topf an Überraschungen noch nicht gefüllt war. Als ich nun erfuhr, welche Wirkung völlig harmloser Knoblauch auf die Blutsauger hatte, empfand ich … nichts. Was hier vor sich ging, entbehrte jeder Logik. Ich hatte das Gefühl, im falschen Film gelandet zu sein.

Eine Gestalt erschien zwischen den nahen Baumstämmen. Sie war menschlich, besaß einen Schnurrbart und trug eine Baskenmütze am Kopf. In den Händen hielt Jacques etwas, das ich erst auf den zweiten Blick als Taschenlampe identifizierte: ein langes, breit auslaufendes Gerät, das schon viel eher als Scheinwerfer durchging.

»Vampir!«, brüllte Jacques auf Französisch. »Spüre die Macht der Sonne!«

Jacques aktivierte den Scheinwerfer. Der Vampir wurde vom Lichtkegel erfasst. Er riss die Augen auf, öffnete den Mund für einen spitzen Schrei. Innerhalb eines Lidschlags überzog sich seine Haut mit aufplatzenden Brandwunden. Einen Moment später ging er unter wildem Gejohle in Flammen auf und verbrannte zu einem rauchenden Haufen Asche.

Ich stand da und wusste nicht, was ich denken sollte. Der falsche Film. Definitiv.

Ein weiterer Vampir wurde vom Tageslichtscheinwerfer erfasst, brüllte wie am Spieß, fing Feuer und zerfiel zu Staub. Ich zuckte zusammen, als der Lichtstrahl auch über meinen Oberarm wanderte. Aber natürlich geschah nichts. Weder schlug meine Haut Blasen, noch verwandelte ich mich in einen lebendigen Feuerball. Nur die anderen Vampire waren betroffen.

Die Jungen, wie mir schlagartig bewusst wurde. *Diejenigen, die durch Bisse verwandelt wurden!*

Ein Frösteln erfasste mich, als ich verstand, was das bedeutete: Unsere Spezies war verwundbar geworden; verwundbar auf eine Weise, die uns Älteste überhaupt erst entstehen ließ. Das Sonnenlicht hatte uns hervorgebracht, das Sonnenlicht war immer unser Verbündeter gewesen. Es war … unfassbar.

Ich registrierte, wie Jacques auch den dritten Unsterblichen in ein Häufchen Asche verwandelte. Unser Koch, ein Vampirkiller? Ich inspizierte seinen Geist. Aber dort fanden sich keine Auffälligkeiten, bloß unendliche Erleichterung.

Jacques ließ den Scheinwerfer fallen, erzitterte und musste sich an einem Baumstamm abstützen. Nein, der Franzose hatte spontan gehandelt.

Allmählich erholten sich die Wissenschaftler vom Einfluss des Blicks. Einige wirkten orientierungslos und ohne Erinnerung, aber die meisten waren gerade dabei, die Erlebnisse der vergangenen Minuten zu rekapitulieren. Ich beschloss, dass meine Aufgabe erfüllt war und zog mich in den Wald zurück. Meine Gedanken rasten umher wie eine Stampede. Ich musste umgehend mit Michaela sprechen. Und mit Luzifer. Nein, mit allen!

Ein feiner Gedankenfinger klopfte an meinen Geist.

Du geholfen. Danke.

Es war Aurobin. Auch das noch.

Ähm … Gern geschehen.

Du Freund Yeti?

Irritiert blickte ich zur Lichtung vor der Burg zurück, auf der die Maschine in Spinnengestalt sittsam und regungslos dastand, als wäre sie nichts weiter als ... nun ja, eine Maschine.

Was ist mit Yeti?

Yeti – dein Freund?

Meine Gedanken wirbelten durcheinander. Ich erinnerte mich an den behaarten Waldtroll, dem ich in den Weiten Kanadas begegnet war und dem ich geholfen hatte, Eisspiegel herzustellen. Wir hatten uns in den letzten Jahrzehnten immer wieder getroffen, waren Schneegeistern hinterher gejagt und hatten zusammen trollische Trinklieder gegrölt.

Könnte man so sagen, erwiderte ich. *Wieso?*

Wolfsmenschen gefangen.

Yeti hat Wolfsmenschen gefangen?

Nein. Wolfsmenschen ihn.

Woher weißt du das?

Die Stimme sagt es uns.

Ein kühles Kribbeln im Nacken. Verdammt noch mal! Jahrelang passierte überhaupt nichts Dramatisches auf der Welt und dann, gerade als ich meine Traumfrau kennengelernt hatte, kippten die Naturgesetze, war nichts mehr wie zuvor.

Wo ist Yeti?

Ein Bild blitzte vor meinem inneren Auge auf. Sanfte Hügelketten, ein tief eingeschnittener Flusslauf, rostrote Eichenwälder – Quebec, Kanada.

Danke, ich werde ihn finden.

Wir danken, kam als Antwort. *Wir stehen in deiner Schuld, Wächter Raphael.*

Grundsätzlich hatte ich nichts dagegen, wenn mir jemand einen Gefallen schuldete. Nur dies aus dem Mund[1] einer Menschenmaschine zu vernehmen, von der ich nicht einmal sagen konnte, ob sie ein Bewusstsein besaß und als Lebewesen durchging, wollte mir keine rechte Freude bereiten. Hoffentlich würde es nie notwendig sein, diesen Gefallen einzufordern.

Ich hielt mich nicht lange mit Abschiedsfloskeln auf und erhob mich in die Lüfte. Sobald ich Yeti aus seinem Schlamassel befreit hatte, würde ich persönlich bei Michaela vorbeisehen und ihr die Tatsachen auf den Tisch knallen: Der Zeitenwandel hatte längst begonnen; und seine Auswirkungen würden dramatischer ausfallen, als wir es uns jemals erträumt hätten.

---

1 Pardon, dem Geist natürlich.

(19)
Alte Bekannte

Während ich über den Nordatlantik Richtung Kanada brauste, fiel es mir immer schwerer, meine Gedanken unter Kontrolle zu halten. Sie wollten ausflippen, mich mit wirren Ideen, verrückten Hypothesen und apokalyptischen Szenarien überschütten. Glücklicherweise fand ich einen Weg, der Panik zu entgehen: Natascha.

Bei den Erinnerungen an ihr Lächeln, ihr fröhliches Wesen und ihre liebliche Gestalt beruhigte sich mein Geist, mein Atem verlangsamte sich und die aufkeimende Unruhe verblasste. Die Gedanken an Natascha waren es, die mich auf den Boden der Tatsachen zurückholten. Eines nach dem anderen. Schritt für Schritt. Im Moment verhaftet bleiben. Noch war die Welt nicht untergegangen, noch existierten alle Möglichkeiten, noch konnten Natascha und ich viele glückliche Jahre miteinander verbringen. Also zuerst einem gewissen Troll aus der Patsche helfen – und dann die Welt retten. Guter Plan!

Die Werwölfe hielten Yeti in einer Felsenhöhle oberhalb eines Flusses gefangen. Da ich kein Risiko eingehen und die Angelegenheit so rasch als möglich über die Bühne bringen wollte, hüllte ich mich in ein Tarnfeld und beschwor einen multispektralen Schild.

Als ich ins Innere des Berges hinabstieg, hörte ich Metall klirren. Irgendetwas zerbrach scheppernd, raues Gelächter drang mir entgegen. Vor mir öffnete sich der Gang zu einer geräumigen Höhle. Sieben junge Werwölfe, allesamt in Menschengestalt, waren hier versammelt. Sie trugen Jeans, hatten ihre muskulösen Oberkörper entblößt und hielten Gläser mit einer verdächtig rot schimmernden Flüssigkeit in Händen.[1] In einer Ecke der Höhle stand ein Käfig aus zentimeterdicken Eisenstäben. Im Inneren hockte eine große, zottige Gestalt: Yeti. Sein Fell war diesmal braun, aber die Ausstrahlung und Gestalt waren eindeutig.

Einer der Halbmenschen hielt etwas in Händen, das mich an einen Handspiegel erinnerte; Yetis Handspiegel. Der Werwolf ließ das eingefasste Glas lässig an einem Band um seinen Finger kreisen.

»Los jetzt«, rief er gehässig. »Sonst lasse ich ihn fallen!«

»Nein!«, kreischte Yeti, raufte sich die Haare – und dann tat er etwas, das einfach nur lächerlich aussah.

Der Troll erhob sich, sprang von einem Bein auf das andere und schlug die Hände zusammen. Er vollführte eine Pirouette, hielt die Arme wie eine Eiskunstläuferin über den Kopf, öffnete den Mund und sang: »Es tanzt

---

[1] Diese Szenerie erinnerte mich an das alte Rom: Azrael und ich hatten uns als grausame Gladiatoren einen Namen gemacht, da wir das Blut unserer gefallenen Gegner in einem Becher auffingen und tranken. Dies ging solange gut, bis Michaela davon erfuhr und uns in der Arena gegenübertrat. Freilich verloren wir diesen Kampf und mussten unserer großen Schwester vor zehntausend sterblichen Zusehern die Füße küssen. Danach war mir die Lust auf körperliche Auseinandersetzungen gründlich vergangen.

ein Bi-Ba-Butzetroll in eurem Käfig rum. Er schüttelt sich, er rüttelt sich, er wirft die Füße hinter sich – es tanzt ein …«

Die Werwölfe amüsierte Yetis Verhalten königlich. Sie brüllten vor Lachen, gackerten und klatschten begeistert in die Hände.

»Das wird dir eine Lehre sein, einen Werwolf zu erschrecken«, schnaufte der Anführer.

»Ich … Ich wollte doch nur überraschen.«

So war das also. Yeti hatte den Fehler begangen, die falschen Leute zu erschrecken. Armer Kerl. Ich beschloss nicht länger zu warten, trat in die Höhle und entfernte mein Tarnfeld.

»Her mit dem Spiegel! Und lasst den Troll gehen.«

Die Werwölfe starrten mich an, als wäre ich ein Gespenst.

»Wer bist du?«, fragte einer der Halbmenschen.

»Zieh Leine«, meinte ein anderer. »Sonst reißen wir dich in Fetzen, *Blutsauger!*«

Ich gebe zu, mein Geduldsfaden war durch die Ereignisse der vergangenen Stunden deutlich verkürzt. Dass die Werwölfe, wie zuletzt die Vampire, meine wahre Natur nicht erkannten und mich für einen harmlosen Jungvampir hielten, machte die Sache nicht besser.

Die gesamte Höhle erzitterte, als ich mit Götterstimme fortfuhr: »TUT, WAS ICH EUCH BEFEHLE!«

»Du kannst uns gar nichts!«, brüllte jener Werwolf, der Yetis Spiegel in Händen hielt. Er holte aus und ehe ich begriff, was er vorhatte, schmetterte er das Glas auf den Höhlenboden. Der Spiegel zersprang in tausend Scherben, funkelnde Kristalle schwirrten durch den Raum. Ein mentales Seufzen, und ein heller Schemen erhob sich aus den Überresten des Spiegels, wurde fasrig, durchsichtig und löste sich auf.

»Packt ihn!«, kreischte der Werwolf, der Yetis Spiegel zerstört hatte, und deutete auf mich.

Es war wie eine düstere Ahnung. Ich riss die Arme empor und ein Teil der Höhlendecke stürzte krachend zu Boden. Sekundenlang war die Luft von feinem Staub geschwängert. Doch dann brach das helle Sonnenlicht durch den Dunst und erfüllte die Grotte mit ihrem milden Schein. Mild für mich und Yeti, nicht für die Werwölfe.

Sie heulten und winselten, als ihre Haut Blasen schlug, Flammen aus ihren Rümpfen fuhren und ihre Körper zu dampfenden Aschehaufen verbrannten. Wie für die Vampire in Transsilvanien, war auch für die jungen Werwölfe Sonnenlicht zur tödlichen Bedrohung geworden.

Ich schüttelte hilflos den Kopf. Bloß nicht zu lange darüber nachdenken. Ein Schritt nach dem anderen. Zuerst Yeti befreien.

Ich bog die Gitterstäbe des Käfigs auseinander, bis sich der Troll dazwischen hindurchzwängen konnte. Er zitterte und sein Blick war auf den Höhlenboden gerichtet. Ich erkannte erst, weshalb Yeti so verstört war, als er sich bückte und ein paar Scherben des Spiegels aufhob.

»Jo …«, murmelte Yeti. Blaue Tränen perlten aus seinen Augenwinkeln und verfingen sich in der zottigen Mähne seines Gesichts. »Sie haben Jo getötet.«

»Das wird schon wieder«, versuchte ich den Troll zu beruhigen. »Ich klebe ihn zusammen. Dann ist Jo in null Komma nichts wieder an deiner Seite.«

Yeti warf mir einen hilflosen Blick zu. »Nein, das geht nicht. Seine Seele wurde geraubt. Er lässt sich nicht zurückholen.«

Der Troll legte mir eine seiner massigen Pranken auf die Schulter. »Aber danke für deine Hilfe, Raphael. Es ist gut zu wissen, dass ihr Wächter nett und hilfsbereit seid. Es war mir eine Freude, dich kennengelernt zu haben.«

Yeti wandte sich ab und schlurfte aus dem Höhleneingang ins Freie. Ich wusste, was jetzt geschehen würde, noch bevor ich die ersten zarten Triebe aus Yetis Hinterkopf sprießen sah. Der Troll wurde langsamer, Wurzeln brachen aus seinen Zehen, suchten sich Halt in der Erdschicht vor der Höhle. Yeti reckte die Arme empor. Olivgrüne Ranken schnellten aus seinen Fingern und strebten dem Himmel zu. Das braune Fell verschwand, stattdessen erschien dunkle, rissige Borke, die schon bald Yetis gesamten Körper überzog. Augenblicke später, und der Waldtroll war zu einer knorrigen Eiche geworden.

Ich stand da – und weinte. Ich ließ meinem Kummer freien Lauf, realisierte meine Unsicherheit und all meine Sorgen. Still, beinahe andächtig stand ich vor dem Eingang der Höhle, mit dem Rücken an die mächtige Eiche gelehnt. Es war seltsam, sich auf diese Weise menschlichen Gefühlsregungen hinzugeben. Aber angenehm.

Mit den Tränen fielen auch Traurigkeit und Verwirrung von mir ab. Ich straffte meinen Körper, ballte die Hände zu Fäusten. Es wurde Zeit, dass meine Geschwister von den dramatischen Ereignissen erfuhren.

Zuerst versuchte ich Michaela zu erreichen. Es gelang mir nicht. Merkwürdige Störsignale behinderten die Kontaktaufnahme. Sie erinnerten mich an einen Chor betrunkener Feen. Als Nächstes suchte ich Luzifers

Geist. Ebenfalls ohne Erfolg. Bei meinen übrigen Geschwistern erging es mir ähnlich, nur Azrael schien überhaupt nicht existent zu sein. Ich vermutete, dass er seinen Geist mit einem mentalen Absorptionsband verschlossen hatte.

Beunruhigt kontrollierte ich das geschwisterliche Netzwerk, doch hier war alles in Ordnung. Allerdings konnte ich meine Schwestern und Brüder nicht orten. Es gab nur einen einzigen unter ihnen, den ich mit hoher Wahrscheinlichkeit an einem bestimmten Ort antreffen würde: Luzifer.

Ich gelangte an das Hauptportal zur Unterwelt, das ich zuletzt anlässlich von Luzifers Hochzeit durchschritten hatte. Gewöhnlich tummelten sich hier stets irgendwelche Wesen, zu jeder Tages- und Nachtzeit. Doch jetzt war kein Geschöpf zu sehen, nicht eine einzige Aura zeigte sich in meinem Blickfeld. Das Tor der Unterwelt stand sperrangelweit offen; und weit und breit keine Spur von Cerberus.

»Cerb?«, rief ich in die Dunkelheit jenseits des mächtigen Flügeltors. »Ich bin's, Raphael.«

Stille.

Ich fasste mir ein Herz und schritt in die Finsternis. Ein paar Jagdlichter wiesen mir den Weg. Immer wieder rief ich nach Cerberus, ohne Erfolg. Überhaupt sah es so aus, als wäre dieser Teil der Unterwelt verlassen. Ich hätte zumindest auf ein paar Höllenharpyien, niedere Dämonen oder Grottenwürmer treffen müssen.

Ich passierte gerade den Schwarzen See, als ich einen leisen Widerhall vernahm; falsch, ein Winseln. Ich folgte den Lauten und gelangte in eine Grotte, deren Wände von grünblauen Moospolstern überzogen waren. In der

Mitte des Raums lag der zusammengerollte Körper eines alten Bekannten.

Cerberus sah erschreckend aus. Von seinem schwarz glänzenden Fell war nicht viel geblieben. Beinahe unbehaart, wie er war, erinnerte er mich an einen Nackthund der Menschen – bloß in der Größenordnung eines mehrstöckigen Gebäudes.

Cerberus kauerte am Boden, die Augen seiner drei Köpfe waren blutunterlaufen. Schorf und eitrige Pustel bedeckten sein Gesicht und zogen sich in hellen Striemen über seinen Rücken. Cerberus' Brust hob und senkte sich unregelmäßig, ein krankhaftes Rasseln drang aus seinen Lungen. Es war einer der bemitleidenswertesten Anblicke, die ich jemals ertragen musste.

»Ich halt's nicht mehr aus«, wimmerte Cerberus und scharrte mit seinen Krallen über das Felsgestein, sodass gelbe Funken blitzten. »Ich kann nicht mehr, Raphael.«

»Himmel!«, entfuhr es mir. »Was ist passiert?«

»Es sind diese Lichtwesen«, flennte Cerberus, hob seinen kahlen Schwanz und ließ ihn kraftlos wieder fallen. »Es kommen immer mehr Besucher für Luzifers Frau. Wenn sie sich nur in den Höhlen aufhalten, wird der Juckreiz unerträglich. Zudem der Haarausfall. Dann die Kraftlosigkeit. Früher habe ich alles essen können und jetzt … kommt mir bei den meisten Dingen die Galle hoch.«

Cerberus schüttelte zwei seiner drei Köpfe und stieß ein kehliges Knurren aus.

»Bitte«, flehte er. »Kannst du die Lichtwesen nicht verjagen? Oder töten? Wenn ich könnte, würde ich sie selbst fressen, nur …«

»Nicht so laut«, ermahnte ich den Torwächter. »Luzifer wäre verärgert, wenn er das hört.«

»Pah!«, brüllte Cerberus. »Seit Monaten hat sich Luzifer nicht mehr zu mir herabbemüht. Immer nur Yvaine, Yvaine, Yvaine. Es ist zum Kotzen!«

Auch wenn es nicht ratsam war, meinen Freund darauf anzusprechen, tat ich es trotzdem: »Weißt du, wo ich Luzifer finden kann? Es ist wichtig.«

Cerberus warf mir einen – oder besser gesagt drei – zornige Blicke zu.

»Er ist mit Sicherheit irgendwo in seinen Gemächern. Zusammen mit *ihr*. Einfach dem lauten Stöhnen folgen.«

»Danke«, entgegnete ich; und dann, etwas zurückhaltender: »Magst du mitkommen? Wenn du Luzifer direkt auf dein Problem ansprichst, findet sich vielleicht …«

»Nein«, sagte Cerberus entschieden und seine verbliebenen Nackenhaare sträubten sich. »Auf gar keinen Fall. Aber du kannst ihm ausrichten, dass er seinen Vampirarsch gefälligst zu mir runterschieben soll, sonst bleibt sein verdammtes Höllentor bis auf Weiteres unbewacht!«

Ich nickte schweigend. Das sah nach ziemlich festgefahrenen Fronten aus. Ich verabschiedete mich von Cerberus und betrat die großen Hallen der Unteren Welt. Auch hier war erstaunlich wenig los. Die Geschöpfe, auf die ich traf, wirkten nervös und gestresst. Entweder hatte Yvaines Anwesenheit auch Auswirkungen auf andere Bewohner der Unterwelt oder es war etwas im Gange, das ich mir nicht einmal vorzustellen wagte.

Ich betrat Luzifers Gemächer. Sogleich vernahm ich einschlägige Geräusche, lautes Stöhnen und Seufzen. Wie es schien, war die Beziehung zwischen Luzifer und

Yvaine in bester Ordnung. Ich folgte den Lauten tiefer in die Räumlichkeiten hinein. Die Angelegenheit war dringend, da würde es mir Luzifer schon verzeihen, wenn ich das Liebesspiel unterbrach.

Als ich mentalen Kontakt zu ihm aufnehmen wollte, erkannte ich, dass selbst hier in der Unterwelt die Verständigung durch einen hohen, verwirrenden Singsang behindert wurde. Luzifer reagierte auch nicht auf meine Versuche, in seinen Geist einzudringen, das Stöhnen wurde sogar noch lauter.

Was an diesem Stöhnen nicht stimmte, realisierte ich erst, als ich kurzerhand die letzte Tür aufstieß und in einen dunklen, unmöblierten und kaum mannshohen Raum trat.

Am Boden kauerte Luzifer. Er war allein, nur mit einem Lendenschurz bekleidet, hatte das Gesicht wie ein Gefangener auf die Knie gebettet. Luzifer weinte.

»Yvaine!«, heulte er und dicke rote Tränen rannen seine Wangen hinab. »Sie hat mich verlassen!«

Ich stand da und wusste nicht, was ich sagen sollte. Noch nie hatte ich meinen lebenslustigen Bruder in einer solchen Gemütsverfassung erlebt. Ebenso wenig war mir bekannt, dass sich eine von Luzifers Ehefrauen jemals freiwillig von meinem Bruder getrennt hätte.

»Sie hat gemeint, ich habe zu wenig Zeit für sie. Bin nicht spontan genug. Kein Pfeffer mehr, verstehst du? Sie hat gesagt, ich kann ihre sexuellen Wünsche nicht erfüllen!«

»Unmöglich«, meinte ich, und das war mein voller Ernst. »Das kann nur ein Scherz gewesen sein.«

»Nein.« Luzifer schüttelte heftig den Kopf, sodass rote Tropfen nach allen Seiten flogen. »Habe ich zuerst auch geglaubt. Aber am nächsten Tag war sie verschwunden. Sie ist gegangen. Einfach so. Ohne Abschied. Vor genau einundzwanzig Tagen, siebzehn Stunden und …«

Luzifer fing wieder an zu heulen, wimmerte wie ein Schlosshund.

Ich musste an Natascha denken. An ihre smaragdgrünen Augen, ihre vollen, weichen Lippen, ihre tiefen, gleichmäßigen Atemzüge. Mir wurde bewusst, dass mich eine Trennung von ihr ebenso hart treffen würde. Vielleicht sank ich in eine Depression, aus der ich keinen anderen Ausweg sah, als den Tod. So war es schon anderen Unsterblichen ergangen, unserer Schwester Samyaza genauso wie dem Elbenfürsten Romeo und …

Stopp! Ich durfte mich nicht ablenken lassen. *Eines nach dem anderen. Schritt für Schritt.*

»Bruder«, bemühte ich mich meine eigenen Gedanken zu ordnen. »Die Welt ist im Umbruch. Junge Vampire verbrennen in der Sonne und die Maschinen der Menschen haben ein Bewusstsein entwickelt. Wir müssen handeln!«

»Ist mir egal«, schniefte Luzifer und zog die Beine an seinen Körper. »Ohne Yvaine habe ich keinen Grund zu handeln. Ohne sie ist mein Leben nichts wert.«

Genug. Ein paar Augenblicke länger, und meine Gefühle würden mich überwältigen. Ich machte am Absatz kehrt und stürmte aus dem Raum. Zumindest ich musste etwas unternehmen und einen klaren Kopf behalten.

Ich marschierte – nein, rannte – zurück zum Eingang der Unterwelt. Das Gewicht von Milliarden Tonnen Gestein drückte auf mein Gemüt. Auf keinen Fall durfte ich zulassen, dass ich in dieselbe Stimmung verfiel, wie Luzifer. Nicht, solange ich keinen Kontakt zu Michaela hergestellt hatte.

Ich stürmte aus der Unterweltspforte und nahm den erstbesten Ausgang in die Menschenwelt. Sekunden später stand ich inmitten blubbernder Dampfblasen und fauchender Geysire. Es hatte mich in den Yellowstone-Nationalpark der USA verschlagen. Ich atmete tief durch und musste prompt husten, als die schwefelreiche Luft in meine Lungen drang.

Da spürte ich einen mentalen Hauch, der meinen Geist berührte. Es war eine Stimme, zweifellos. Wenn dieser verdammte Gesang nicht gewesen wäre, der jede mentale Verständigung zerriss, wie ein Windstoß eine Rauchwolke, dann ...

Hanschtdumishohrenraphael?

Michaela? Endlich! Ich dachte schon ...

Du musst sofort nach Südamerika kommen. Oberon ist verrückt geworden.

Es war äußerst mühsam, die Stimme meiner Schwester aus all den Störsignalen herauszufiltern.

Wie meinst du das?

Er ist es, der die mentale Kommunikation blockiert – nicht nur in der Oberen Welt, sondern überall. Außerdem hat er Fenris, Hel und Rhea gefangengenommen. Er will sie töten.

Wo?

Mittelamerika, Guatemala, Tikal.

Ich komme so schnell ich kann. Nur, Michaela ...

Ja?

Ich fürchte, Oberon ist nicht mal unser größtes Problem.

(20)
Die Weissagung der Feen

Auf meinem Weg quer über die USA Richtung Süden, versuchte ich Michaela meine Erlebnisse der vergangenen Stunden mitzuteilen. Es gelang mir mehr schlecht als recht. Die mentalen Störungen wurden zwar nicht stärker, aber es war mühsam, eine Botschaft durch diesen Wirrwarr grölender Feen zu schicken.

Das mit den Feen war übrigens keine Metapher: Wie Michaela berichtete, hatte Oberon Dutzende dieser Lichtwesen gefangen, sie mit Elbenbier und Wolkenschnaps betäubt und an einen unbekannten Ort gebracht. Die alkoholisierten Feen taten das, was sie unter Alkoholeinfluss immer taten: Sie sangen ohne Unterlass. Durch einen ausgeklügelten Mechanismus war es Oberon gelungen, die Mentalstränge sämtlicher Welten zu kanalisieren und mit den verstörenden Lauten der Feen zu verknüpfen. Das Ergebnis war eine weitgehende Unterbrechung aller geistigen Verbindungen.

Seltsamerweise reagierte Michaela gelassen auf meine Nachricht, dass Sonnenlicht für junge Vampire und Werwölfe eine tödliche Bedrohung geworden war. Vermutlich hatte sie bereits von anderer Seite davon erfahren. Aufmerksam wurde sie erst, als ich ihr meine Erlebnisse mit den Maschinen der Menschen schilderte.

Ein kollektives Bewusstsein, stellte sie fest. *Eine geistige Verbindung der höher entwickelten Menschentechnik. Aber weshalb ausgerechnet jetzt?*

Vielleicht wurde eine kritische Schwelle überschritten, mutmaßte ich. *Das Bewusstsein, oder wenigstens die mentale Kommunikationsfähigkeit, ist derzeit sehr eingeschränkt. Ich schätze, die Entwicklung ist noch nicht abgeschlossen.*

Ob es das ist, was Hunabka vorausgesehen hat? Aber welche Auswirkungen hat diese evolutionäre Tendenz auf Unsterbliche?

Jedenfalls, meinte ich, *haben wir bei den Maschinen einen Stein im Brett. Kann nicht schaden, oder?*

Michaela enthielt sich jeden Kommentars. Ihr mentales Seufzen entging mir aber nicht.

Kurz darauf landete ich in der einstigen Maya-Metropole Tikal, im heutigen Guatemala gelegen. Ich spürte, dass die Elemente in Aufruhr waren. Oberon hatte ein mächtiges Kraftfeld um eine der Tempelanlagen errichtet. Direkt davor wartete Michaela auf mich.

»Wir müssen uns beeilen«, sagte sie. »Die Blockade der mentalen Verständigung ist auf die Gefangennahme von Fenris abgestimmt. Ich konnte gerade noch Gladwin erreichen. Auch die Fürsten sind von Oberons Aktion überrascht worden. Sie können uns nicht helfen, da keine Teleportation aus der Oberwelt möglich ist.«

»Klingt nicht gut«, sagte ich. »Dann steht das Vorhaben des Elbenkönigs wohl kaum im Einklang mit den Bestimmungen des Rates.«

»Davon kannst du ausgehen«, knurrte Michaela und trat an das Kraftfeld heran.

Zwar hätten wir den Schild durchbrechen können, aber das wäre Oberon nicht entgangen. Stattdessen manifestierte Michaela fünf mannshohe Elementarringe, die sie übereinanderlegte und in das dichte Netz aus Potenziallinien schob. Eine Öffnung erschien, groß genug, dass wir bequem hindurchsteigen konnten.

Wir hüllten uns in Tarnfelder und eilten ins Innere des Tempels. Rauchschwaden waberten uns entgegen, es roch nach Weihrauch, duftenden Harzen und Drachenblut. Ich wusste, dass diese Mischung für Beschwörungen und Flüche verwendet wurde.

Wir näherten uns der zentralen Kammer und gingen hinter einem Felsblock in Deckung.

Der Raum war quadratisch und maß etwa zehn Meter im Durchmesser. Seine Wände neigten sich in Pyramidenform nach oben, bis sie in einer schmalen Öffnung endeten, durch die ein heller Sonnenstrahl hereinfiel. Oberon stand in einem Pentagramm, dessen Linien mit Blut gezogen waren. Auf einem steinernen Podest vor ihm lag ein aus Papyrus gefertigtes Buch, das ich als Scheinbibel identifizierte – von den Elben auch *Weltenbuch* genannt. Der hereinfallende Sonnenstrahl traf auf die vergilbten Seiten des Folianten und tauchte ihn in grelles Licht.

Vor dem Pentagramm und zwischen qualmenden Räucherschalen hockten die Gefangenen. Hel und Rhea waren in Lichtnetze gehüllt, Fenris wurde von einem multigravimetrischen Gewebe festgehalten. Es sah nicht danach aus, als wollte sich Oberon mit Fenris und seinen Gefährtinnen zu einem entspannten Picknick niederlassen.

»Ich frage mich, weshalb Oberon Hel und Rhea festhält«, flüsterte Michaela. »Bei Fenris kann ich es noch verstehen, er war den Elben schon immer ein Dorn im Auge. Aber seine beiden Frauen?«

»Ich weiß wieso«, sagte ich leichthin. »Hel und Rhea sind Oberons verschollene Töchter, Aislinn und Nimueh.«

»Was?« Michaela warf mir einen fassungslosen Blick zu. Sogar ihr Chakra vergaß für einen Augenblick das Glühen. Doch sie kam nicht dazu, mir weitere Fragen zu stellen, denn in diesem Moment war Oberons Stimme zu vernehmen.

»Bitte«, flehte der Elbenkönig und trat auf eine seiner Töchter zu. »Nimueh! Eine letztes Mal: Lass ab von der Dunkelheit. Willige ein, dass ich den Fluch löse. Die Weissagung der Feen darf sich nicht erfüllen!«

Rhea spuckte ihrem Vater ins Gesicht.

»Du bist ein Monster«, fauchte sie. »Nicht wir, du! Du hast Angst vor etwas, das niemals eintreffen wird. Willst uns töten, weil du glaubst, damit deine Unsterblichkeit zu retten. Aber dich kann niemand retten. Du bist schon verloren.«

Michaelas Gesichtszüge verzerrten sich. Noch nie hatte ich in ihren Augen eine solche Empörung gesehen. Meine Schwester schnellte hinter unserem Versteck hervor und trat auf Oberon und seine Gefangenen zu.

»Oberon!«, schrie sie. »Hör mit diesem Wahnsinn auf! Ich befehle es dir!«

In diesem Moment zweifelte ich etwas an Michaelas Vernunft und Voraussicht. Ich hätte einen Starrhammer oder zumindest einen telekinetischen Klammergriff eingesetzt und erst danach versucht, mit Oberon zu sprechen. Der war ganz offensichtlich völlig durch den Wind. Einen Befehl hätte er ohnehin nicht befolgt, egal von welcher Person er gekommen wäre. So wunderte es mich auch nicht, dass der Elbenkönig sofort zum Angriff überging. Energieblitze, Lichtnetze und telekinetische Gefälligkeiten prasselten auf Michaela nieder.

Sie sprang zurück und landete neben mir; gerade noch rechtzeitig, denn Oberon schleuderte einen Antimaterie-Speer, der vor dem Felsen detonierte und sämtliche Materie im Umkreis in Luft auflöste.

»Dann tut es mir leid«, vernahm ich Oberons Stimme.

Ich lugte über die Oberkante des Felsen und sah gerade noch, wie der Elbenkönig Rhea mit einem telekinetischen Schwert durchbohrte. Die Werwölfin gab keinen Laut von sich, nur ein kurzes Zucken wanderte über ihren Körper. Mit einem Schnalzen löste sich das Fangnetz und Rheas Körper sackte leblos zusammen.

Fenris brüllte auf, als hätte er den Todesstoß am eigenen Leib erfahren. Oberon beachtete ihn nicht. Er trat auf Hel zu, die ihm einen hasserfüllten Blick zuwarf.

»Aislinn. Ich frage auch dich ein allerletztes Mal.«

Michaela stieß mich in die Seite. Natürlich, wir mussten etwas unternehmen!

»Braucht ihr Hilfe?«, erklang eine Stimme hinter uns.

Und da standen sie: Luzifer, Eva, Gabriel, Uriel und Israfil. Bis auf Azrael die ganze verfluchte Meute. Ein Gefühl von Wärme breitete sich in meinem Inneren aus. Wie schön, dass es Geschwister gab, auf die man sich verlassen konnte!

Ein seltenes Lächeln erschien auf Michaelas Zügen. »Fürwahr. Hilfe kann wirklich nicht schaden.«

Gemeinsam erhoben wir uns und traten hinter dem Felsen hervor.

Fenris brüllte noch immer. Er winselte und heulte, als wäre er völlig von Sinnen. Mit seinen Pranken schlug er gegen die Innenseite des Fangnetzes, riss sein Maul auf. Und dann ... verwandelte er sich. Eine solche Metamorphose innerhalb des telekinetischen Käfigs musste mit unvorstellbaren Schmerzen verbunden sein. Doch damit nicht genug: Das erste Mal in der Geschichte der Werwölfe, nahm ihr Oberhaupt Menschengestalt an.

Das Fangnetz wogte hin und her. Die materielle Wandlung in seinem Inneren ließ es durchlässig werden. Ein Gravitationsknoten öffnete sich – und der Käfig zerplatzte.

Oberon wirbelte herum. Ich hörte Michaela einen Ruf ausstoßen, doch unsere Gegenmaßnahmen kamen zu spät. Fenris stieß sich vom Boden ab, bereits wieder in Verwandlung begriffen. Er flog mit gestreckten Armen auf Oberon zu. Seine Hände besaßen keine Finger mehr, sondern die Klauen eines Drachen. Oberon riss die Scheinbibel vom Podest und an seine Brust. Eine elementare Trennscheibe löste sich daraus, fegte auf den Werwolf zu. Sie durchschnitt Fenris' Schild und seinen Körper knapp unterhalb des Bauchnabels. Hel schrie gellend auf, als Fenris' geteilter Torso zu Boden klatschte. Doch einen Augenblick, bevor ihn die elementare Trennscheibe erreichte, hatte sich etwas aus den Klauenfingern des Werwolfs gelöst; lang, glänzend, und mit dem Blick nicht zu erfassen.

Vermutlich hätte Oberon selbst dann nichts unternehmen können, wenn er die Gefahr rechtzeitig erkannt hätte. Der Antimaterie-Speer bohrte sich durch die

Scheinbibel in seine Brust. Einen Wimpernschlag später waren Oberon, das Buch und der Speer verschwunden.

Dies alles hatte kaum drei Atemzüge gedauert. Wir standen da wie ein Haufen betrunkener Penner, die erst realisierten, dass sich vor ihnen zwei Hunde zerfleischten, wenn diese nur noch toter Abfall der Gosse waren.

Der erste Gedanke, der sich mir aufdrängte, war angesichts der Ereignisse mehr als trivial: Konnten Werwölfe überhaupt mit Antimaterie umgehen? Diese Fähigkeit besaßen doch nur Erzvampire, Elben – und Nachtmahre. War es möglich, dass die Schwarzalben mit den Werwölfen kooperierten? Ich erinnerte mich an meine Erlebnisse in Tschernobyl, als Hel gemeinsam mit den Dunkelalben das Radikal einfangen wollte. Möglicherweise war es den Nachtmahren gelungen, Fenris mit neuen Fähigkeiten auszustatten. Aber aus welchem Grund sollten sie das tun?

Während meine übrigen Geschwister eine Standpauke von Michaela über sich ergehen lassen mussten, näherte ich mich Fenris' sterblichen Überresten; seinem Kopf und Oberkörper, um genau zu sein. Irgendwie war es dem Herrscher der Werwölfe noch gelungen, seinen Kopf in den eines Wolfes zu verwandeln. Die Zunge hing seitlich aus dem geöffneten Maul, die Augen waren glasig, der Atem ging stoßweise und die Ohren …

Ich schrak zurück. Tatsächlich. Fenris atmete!

Ich bückte mich und untersuchte seinen Körper. Herz und Lunge waren intakt, alle anderen Organe geschädigt oder zerstört. Obwohl ich keine besondere Zuneigung zum Herrn der Werwölfe empfand, war es doch meine Pflicht als Wächter, ihm beizustehen. Vielleicht konnte ich seine beiden Körperteile zusammenschweißen, ordentlich Endorphine in seinen Organismus pumpen und auf die enormen Selbstheilungskräfte des Halbmenschen vertrauen.

»Vergiss es«, keuchte Fenris. »Ich sterbe.«

»Nun ja«, hob ich an. »Ich gebe zu, es sieht nicht besonders gut aus, aber …«

»Maul halten.«

Ich schwieg, da ich spürte, dass Fenris noch nicht fertig war.

»Raphael«, hauchte er so leise, dass ich ihn kaum verstand. »Bitte.«

Niemals zuvor hatte er dieses Wort in meiner Gegenwart in den Mund genommen. »Kümmere dich um Hel. Beschütze sie. Sie und … unser Kind.«

Unser Kind? Das konnte nicht sein. Werwölfe waren genauso wie Vampire zeugungsunfähig. Das war nicht nur eine Tatsache, sondern ein Naturgesetz!

»Bitte«, flüsterte Fenris. »Versprich es.«

»Ich …« Meine Stimme versagte.

»Versprich es!«

»Okay«, presste ich hervor. »Ich verspreche es.«

Fenris atmete erleichtert auf.

»Danke«, murmelte er. Seine Lider erzitterten, die Augen schlossen sich. Sekunden später war er tot.

Schweigend erhob ich mich. Mein Blick suchte Hel. Die Werwölfin in Menschengestalt lag zusammengekauert am steinernen Fußboden und weinte. Ich begutachtete ihre Aura. Das entscheidende Detail war nur wahrzunehmen, wenn man wusste, worauf es zu achten galt. Aber es war unverkennbar: Hel trug neues Leben in sich. Sie war schwanger.

Ich wandte mich meinen Geschwistern zu. Die Serie an bahnbrechenden Erkenntnissen riss nicht ab. Ich war gespannt, was Michaela von dieser Neuigkeit hielt. Eines war jetzt schon klar: Wir würden unser Weltbild und die zukünftige Entwicklung von Menschen und Unsterblichen von Grund auf überdenken müssen.

Jäh hob schallendes Gelächter an.

(21)
Baal

Es war Uriel, der lachte. Seine Stimme war mit einem Mal tiefer als gewöhnlich. Ein sonorer, mächtiger Bariton, der mich irgendwie an ... nein, das konnte nicht sein.

»Stimmt«, sagte Uriel, als würde er meine Gedanken lesen. »Verwechsle mich bloß nicht mit meiner Mutter.«

Uriels Gestalt zerfloss. Mein kleiner Bruder wurde nun tatsächlich kleiner, seine Gliedmaßen kürzer und zierlicher. Augenblicke später sah ich mich einem Jungen von vielleicht acht Jahren gegenüber. Blonde Locken, Gesichtszüge wie eine Plastik Michelangelos, bekleidet mit einer hellen, bestickten Hose – und blutrote Augen.

Die Ähnlichkeit zu Hunabka war nicht von der Hand zu weisen. *Mein Sohn weiß, was geschieht,* das hatte sie damals zu mir gesagt. Konnte es sein, dass dieser Sohn niemand anderer war, als Baal?

Vorwarnungslos packte uns ein telekinetischer Klammergriff und paralysierte alle, selbst Michaela und Luzifer.

»Nur, damit niemand von euch auf dumme Gedanken kommt«, sagte Baal und seine dünnen Mundwinkel verzogen sich spöttisch. »Ihr habt es mir so leicht gemacht. Es war ein Kinderspiel, Uriels Körper für meine Zwecke zu benutzen. Dreihundert Jahre lang, und keiner von euch hat etwas gemerkt. Nicht einmal die große Michaela mit ihrem bemerkenswerten Chakra.«

Baal wandte sich meiner Schwester zu. »Ist dir nie in den Sinn gekommen, dass es tiefere Gründe haben könnte, weshalb ich Tag und Nacht esse wie ein halb verhungerter Wolf? Dass es notwendig sein könnte, um meine Energiereserven aufzufüllen? Die Energiereserven eines viel mächtigeren Wesens, als es dein Bruder war? Wie bereitwillig ihr mir alles erklärt habt, wenn ich bei einer Sitzung vorgab, etwas nicht zu verstehen. Und das geschwisterliche Netzwerk, das euch vor mir schützen sollte – einfach köstlich!«

Baal kicherte und warf einen Blick auf das blutverschmierte Pentagramm in der Mitte des Raums.

»Der Elbenkönig war auch nicht schwerer zu überlisten. Es war lächerlich einfach, ihn zu manipulieren, ihn glauben zu lassen, dass die Weissagung der Feen das Ende des Elbengeschlechts bedeutet. Wenn es um seine Töchter ging, vergaß der Alte jede Vorsicht.«

Ich schätze, wir Geschwister wären selbst dann reglos dagestanden und hätten Baal aus aufgerissenen Augen angestarrt, wenn wir nicht von seinem telekinetischen Klammergriff gefesselt gewesen wären. Es war einfach zu viel. Zuerst Oberons Wahnsinn, dann sein und Fenris' Tod, Hels Schwangerschaft – und jetzt auch noch die Erkenntnis, dass unser kleiner Bruder Uriel schon lange nicht mehr unser Bruder war.

»Wahrscheinlich habt ihr eine Menge Fragen«, fuhr Baal fort. »Wie ist ihm das gelungen? Weshalb hat er uns nicht alle umgebracht? Warum und auf welche Weise ist der Virus entstanden? – Der leider nicht so gewirkt hat, wie er sollte. Ich würde mich gern länger mit euch unterhalten, aber ehrlich gesagt habe ich Wichtigeres zu tun.«

Baal streckte einen Arm aus und hielt die Handinnenfläche nach oben. Ein helles Glitzern und Schimmern manifestierte sich, gewann an Leuchtkraft und zog sich zusammen. Der Dämon hielt etwas in Händen; einen faustgroßen, golden funkelnden Kristall. Aus seiner Oberseite wand sich eine Feuersäule, in der Äste eines Baumes im Miniaturformat sprossen. Orangefarbene, herzförmig gestaltete Blätter erinnerten an die Triebe einer Buche. Das Auffälligste aber waren die Früchte der Pflanze, in allen Regenbogenfarben schillernde, tropfenförmige Anhängsel an der Unterseite der Zweige. Sie sahen beinahe aus wie Tränen.

»Darf ich vorstellen«, sagte Baal. »Der Baum der Seelen.«

Vermutlich war ich der Erste, der die Wahrheit erkannte. Das lag daran, dass ich an Fenris' Seite gestanden hatte, als dieser starb. Seine ausbleichende Aura und das Entschwinden der zellulären Informationsspeicher, respektive seiner Seele, waren mir noch deutlich in Erinnerung. Jetzt fühlte ich diese Seele erneut – aber nicht als vagen Schleier, sondern zusammengeballt in einer tiefrot leuchtenden Träne, die unter einem Zweigende des Baumes hing.

Was Baal dort in Händen hielt, entsprach nicht den Gesetzmäßigkeiten des Universums. Eine Seele blieb nur solange beisammen, wie der materielle Körper Bestand hatte. Mit dem Tod verband sie sich mit der universellen Grundsubstanz des Universums, der Weltenseele. Danach gab es kein *Ich* mehr, keine Eigenständigkeit. Aus dem Individuum wurde die Unendlichkeit, aus dem *Ich* das *Alles*. Baal musste einen Weg gefunden haben, die Seele vor ihrem Abtauchen in die Ursubstanz einzufangen und in diese funkelnden Tränen zu bannen. Das war nicht nur ein Ding der Unmöglichkeit, sondern auch ein unfassbarer Frevel.

»Sieh an.« Baal lächelte. »Ihr wirkt überrascht.«

Ich konzentrierte mich auf die Pflanze in Baals Händen. Weitere bekannte Auren schlugen mir entgegen. So war Quetzals Seele als türkis schillernder Tropfen zu finden. Daneben erfasste ich Oberons mächtige Präsenz. Und, was mich am meisten schockierte, auch Morbs Informationsspeicher hing als tiefbrauner Klumpen auf einem Zweig im unteren Teil der Pflanze.

»Du wirst bezahlen für das, was du ihnen angetan hast«, presste Luzifer hervor.

Wir Geschwister waren weiterhin durch den telekinetischen Klammergriff gelähmt. Auch das Sprechen war nicht möglich. Wie, zum Teufel, konnte Luzifer Baals Wirken umgehen?

»Natürlich bezahle ich.« Baal schnippte mit den Fingern und warf Luzifer ein flaches Ding zu, das scheppernd vor ihm auf den Boden fiel.

»Die symbolische Ein-Dollar-Münze«, feixte der Dämon. »Mehr gibt es nicht.«

Ein Ruck ging durch unsere telekinetischen Fesseln. Für einen Moment lockerten sich die energetischen Schrauben. Doch nur einer von uns, der Jüngsten, gelang es, ein Kraftfeld hochzuziehen: Israfil.

»Du hast Uriel umgebracht«, flüsterte sie mit bebender und überhaupt nicht ängstlicher Stimme. »Und Iva – meine Zwillingsschwester!«

Israfil näherte sich Baal mit geschmeidigen, wiegenden Schritten, wie eine Tigerin auf der Jagd.

Baal zuckte die Achseln. »Es war ein Unfall. Sie hätten nicht sterben sollen. Der Mechanismus war noch nicht ausgereift.«

»Du Dreckskerl!«, brüllte Israfil und schleuderte Baal eine Verwerfung entgegen, die selbst einen Panzer in feine Scheibchen geschnitten hätte.

Baal wankte und sein Gesicht zeigte Überraschung, das war aber schon alles. Er warf ein Fangnetz aus, dem Israfil mit der Leichtigkeit einer Gazelle auswich. Ihr erster Misserfolg ließ sie nicht verzagen. Sie feuerte dicht hintereinander eine Ladung Flammenbälle, Eisnadeln, Tiefdruckbomben und Granitsplitter – also eine volle elementare Breitseite.

Diesmal bereitete es Baal mehr Schwierigkeiten, die Attacke meiner Schwester zu parieren.

»Hör auf!«, brüllte er Israfil zu. »Du kannst mir nichts anhaben!«

Statt einer Erwiderung schleuderte Israfil einen Antimaterie-Speer. Das Geschoss flog direkt auf Baal zu. Es musste ihn genauso durchbohren, wie vor wenigen Minuten Oberon.

Doch das tat es nicht. Einen Sekundenbruchteil, bevor der Speer den Dämon erreichte, löste er sich auf. Einfach so und ohne, dass die Elemente in Regung gerieten.

Lass gut sein, sandte ich Israfil auf mentalem Weg. *Du hast wacker gekämpft. Aber er ist zu mächtig. Nur gemeinsam können wir ihn besiegen!*

Doch statt mir zu antworten oder zurückzuweichen, manifestierte Israfil zwei telekinetische Klingen und stürzte sich auf Baal. Ich wollte aufschreien, doch kein

Laut drang über meine Lippen. Baal vollzog eine rasche Handbewegung. Israfils Kopf löste sich von ihren Schultern und kollerte zur Seite. Der Torso stand noch einen Moment im Ausfallschritt, dann sackte er zusammen.

»Du … hast sie umgebracht«, hauchte Luzifer.

Baal verzog die Lippen. »Also bitte, das war Notwehr. Ich will euren Tod nicht, das wollte ich nie. Ich will bloß eure Macht.«

Mit diesen Worten riss Baal seinen freien Arm empor. Ich kam nicht mehr dazu, Trauer oder gar Wut zu empfinden. Ein unangenehmes Ziehen erfasste meinen Körper, als würden Millionen mikroskopischer Wichtelmännchen an meinen Organen zerren. Ich fühlte, wie ich den Bodenkontakt verlor und mitten im Raum schweben blieb. Meinen Geschwistern erging es nicht anders. Mehrfarbige Kraftlinien bildeten sich aus dem Nichts, berührten unsere Extremitäten und verbanden sich mit der Pflanze in Baals Händen. Das Ziehen und Zerren verstärkte sich.

So muss es sich anfühlen, wenn wir Vampire unsere Opfer zur Ader lassen, kam mir in den Sinn, *nur dass statt Blut die körpereigene Energie extrahiert wird.*

Denn genau das geschah nun mit uns. Baal hatte einen Weg gefunden, unsere Stärke abzusaugen, wie Wasser aus einem Teich. Damit war klar, dass unsere Vorherrschaft als Wächter ein unrühmliches Ende finden würde.

Ich muss eingestehen: In diesem Augenblick hätte ich viel dafür gegeben, wenn ich Michaelas mentalem Alarmruf nicht gefolgt wäre.

Vier Tage vergingen, und wir hingen noch immer in dem Geflecht bunter Kraftlinien. Das Absaugen unserer

Energie verlief quälend langsam. Ein beständiges Drücken und Kneifen, das die Eingeweide nach außen zu stülpen schien. Ich wurde beständig schwächer und mutloser. Immer wieder wanderten meine Gedanken zu Natascha. Ich hatte mein Versprechen nicht eingehalten, sie täglich anzurufen. Und das, obgleich ich das Telefon immer bei mir trug und sogar regelmäßig aufgeladen hatte. Vermutlich war sie bereits in Sorge um mich. Hoffentlich beging sie nicht den Fehler, nach mir zu suchen. Wenn Baals Aderlass erst abgeschlossen war, mochten meine verbliebenen Fähigkeiten nicht einmal mehr ausreichen, Natascha zu orten. Eine horrende Vorstellung.

Die Gefangenschaft gestaltete sich wenig abwechslungsreich. Zu sehen, hören oder riechen gab es nicht viel. Baal rührte sich nicht vom Fleck, summte dann und wann seine melancholische Melodie oder ließ eine unappetitliche Duftwolke entweichen. Hel kauerte in einer Ecke des Raums, war völlig in ihre eigene Trauer versunken.

Ich erinnerte mich an das Versprechen, das ich Fenris gegeben hatte. Würde ich es einhalten können? Dazu kam Hels Schwangerschaft. Vielleicht sollte ich mentalen Kontakt zu ihr aufnehmen, um herauszufinden, wie Fenris mit ihr ein Kind hatte zeugen können.

Baal darf nicht erfahren, dass Hel von Fenris schwanger ist.

Der Gedanke entstand so plötzlich und glasklar in meinem Geist, dass ich ihn von einem anderen Wesen haben musste. Vielleicht von Michaela? Sehr unwahrscheinlich. Ich hatte schon zu Beginn von Baals Energieextraktion feststellen müssen, dass ich zu meinen Geschwistern keinen mentalen Kontakt aufnehmen konnte. Selbst Zeichensprache kam nicht in Frage, da wir weiterhin von dem telekinetischen Klammergriff umschlungen wurden.

Waren wir unkonzentriert, konnte Baal unsere Gedanken lesen; und eventuell auch mentale Kommunikation abhören. Es war besser, ich wartete ab, bis ... ja, bis was geschah? Wir nur noch macht- und kraftlose Hüllen waren? Würde Baal unsere gesamte Energie entziehen, sodass nicht genug für ein Überleben blieb? Dann hätte uns dieses Scheusal genauso gleich töten können!

Wenn es wenigstens eine Möglichkeit gegeben hätte, mich mit meinen Geschwistern zu unterhalten. Aber die gab es nicht. Wahrscheinlich waren dies die einsamsten und trostlosesten Tage, die ich jemals durchstehen musste.

Ich erging mich gerade in einer philosophischen Abhandlung über die Zukunft der Weltenseele, als ich bemerkte, wie Baal unruhig wurde. Er erhob sich aus seiner sitzenden Position und wandte sich dem Eingang des Tempels zu. Am Boden stand der Baum der Seelen und pulsierte still vor sich hin. Wenn ich bedachte, wie viel Macht in dieser unscheinbaren Pflanze schlummerte und für welch teuflischen Plan sie Baal einsetzen wollte, wurde mir übel.

Schlagartig lösten sich die Kraftlinien um unsere Körper. Gleichzeitig verschwand der Druck des telekinetischen Klammergriffs. Wir purzelten zu Boden, wie Marionetten, denen man die Fäden durchtrennte. Stöhnen und ächzen ringsum. Ich war der Erste, der in die Senkrechte gelangte. Als ich den Kopf hob, sah ich mich Baal gegenüber.

Selbst wenn ich in diesem Augenblick meine volle Macht und Stärke besessen und nicht durch die lange

Gefangenschaft benommen gewesen wäre, hätte ich mich nicht gerührt. Zu unheimlich war der Ausdruck auf dem Gesicht des Dämons. Baal wirkte ... verstört. Aber nicht nur das. Auch interessiert, belustigt und, was ich am allerwenigsten verstand, anerkennend.

Eine Gestalt betrat den Eingang zum Tempel, näherte sich dem Raum. Es war eine weibliche Gestalt, eine Menschenfrau. Lange, blonde Haare, smaragdgrüne Augen, eine unvergleichliche Aura.

Natascha.

Ich wollte schreien, toben, um mich treten. Nur Stille und Reglosigkeit, obwohl mich nichts festhielt, bis auf Baals gelb leuchtende Augen. Furcht brandete durch meinen Geist, Fragen tauchten auf wie Haifischflossen. Woher hatte sie von meinem Aufenthaltsort erfahren? Wie war sie nach Tikal gelangt? Was würde Baal unternehmen?

Baal lächelte. Er wandte sich nicht von mir ab, las meine Gedanken. Seltsamerweise bekümmerte mich das nicht. Auf einmal hatte ich die Empfindung, dass Baal keine Gefahr mehr darstellte. Ich starrte in seine strahlend hellen Augen. Ich sah Hunabkas Erbe. Ich sah ihren Sohn.

Dann sagte Baal: »Viel Glück.«

Mit diesen Worten verschwand er. Zusammen mit seiner ominösen Pflanze, den Leichnamen von Fenris, Rhea und Israfil sowie der schier grenzenlosen Energie, die er uns und den anderen Unsterblichen abgezapft hatte.

Frechheit!

(22)

Schuld & Sühne

Natascha eilte auf mich zu. Sie warf sich in meine Arme, umfasste mein Gesicht und küsste mich heiß und innig. Offenbar hatte sie weder Baal noch sein Verschwinden bemerkt.

»Ich hab dich so vermisst«, flüsterte sie und Tränen rannen über ihre Wangen.

Im ersten Moment wusste ich nicht, wie ich reagieren sollte. Zuneigung, aber auch Schuldgefühle brandeten durch meinen Körper.

»Es tut mir so leid«, erwiderte ich und küsste Natascha eine Träne von den Lippen. »Ich hätte dich anrufen sollen. Es war nur … es ist alles drunter und drüber gegangen.«

»Ist okay.« Natascha drückte ihren Kopf an meine Brust. »Ich verzeihe dir. Zumindest hattest du dein Handy eingesteckt.«

»Ähm, stimmt.« Ich tastete nach meiner Hosentasche.

»Ich habe dich orten können«, sagte Natascha. »Also die letzte Funkverbindung deines Satellitentelefons vor ein paar Tagen.«

»Da bist du einfach nach Mittelamerika geflogen? Was ist, wenn mir jemand das Telefon gestohlen hätte?«

Natascha nickte. »Ja, das war auch meine größte Sorge. Aber es war die einzige Spur, die ich hatte.«

Erneute Schuldgefühle. Bevor ich aus Scham im Boden versinken konnte, wandte ich mich meinen Geschwistern zu.

»Darf ich dir meine Familie vorstellen?«

Mir war klar, dass ich mich auf dünnes Eis begab. Zwar hatte ich Natascha von meinen Geschwistern erzählt, aber es musste ihr doch seltsam vorkommen, dass sie mehr als drei Jahre lang keinen von ihnen zu Gesicht bekommen hatte und jetzt gleich vier von ihnen zusammen sah.

Natascha lächelte schwach. »Hallo.«

Eva war die Einzige, die sich zu einer Erwiderung durchringen konnte. »Hallo, Natascha. Du bist also Raphaels Freundin, ja?«

Der Seitenhieb in meine Richtung war nicht zu überhören. Rasch fügte ich hinzu: »Das sind Eva, Michaela, Lutz und Gabriel. Wir hatten einen … familiären Notfall. Zwei unserer Geschwister, die hier in Guatemala wohnen, hatten einen Unfall und sind gestorben.«

Zugegeben: Das war eine sehr gedehnte Interpretation der Wahrheit und außerdem ein schwaches Argument, mich nicht bei Natascha zu melden. Ich hoffte nur, sie würde nicht allzu argwöhnisch sein. Ihre bohrenden Fragen hätte ich kaum ertragen und vermutlich ein Geständnis abgelegt. Ich war davon überzeugt, dass sich ihre Liebe in Abscheu verwandelt hätte, wenn sie von meinem tatsächlichen Wesen erfuhr. Davon abgesehen: Laut den Bestimmungen des Rates hätte ich Nataschas Erinnerungen löschen müssen, sobald sie die Wahrheit vernahm.

»Oh, das tut mir leid«, meinte Natascha. »Trotzdem hättest du es mir sagen können. Mir wäre viel Angst und Trauer erspart geblieben.«

Der nächste Seitenhieb. Bloß nicht zu viel darüber nachdenken.

Ich führte Natascha zu meinen Geschwistern und stellte sie der Reihe nach vor. Dabei wurde mir bewusst, dass sich noch eine weitere Person im Raum aufhielt.

Ich versuchte mentalen Kontakt zu Hel aufzunehmen, was mir auch gelang. Immerhin eine Fähigkeit, die nicht verloren gegangen war.

Ich weiß, dass du von Fenris schwanger bist, meinte ich. *Ich habe ihm mein Wort gegeben, dich zu beschützen.*

Ich brauche deine Hilfe nicht, kam als Antwort.

Vielleicht doch, gab ich zurück. *Ohne Fenris bist du unter den Werwölfen Freiwild. Wenn sich dann noch herumspricht, dass du Fenris' Nachfolger in dir trägst ... Sie werden dich töten, um ihre Machtansprüche zu sichern. Zu den Elben kannst du auch nicht zurück. Und ich glaube kaum, dass du dich den Nachtmahren anschließen willst. Sie haben ihre eigenen Pläne, nicht wahr?*

Zunächst schlug mir Schweigen entgegen. Dann jedoch erwiderte sie, leise und zaghaft: *Du bist gut informiert.*

Ich war in Tschernobyl dabei. Als ihr das Radikal einfangen wolltet.

Es hätte Rhea und mich beschützen sollen. Das Radikal wirkt ein mächtiges Tarnfeld, wenn man es richtig anwendet. Genau genommen wäre es ein Schutz für unsere Kinder gewesen.

Aber das ist dreißig Jahre her, wandte ich ein.

Stimmt. Meine Empfängnis hat vor fünfzig Jahren stattgefunden, die von Rhea vor vierzig. Unsere Schwangerschaften sind extrem langsam fortgeschritten. Aber die Entwicklung beschleunigt sich. Mittlerweile bin ich im fünften Monat. Wenn es so weitergeht, kommt mein Sohn in einem Jahr zur Welt kommen.

Ich fragte mich, was dieses Wesen sein würde. Ein Werwolf, ein Elb oder ganz etwas anderes?

Was ist mit den Dunkelalben?, hakte ich nach.

Sie haben uns geholfen, weil sie die Weissagung der Feen anders interpretieren. Die Wandlung von Dunkelheit in Licht deuten sie so, dass mit der Geburt von Fenris' Kindern die Stärke der Nachtmahre zunehmen wird und die Lichtalben in die Finsternis absteigen. Wer recht hat, ist mir ehrlich gesagt egal, ich will nur mein Kind. Fenris' Kind.

Ich spürte, wie Hel eine neue Woge aus Trauer erfasste. Mit einem Mal tat sie mir leid.

Wie wäre es, wenn du eine Zeit lang bei Natascha und mir unter den Menschen wohnst. Zumindest, bis du dein Kind zur Welt gebracht hast. Deine Aura wäre besser geschützt, als unter Unsterblichen.

Hel warf mir einen skeptischen Blick zu. *Das würdest du für mich tun?*

Ja. Aber mehr aufgrund des Versprechens, das ich Fenris gegeben habe, als wegen deiner ästhetischen Essgewohnheiten.

Hel grinste und fuhr ihre spitzen Reißzähne aus. Ich hoffte inständig, dass sich meine Großzügigkeit nicht rächen würde.

In diesem Moment wurde Natascha auf die Werwölfin aufmerksam. »Oh, hallo. Und wer bist du?«

»Das ist Helena, meine Cousine«, behauptete ich.

Natascha schenkte Hel ein strahlendes Lächeln. »Freut mich, deine Bekanntschaft zu machen.«

Auch Hel lächelte. »Ganz meinerseits.«

»Können wir uns allein unterhalten?«, flüsterte mir Natascha ins Ohr. »Es ist wichtig.«

Ich wollte einwenden, dass es momentan eine Menge sehr wichtiger Dinge gab, als mir Nataschas Blick auffiel. Darin stand ein Glühen, ein verborgenes Wissen, das mich still nicken ließ.

Wir wanderten in Richtung Tempelausgang. Mir war bewusst, dass meine Geschwister unser Gespräch belauschen würden, aber das war mir egal. Was konnte schon so dramatisch sein wie das, was in den vergangenen Tagen geschehen war?

»Ich wollte dich wiedersehen«, sagte Natascha leise. »Aber das ist nicht der einzige Grund, warum ich gekommen bin.«

»So?«

»Ich habe etwas entdeckt. Etwas, das ich mit dir besprechen wollte, besprechen muss. Wie du weißt, wurde ich zum ELT in die Atacama Wüste geschickt. Das ist ein wirklich beeindruckendes Teleskop. In meiner Freizeit habe ich mich mit Phänomenen des Sonnenwinds beschäftigt und dabei auch Aufnahmen des ELTs verwendet. Dabei ist mir etwas ... sehr Ungewöhnliches aufgefallen. Genauer gesagt waren es sogar zwei Dinge. Die Zusammensetzung aus Elementarteilchen hat sich in den vergangenen Jahren geändert. Es sind jetzt mehr Elektronen im Sonnenwind. Seltsamerweise hat sich im gleichen Zeitraum das Spektrum des Sonnenlichts verschoben. Zwar nur minimal, gerade mal messbar, aber doch. Das eigentlich Mysteriöse ist: Anhand von Dichte- und

Flussmessungen konnte ich feststellen, dass sich am Rand der Heliosphäre, etwa in dreifacher Entfernung zum Pluto, ein großes, energiereiches *Etwas* befindet, das sich auf die Erde zubewegt. Wenn es seine Geschwindigkeit beibehält, wird es uns in weniger als zehn Jahren erreichen.«

In meinen Gedanken fügten sich Puzzleteile aneinander, nahm ein Mosaik Gestalt an, das so unglaublich war, dass ich die dahinter verborgene Botschaft nicht zu fassen bekam.

»Es gibt noch einen Grund, warum ich dich finden musste.« Mit einem Mal klang Nataschas Stimme zärtlich und weich. In ihrem Blick stand ein Ausdruck solcher Zuneigung, dass meine Beine schwach wurden.

»Ich bin schwanger, Raphael.«

Das saß. Ich stierte Natascha an, als hätte ich niemals zuvor eine Frau gesehen. Mein Blick huschte über ihre Aura. Tatsächlich. Natascha war zu zweit. Ihr eigenes Wesen und eine weitere Seele, winzig und gerade erst in der Entstehung begriffen.

»Was? Aber wie …? Bist du dir sicher?«

»Ja. Ich bin in der zwölften Woche. Die Frauenärztin meint, es wird ein Mädchen. Und bevor du auf dumme Gedanken kommst: Das Kind ist von dir.«

»Wundervoll!«, stieß ich aus – und meinte das vollkommen ehrlich. Mich erfasste eine solche Freude, eine solche Begeisterung, wie ich sie selten zuvor verspürt hatte. Ich wurde Papa. Was für ein Wunder!

Ich ergriff Natascha und hob sie empor, sodass sie einen überraschten Schrei ausstieß.

»Ich werde Vater! Wir werden Eltern!«, rief ich so laut, dass es im ganzen Tempel widerhallte.

Natascha lachte, küsste mich und umschlang mich mit ihren Beinen.

»Du willst das Kind?«, fragte sie.

»Was für eine Frage! Selbstverständlich!«

»Schön.« Natascha lächelte und berührte in einer beiläufigen Bewegung ihren Bauch.

Ich setzte sie am Boden ab und wir traten in den Beschwörungsraum zurück, in dem sich meine Geschwister zusammengerottet hatten und die Köpfe zusammensteckten.

Wir müssen reden, sandte mir Michaela eine mentale Botschaft. *Wir alle. Allein und sofort!*

»Natascha«, hob ich an und bemühte mich, meine umherwirbelnden Gedanken und Gefühle zu besänftigen. »Wäre es in Ordnung, wenn Helena für einige Zeit bei uns wohnt? Sie ist ebenfalls schwanger, aber das Kind wird von ihren Verwandten nicht anerkannt. Ihr Mann ist bei einem tragischen Unfall ums Leben gekommen.«

Natascha war sichtlich überrascht.

»Natürlich, kein Problem«, sagte sie dann. »Sie kann das Gästezimmer haben.«

»Danke.« Ich lächelte Natascha zu. Am liebsten hätte ich sie in den Arm genommen und mich mit ihr jauchzend im Kreis gedreht. »Könntest du mit Helena draußen auf mich warten? Wir Geschwister haben noch ein paar Dinge zu klären. Kriegsrat, sozusagen.«

Natascha lachte und küsste mich mit feuchtwarmen Lippen.

»Lasst euch nicht zu viel Zeit«, flüsterte sie. »Ich habe Bedürfnisse, die erfüllt werden müssen.«

Mit diesen Worten schwebte sie aus dem Tempel.

Ich seufzte tief. Wie glücklich konnte ich mich schätzen, diese wunderbare Frau gefunden zu haben!

Ich drehte mich zu meinen Geschwistern um. Alle hatten ihre Augen auf mich gerichtet. In Michaelas Blick erkannte ich kühle Berechnung, in Gabriels Augen Neid, bei Eva Zufriedenheit und in Luzifers Blick lag eine stille Wehmut.

»Was ist?«, sagte ich leichthin. »Wollen wir jetzt die Welt retten oder nicht?«

(23)
Der Zeitenwandel

»Wer ist diese Frau?«, begann Michaela mit barscher Stimme.

»Natascha«, gab ich zurück. »Meine Freundin.«

»Eine Menschenfrau?« Gabriel rümpfte die Nase.

»Hat niemand von euch ihre Aura gesehen?«

»Doch.« Michaela nickte. »Weshalb hast du sie nicht verwandelt?«

»Sie wollte es nicht.«

»Du hast ihr von uns …?!«

»Nein, natürlich nicht. Ihr inneres Wesen hat es abgelehnt.«

»Und jetzt ist sie schwanger von dir.« Luzifers Stimme klang melancholisch. Mir war klar, dass er an Yvaine dachte.

»Genau. Obwohl es eigentlich nicht möglich ist.«

»So wie ich das sehe«, sagte Eva, »erhält Hunabkas Botschaft eine neue Bedeutung.«

»Wieso?«

»Sie hat gemeint, du sollst lernen, die Menschen zu lieben. Vielleicht wusste sie, dass du ein Kind zeugen wirst.«

»Vielleicht«, wandte Michaela ein. »Aber wir wissen es nicht. Wir wissen viel zu wenig! Zuerst müssen wir uns Baal und seinem schändlichen Treiben widmen.

Dann den Maschinen der Menschen, ihrem entwickelten Bewusstsein. Außerdem der Verwundbarkeit junger Unsterblicher gegenüber Sonnenlicht. Und natürlich Nataschas Entdeckung.«

»Schön«, meinte ich, noch immer berauscht von Glücksgefühlen. »Womit fangen wir an?«

Zu Beginn stand ein ordentlicher Gemütsdämpfer. Wir besprachen Israfils und Uriels Tod. Völlig unverständlich war und blieb, wie uns Baal so lange hatte täuschen können. Prinzipiell war es – wie so einiges in den vergangenen Tagen – nicht möglich, die Aura eines anderen Wesens zu übernehmen. Dennoch war es Baal gelungen, als er Uriels Körper übernommen hatte.

Den zweiten Gemütsdämpfer erhielten wir bei Überprüfung unserer verbliebenen Fähigkeiten als Erzvampire. Wir hatten die Kontrolle über die Elemente verloren, konnten nicht mehr fliegen und praktisch keine Manifestationen mehr durchführen. Auch Beschwörungen blieben uns verwehrt. Eine nervige Kleinigkeit betraf unser Äußeres: Auf mentale Änderungen der Gesichtszüge und des Haarwuchses mussten wir von nun an ebenso verzichten, wie auf die Korrektur unserer Muskel- und Fettverteilung. In meinem Fall war das nicht allzu tragisch, aber Eva hatte sich, aus welchen Gründen auch immer, überproportionale Brüste zugelegt, die bei gewissen Bewegungen ein räumliches Eigenleben entwickelten und meine Schwester straucheln ließen.

Zusammenfassend konnte man sagen, dass nur ein Bruchteil unserer einstigen Macht Baals Aderlass überstanden hatte. Selbst Michaela war es nicht besser ergangen. Ihr Chakra war verblasst, das zuvor ständige Glühen kaum noch wahrnehmbar.

Unsere verbliebenen Fähigkeiten ließen sich an einer Hand abzählen. Erstens: simple mentale Kommunikation. Zweitens: die vampireigene Befähigung zum Blick. Drittens: das Erkennen und Beurteilen der Auren von Lebewesen. Viertens: kümmerliche Tarnfelder, mit denen sich bestenfalls blinde UND taube Unsterbliche würden täuschen lassen. Und fünftens: primitive telekinetische Manifestationen, wie schwebende Münzen und mentale Stöße.[1]

Darüber hinaus war uns die Unsterblichkeit geblieben. Immerhin wurden wir also nicht älter. Auch das Sonnenlicht konnte uns, sehr zu meiner Erleichterung, nichts anhaben.

»Es gibt eine Menge Fragen, die wir klären müssen«, begann Michaela. »Was will Baal mit der enormen Macht, die ihm nun zur Verfügung steht? Selbst mit einem Bruchteil davon hätte er es mit jedem übersinnlichen Wesen und jeder Spezies aufnehmen können. Warum ist Baal so plötzlich verschwunden? Hier vermute ich, dass es mit dem Auftauchen von Natascha zusammenhängt. Nur weshalb sollte ihn ein Sterblicher beunruhigen? An sein Verschwinden knüpft sich die Frage: Wie spüren wir Baal auf? Und natürlich: Was können wir gegen ihn unternehmen? Auf welchem Weg lässt sich der Baum der Seelen zerstören? Wie gewinnen wir unsere Stärke zurück? Lösungsvorschläge willkommen.«

---

[1] Mir gelang es immerhin, mit einer geistigen Nagelschere Gabriel eine blonde Locke seiner schulterlangen Haarpracht abzuzwicken.

Luzifer ergriff das Wort. »Wenn ich eine Hypothese in den Raum stellen darf: Vielleicht will Baal die gesammelte Macht nicht hier auf der Erde einsetzen, sondern gegen die Bedrohung richten, die Hunabka erwähnt hat. Diese energetische Signatur, die Natascha entdeckt hat, und die sich der Erde nähert; was, wenn es sich dabei um die sogenannten *Anderen* handelt – eine außerirdische Rasse mit kriegerischen Absichten.«

»Interessanter Gedanke«, meinte Michaela. »Das könnte auch Lumox' Strahlenausbrüche erklären. Nur: Wenn es sich tatsächlich um eine Bedrohung für die Welten, oder meinetwegen für die Menschheit handelt, weshalb hat uns Baal nicht eingeweiht und um Hilfe gebeten?«

»Stimmt.« Luzifer nickte bedächtig. »Das wäre unvernünftig.«

Gabriel stieß ein abgehacktes Lachen aus. »Unterstellen wir Baal etwa Vernunft? Nach all dem, was er getan hat?«

»Noch etwas zu Natascha«, sagte ich. »Mal angenommen, dass Baal deshalb verschwunden ist, weil er ihre Gedanken gelesen hat.«

»Was?« Gabriel zog die Augenbrauen hoch. »Du meinst ihr Verlangen, sich die Kleider vom Leib zu reißen und dich auf der Stelle zu vernaschen?«

»Nein. Ihr Wissen über die Energiesignatur; die Anderen, wenn sie es sind.«

Michaela wiegte den Kopf. »Aber warum sollte er uns deshalb freilassen? Hat ihn die Erkenntnis verunsichert? Wurde ihm bewusst, dass nicht mehr viel Zeit bleibt, um … was auch immer zu tun?«

»Es ist zumindest ein Ansatz, dem wir nachgehen können«, sagte Luzifer.

»Baal aufzuspüren wird nicht leicht«, meinte Eva. »Dazu brauchen wir die Hilfe anderer übersinnlicher Wesen, jetzt, da unsere Macht verschwunden ist. Aber wir können weder in die Obere Welt, noch in die Unterwelt reisen. Genauso wenig wie nach Atlantis.«

»Es gibt noch eine andere Möglichkeit«, warf Gabriel ein. »Azrael.«

Wir schwiegen eine Weile. An unseren jüngsten Bruder hatten wir noch gar nicht gedacht. Es war davon auszugehen, dass er seine Stärke und Fähigkeiten behalten hatte. Darüber hinaus hielt er sich mit hoher Wahrscheinlichkeit in der irdischen Welt auf. Aber auch hier stellte sich die Frage, wie wir ihn finden sollten. Besonders, da er die Angewohnheit besaß, seinen Geist mit einem Absorptionsband zu verschließen.

»Ich habe da eine Idee«, hob Luzifer an. »Die Dämonen. Wie ihr wisst, habe ich gute Kontakte zu Bartimäus. Auch weiß ich, dass er sich oft als geflügelter Dschinn in der Menschenwelt bewegt. Er wäre in der Lage, Azrael ausfindig zu machen – und vielleicht sogar Baal.«

»Gut.« Michaela nickte. »Zuerst müssen wir aber mehr über Baal herausfinden, über seine Fähigkeiten, seine Vorstellungen, Ziele und Schwächen.«

»Ich vermute ja«, sagte ich, »dass es sich bei Baal um Hunabkas Sohn handelt.«

»Gut möglich. Kann uns das weiterhelfen? Dazu müssten wir wissen, *wer* Hunabka ist. Und sie irgendwie kontaktieren können.«

»Ich habe das Gefühl, als würde sie uns die ganze Zeit beobachten.«

»Woher kommt diese Annahme?«

»Wie gesagt, es ist nur ein Gefühl, nichts Rationales. Aber bei ihrer schier grenzenlosen Macht, würde mich das nicht wundern.«

»Was ist mit den Maschinen?« Gabriel hatte eine Hand erhoben und versuchte konzentriert aber vergeblich, einen Felsbrocken in Schwebe zu halten. »Vielleicht können wir mit ihnen kooperieren.«

»Also ich bin da skeptisch«, entgegnete ich. »Zwar haben die Maschinen behauptet, in meiner Schuld zu stehen, aber wir wissen nicht, wozu sie fähig sind und aus welchen Motiven sie handeln. Auch bin ich nicht davon überzeugt, dass es sich um vernunftbegabte Wesen handelt. Davon abgesehen kann niemand sagen, auf wessen Seite sie stehen – oder stehen werden.«

»Zustimmung«, sagte Michaela. »Wir müssen den Maschinen mehr Aufmerksamkeit widmen, erst recht nach den Geschehnissen, von denen du uns berichtet hast, aber für eine Zusammenarbeit ist es zu früh.«

»Ich kümmere mich um die Menschentechnik«, sagte Gabriel. »Ist ein spannendes Thema.«

»Nur zu.« Michaela nickte. »Sofern Raphael keine Einwände hat.«

»Nein, nein.« Ich winkte ab. »Gabriel, du hast freie Hand. Falls es notwendig sein sollte, kannst du ja erwähnen, dass du mein Bruder bist.«

»Davor werde ich mich hüten«, knurrte Gabriel.

»Wann informieren wir den Rat über die Ereignisse der letzten Tage?«, fragte Eva.

»Gar nicht«, erwiderte Michaela. »Wenn bekannt würde, dass wir de facto machtlos geworden sind, könnte dies zu Unruhen führen. Die Elben oder Nachtmahre würden den Vorsitz beanspruchen, vielleicht sogar die Dämonen. Ferner ist davon auszugehen, dass in der Unterwelt Chaos ausbricht, wenn durchsickert, dass Luzifer in der irdischen Welt gefangen ist. Was die Obere Welt angeht: Hier steht ohnehin ein Machtvakuum bevor, jetzt, da Oberon tot ist. Bleibt zu hoffen, dass die drei Fürsten geeint und weise agieren.«

»Das heißt, wir müssen uns sehr genau überlegen, wie wir weiter vorgehen«, sagte Luzifer.

»Bevor wir das besprechen«, warf ich ein, »habe ich noch eine andere Frage, die mir schon länger im Kopf herumgeistert. Michaela, was ist mit Lumox und diesem *dritten Teil*, den Hunabka erwähnt hat?«

Meine Schwester und Luzifer tauschten einen langen Blick.

»Sag es ihnen«, meinte mein großer Bruder. »Die Zeit ist reif. Wir tragen dieses Geheimnis viel zu lange mit uns herum.«

Michaela senkte den Kopf. Ein tiefer Atemzug, dann erklang ihre Stimme leise und melancholisch, auf eine Weise, die mir einen wehmütigen Stich versetzte.

»Der Anfang, die Entstehung von uns Erzvampiren, verlief anders, als wir euch erzählt haben. Wahr ist, dass sich die Stammesführer der nomadisch lebenden Völker an den Ufern des Nils getroffen haben. Durch die Botschaften ihrer Schamanen erkannten sie, dass eine bedeutende Veränderung bevorstand. Sie fanden den Ort, an dem es geschehen würde: die Ur-Pyramide von Gizeh.

Wir wissen nicht, wer das Monument errichtet hat. Aber die Menschen erkannten den Ort als universellen Kraftplatz. Über die Sonne und die Sterne ermittelten sie den Zeitpunkt der Wandlung. Zwei Menschen wurden ausgewählt, die Saat des Himmels zu empfangen. Die Wahl fiel auf eine Frau aus dem Stamm der Mih'chaêl und einen Mann aus dem Volk der Lú-tsiewer.

In der Nacht, als die Zeichen die Ankunft des Göttlichen verkündeten, wurden die beiden auf die Spitze der Pyramide gebracht, in den Raum des ewigen Lichts. Der Sternenhimmel über Ägypten verblasste, als der Sonnenwind die Atmosphäre erglühen ließ. Die Farben des Regenbogens tanzten über das Firmament und stiegen hinab zu den beiden Menschenwesen. Sie leiteten eine Verwandlung ein, eine Metamorphose, die alles verändern sollte.

Als die beiden am nächsten Morgen von der Pyramide herabstiegen, waren sie keine Menschen mehr. Sie waren die ersten Wächter, die ersten Erzvampire.«

Wie alle anderen lauschte ich gebannt Michaelas Worten. Bis jetzt gab es keine Überraschungen. Die Geschichte war uns wohlbekannt. Es war die Chronik unserer Entstehung, die Geburt von Michaela und Luzifer, der Anfang des großen Zeitalters.

»In den folgenden Jahrhunderten fanden weitere Verwandlungen statt. Uns, den damals zehn Erzvampiren, folgten Werwölfe, Elben, Nymphen und Satyrn. Zusammen mit den bereits existierenden Unsterblichen, formten wir ein Heer aus übersinnlichen Wesen.

Nur: Es hätte nie so weit kommen sollen. Der Plan des göttlichen Funkens sah vor, dass Luzifer und ich die einzig menschlichen Unsterblichen hätten bleiben sollen. Als der göttliche Funken herabstieg und uns, zwei ahnungslose Menschen, in die mächtigsten Wesen des Planeten verwandelte, geschah noch etwas anderes; etwas, das niemals hätte enden dürfen.«

Ich hielt die Luft an. Endlich würde ich erfahren, was damals vorgefallen war. Damals, fast elftausend Jahre vor heute, lange bevor die Menschheit begonnen hatte, mehr als nur Stein und Holz zu bearbeiten.

»Der Sonnenwind berührte die beiden Sterblichen. Er verschmolz ihre Seelen. Aus zwei Wesen wurde eins. Der göttliche Funken erfasste die neue Entität und fügte sich selbst hinzu. Er wurde der dritte Teil. Der dritte Teil des großen Ganzen.«

Michaela hob den Kopf und blickte durch die Öffnung an der Decke des Raums.

»Wir waren zu dritt und doch nur eine Existenz. Wir wussten alles voneinander, hatten direkten Zugriff auf die Substanz der Weltenseele. Obgleich unsere Körper getrennt waren, gab es kein *Ich* mehr, nur ein *Wir*. In diesem Zustand hätten wir zu den Menschen herabsteigen und sie führen sollen. Als ein vollkommenes Geschöpf aus Materie, Geist und Seele. Ein Wesen, gleichzeitig Mann, Frau und ohne Geschlecht. Die Inkarnation einer Göttlichkeit, die über alle irdischen Sorgen und Probleme erhaben war.«

Ein Schatten huschte über Michaelas Gesicht.

»Doch einer der drei verschmolzenen Individuen verstand nicht, was vor sich ging. Furcht erfasste ihn, als er seine Eigenständigkeit verlieren sah. Er zückte sein Messer aus schwarzem Obsidian und stach mitten in die seelische Dreieinigkeit. Obwohl er unserem Wesen nichts anhaben konnte, reagierte der göttliche Funken. Er floh, brach aus dem Gefüge, überrascht und entsetzt ob der Aggression, die dem Menschen innewohnte. Bevor er uns für immer verließ, beschloss er, mir ein Geschenk zu hinterlassen. Er küsste mich auf die Stirn, schenkte mir die Stärke des Chakra.

Doch ohne ihn, ohne den dritten Teil, konnten die verbliebenen Seelen nicht zusammen existieren. Sie trennten sich, kehrten in ihren ursprünglichen Zustand zurück. Der göttliche Funken verschwand und war nie mehr gesehen. Erst durch Hunabkas Hinweis haben wir erfahren, wo er sich verborgen hält: in Lumox, der Strahlungsquelle auf Atlantis.«

Stille senkte sich herab. Wir alle wussten, wer es gewesen war, der das Messer gezückt hatte. Luzifers Tat war in Michaelas Augen derart abscheulich, dass sie ihm auch nach Jahrtausenden nicht vergeben hatte.

»Ich weiß nicht, wie Hunabka davon wissen konnte«, fuhr Michaela fort. »Die Wahrheit kannten nur Luzifer und ich.«

»Das klingt nicht gut«, sagte Gabriel mit kratziger Stimme. »Was ist, wenn *sie* den göttlichen Funken geschickt hat?«

Michaela schüttelte den Kopf. »Das glaube ich nicht. Der Funken kam im Sonnenwind, er war Teil unseres Zentralgestirns. Da müsste es sich bei Hunabka schon …«

Sie verstummte.

»Hunabka, der Dämon der Sonne?« Luzifer versuchte ein Lächeln. »Das wäre … unfassbar.«

»Und Baal ihr Sohn«, murmelte Eva.

»Also Baal … der Dämon der Erde?«, presste ich hervor.

Wir warfen einander unangenehm berührte Blicke zu.

»Das klingt schlüssig«, meinte Luzifer. »Es erklärt Baals ungeheure Macht und seine Ähnlichkeit zu Hunabka.«

»Macht es überhaupt Sinn, ein so mächtiges Wesen herauszufordern?«, fragte Eva. »Vor allem, da Baal unsere Stärke geraubt hat.«

»Ob Sinn oder nicht, wir müssen es versuchen«, erwiderte Michaela. »Das Wichtigste ist, dass wir zusammenhalten. Ich schlage vor, dass jeder eine Fragestellung erhält, der er sich intensiv widmet. Durch den Verlust unserer Kräfte erhöht sich der zeitliche und energetische Aufwand. Niemand von uns darf sich von anderen Dingen ablenken lassen.«

»Nein«, sagte ich bestimmt. »Da mache ich nicht mit.«

Michaelas Gesichtszüge entgleisten. Mit einem Mal wirkte sie alt. Uralt.

»Es geht um unsere Existenz!«, polterte sie.

»Das tut es nicht. Wir leben, oder etwa nicht? Vielleicht mussten wir unsere Macht verlieren. Vielleicht büßen wir auch unsere Unsterblichkeit ein. Morb hat es gesehen, Oberon ebenso. Aber es ist nicht das Ende. Außerdem habe ich Fenris ein Versprechen gegeben. Und dann ist da noch meine wichtigste Aufgabe: Vater zu sein.«

Michaela betrachtete mich schweigend. Ihre anfängliche Wut war verraucht, ihre Gesichtszüge unnahbar wie immer.

»Nun gut«, sagte sie. »Vielleicht ist das deine Berufung und genau das, was du tun sollst.«

»Danke, so sehe ich das auch.«

Ich umarmte Michaela, danach Eva und nickte Gabriel zu. »Ich werde jetzt aufbrechen, aber wir bleiben in Kontakt. Haltet mich auf dem Laufenden. Wenn es erforderlich ist, werde ich euch unterstützen.«

Ich wandte mich Luzifer zu, dessen kummervoller Blick mich in den vergangenen Minuten immer nachdenklicher gestimmt hatte.

»Sprich mit Yvaine«, meinte ich. »Vielleicht war es ein Missverständnis. Oder Oberon hatte seine Finger im Spiel. Ihr beide seid wie füreinander bestimmt.«

»Danke, Bruder«, sagte Luzifer und umarmte mich. »Du hast recht. Ich werde deinen Ratschlag beherzigen. Und jetzt ab mit dir – vor dem Tempel wartet deine Traumfrau auf dich.«

Ich verabschiedete mich von meinen Geschwistern und trat ins Freie. Natascha und Hel saßen in der Abendsonne auf einem steinernen Sockel und unterhielten sich. Hel kicherte und Natascha grinste breit. Offenbar verstanden sich die beiden blendend.

»Wie wär's Mädels, brechen wir auf?«

»Einverstanden«, sagte Natascha und erhob sich. »Deine Geschwister kommen nicht mit?«

»Die haben noch etwas zu erledigen«, meinte ich. »Die Frage ist, wie wir heimkommen. Ich schätze, wir brauchen ein Flugzeug …«

Mir wurde bewusst, dass ich jetzt, nachdem ich die meisten meiner Talente eingebüßt hatte, völlig von der Menschentechnik abhängig war.

Natascha lachte und hängte sich bei mir ein. »Für den Anfang habe ich einen Jeep, gleich hinter dem Hügel dort. Wenn wir erst einmal in Flores sind, können wir ein Flugzeug nehmen.«

»Gut. Ich dachte schon, wir müssen zu Fuß gehen.«

Natascha küsste mich auf die Nasenspitze. »Solange du mich an deiner Seite hast, bist du in guten Händen.«

»Das stimmt.« Ich lächelte. »Was täte ich nur ohne dich, Natascha? Ohne der Frau, die ich liebe.«

Nataschas Augen wurden glasig. Sie umarmte und küsste mich, drückte sich an meine Brust.

»Ich liebe dich auch«, flüsterte sie. »So sehr.«

Für einen Moment stand die Zeit still. Ich spürte Nataschas Herzschlag, ihren Atem, ewig und allumfassend. Dann war mir, nur für einen Augenblick, als wären wir nicht länger getrennt. Als würden sich unsere Seelen verbinden, zu einer Einheit aus Zuneigung, Vertrauen und Vollkommenheit verschmelzen.

»Hola, ihr Turteltäubchen«, erklang Hels Stimme. »Schmusen könnt ihr später. Ich möchte gern fort hier, wenn's recht ist.«

Wir brachen auf. Bei den zahlreichen Schlaglöchern in der Straße wäre der Luftweg sicher bequemer gewesen, aber ich hätte nicht tauschen wollen. Natascha und mein ungeborenes Kind entschädigten mich für all die Schicksalsschläge und Entbehrungen der vergangenen Tage. Ich fühlte mich frei, voller Kraft und energiegeladen, obgleich ich nach den Maßstäben der Unsterblichen machtlos geworden war. Aber für Natascha hätte ich alles gegeben, sogar meine Unsterblichkeit.

Auch wenn es wie eine verklärte und kitschige Einstellung klingen mag: In Wahrheit ist Liebe das Einzige, was zählt. Welch schamvolle Tatsache, dass ich zehntausend Jahre gebraucht habe, um das zu erkennen.

(24)
Unendlichkeit

Hiermit möchte ich das erste Kapitel meiner Erinnerungen schließen. Ich gebe zu, dass es nach einer Fortsetzung verlangt. Doch im Moment sind mir andere Dinge wichtiger, etwa das lustvolle Zusammenleben mit Natascha, die sichere Geburt unseres Kindes oder das Auffinden, Entmachten und Tyrannisieren von Baal, bis er sich an die Brust seiner Mutter zurückwünscht.

Vielleicht bringt der fortschreitende Zeitenwandel einen völligen Neubeginn, vielleicht auch nur eine Handvoll Änderungen für uns und die Menschheit. Von einer Sache bin ich aber überzeugt: Weder die Menschen, noch wir Unsterblichen werden vergehen. Dieses Zeitalter ist noch nicht angebrochen. Selbst wenn es irgendwann so weit sein sollte, bedeutet das noch lange nicht das Ende. Unser Planet ist nur ein winziger Punkt in einem Quantenuniversum von unzähligen, die allesamt miteinander verwoben und in ihren Existenzen untrennbar verbunden sind. Was das für uns, unser Leben und unsere Geschichten bedeutet, kann man vielleicht erst auf den zweiten Blick erkennen: In letzter Instanz herrscht die Unendlichkeit über Zeit, Raum, Energie und Geist – und in dieser Unendlichkeit ist jeder alles, ist alles eins.

Nachwort

RAPHAEL geht auf den Kurzgeschichtenwettbewerb eines Verlags zum Thema „Blutsauger" zurück. Mein humorvoller Text wurde zwar nicht genommen, mich hat die Geschichte aber dazu animiert, mehr daraus zu machen. Zuerst waren es nur zwei, drei Kurzprosatexte und eine lose Ideensammlung, doch im Herbst 2013 konnte ich die erste Fassung von RAPHAEL fertigstellen.

Leider wollte kein Verlag, dem ich RAPHAEL angeboten habe, das Manuskript veröffentlichen. Nach dem Feedback einer lieben Autorenkollegin (Danke, Ingrid!) habe ich die Geschichte im Herbst 2015 komplett überarbeitet und beschlossen, sie selbst zu verlegen.

Ob es eine Fortsetzung geben wird? Das hängt davon ab, wie die Rückmeldungen der Leserinnen und Leser ausfallen. Also bitte, schreiben Sie mir!

Bedanken möchte ich mich bei meinen Geschwistern Elena und Wendelin für das hilfreiche Feedback. Mein größter Dank gilt aber meiner Lebensgefährtin Sandra. Ohne sie, ohne ihr Verständnis, ihr Mitgefühl und ihre Zuneigung, wäre keines meiner Bücher erschienen, auch RAPHAEL nicht. Danke, mein Engel!

Weitere Bücher des Autors:

Markus hat kein leichtes Leben. Seine Exfreundin tyrannisiert ihn, sein bester Freund will ihn mit einer Klassenkameradin verkuppeln und sein Bruder lässt keine Gelegenheit aus, ihn zu demütigen. Dennoch könnte Markus ein gewöhnlicher 17-Jähriger sein, wenn da nicht sein wiederkehrender Traum wäre. Darin schlüpft er in die Rolle eines Soldaten und durchlebt mit ihm eine episch-fantastische Schlacht. Beim Erwachen weist er dieselben Verletzungen auf, wie der Krieger.

Als der Schulbus mit einem unbekannten Wesen kollidiert, ein Brand die Schultoiletten verwüstet und eine geheimnisvolle Sekte auftaucht, wird Markus klar, dass seine nächtlichen Visionen weit mehr sind, als bloße Träume. Gemeinsam mit seinen Freunden bleibt ihm nichts anderes übrig, als sich seinem Schicksal zu stellen - denn inzwischen steht nicht nur sein Leben auf dem Spiel, sondern die Existenz einer ganzen Welt ...

DER RISS - Träume (All Age Urban Fantasyroman)

Books on Demand | 2015

ISBN: 9783738617375

KABINE 14 (Thriller)
nominiert für den
Friedrich-Glauser-Preis 2014
Sparte "Debütroman"

Berenkamp Verlag | 2013

ISBN: 9783850933070

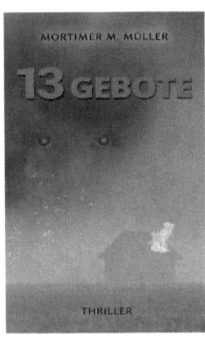

13 GEBOTE (Thriller)
kann als Einzelwerk oder
Nachfolgethriller zu KABINE 14
gelesen werden

Books on Demand | 2015

ISBN: 9783734756085